GOBOOKS & SITAK GROUP©

GOBOOKS
& SITAK
GROUP©

朧月書版

朧月書版

我可能不是人
03
貓尾茶 Author.
響 illustrator.

PUBLICLY AVAILABLE
INFORMATION

紀洵 JI, SYUN

「我只是個普通人，
放在紀家就是食物鍊
底端的廢物。」

想盡快寫完畢業論文，卻無法如意的獸醫系大學生。
父母早逝，從小就是個孤兒，因沒有靈力而受到其他家族成員排擠。
已習慣孤獨一人，且個性沉著獨立。
雖對他人難以產生同情或悲喜，發現需要幫助的人時卻無法坐視不管。
與常亦乘雖是初識，卻總是能從他身上感覺到某種熟悉感。

NOT A
HUMAN

PUBLICLY AVAILABLE
INFORMATION

常亦乘 CHANG, YI-CHENG

「我來濟川，
是為了找人。」

突然出現在謝家、
身分不明的強大靈師。

他說話時發音古怪，
彷彿過於講求字正腔圓。

容易在戰鬥中精神失控的他，
被所有靈師畏懼著。

而他也不以為意，
維持冰冷的態度，獨來獨往，
卻唯獨對紀洵抱持著異常的關心。

第一章 眷戀

紀景揚完全不記得，自己是怎麼把車開回濟川的。

中途經過高速公路休息站小憩時，他抽空看了手機一眼，發現謝星顏發來了一大堆內容，總結下來就是問觀山究竟出什麼事了。一看就是從謝作齋那問不出名堂，轉而跑到他這裡來打聽內幕。

紀景揚心情複雜地問：『妳還在上學吧？』

謝星顏：『？』

謝星顏乾脆傳了一則語音訊息過來：『你這是什麼意思，高中生就不配聽八卦了嗎？』

紀景揚感到很欣慰，回她說：『有空多去學校充實自己，觀山的事就少打聽了，聽多了有害未成年人身心健康。』

他覺得自己的建議合情合理。畢竟歷經紀洵和李辭兩番衝擊，他一個成年人的世界觀都岌岌可危了。可惜未成年人並不領情：『裝神弄鬼的，不說就算了，我去問紀洵。』

「……」紀景揚覺得心很累，望向正在便利商店買東西的紀洵和常亦乘，認為謝星顏的八卦之路接下來也不會順利。

放下手機一抬頭，看見李辭正在旁邊盯著他笑，估計是笑話他連個高中生都說服不了吧。紀景揚也懶得深究了。

「別在這邊對著我笑。」紀景揚沒好氣地說，「老實交待，你具體到底是在哪一年發現石碑不對勁的？」

李辭：「認識你的前一天晚上。」

紀景揚恨不得把無言兩個字寫在腦門上：「真能瞞啊，快十年了都沒跟我提過這件事。」

這些年他們見面的次數很多，交談時提及天道的次數也不少，可李辭從來沒有在他面前表現出對天道的質疑過。要不是紀洵和常亦乘出現，紀景揚懷疑自己會被瞞一輩子。

李辭反問道：「那你為什麼不告訴謝星顏？」

「這種事，知道的人當然是越少越好啊，沒必要把別人牽扯進來。」紀景揚回答。

李辭看他一眼：「所以你不是知道答案嗎。」

紀景揚愣了愣才反應過來，李辭之所以瞞著他，也是不想讓他牽涉其中。

其實道理紀景揚都懂。憑李辭過目不忘的本事，多年來都沒能參透其中的竅門，讓他知道也不過是多一個人苦惱而已。倒不如一無所知，還能繼續安穩地過普通靈師的生活。

可是越想，紀景揚心裡就越不是滋味：「所以你覺得我跟別人沒有區別，不能幫你分擔點煩心事？」

他這句話說出口時沒經過什麼思考，完全屬於脫口而出，直接到連能言善道的李辭都愣了一瞬。

「我沒……」李辭剛開口，就控制不住地悶咳了起來。

這次咳嗽來得凶猛，沒幾秒的工夫，臉上蒼白的膚色就染上了一層異樣的紅。

紀景揚見他佝僂著背彎下腰去，心中那點隱約的怒意，轉眼就被習慣的擔憂所代替。他手忙腳亂地調高空調溫度，又趕緊遞了瓶水過去，忍不住說：「你就是心裡裝了太多事，才會一直病懨懨地好不了。」

李辭手指虛握著瓶身，有氣無力地笑了一下。

「還好意思笑？」紀景揚瞪他，「你是吃定了我不會真的對你生氣是吧？」

李辭彎著眼：「是啊。」

紀景揚抽了下嘴角，徹底沒脾氣了。

半晌過後，他的手搭在方向盤上，有一下沒一下地敲著：「以前的事就不跟你計較了。這次你來濟川就住在我家吧，不管你要查什麼、怎麼查，都要帶上我一起。」

李辭沉默了許久，才很輕地「嗯」了一聲。

有了這聲承諾，紀景揚整個人都得意了起來。他對著後照鏡理了一下花襯衫的衣領，又撥了一下蓬鬆的額髮，見紀洵兩人正好從便利商店出來，還心情很好地朝他們揮了揮手。

紀洵一出便利商店，就看見有隻公孔雀在車裡開屏。

不知為何，看著紀景揚這副模樣，他不太想了解這兩人在車上聊些什麼了。

上車後，紀洵把剛買來的水和麵包分給眾人，又從塑膠袋裡拿出一盒水果糖，很順手地遞給了常亦乘。紀景揚眼睜睜地看著他的好弟弟，完全沒有要分一顆糖給他的意思，剛剛得意起來的內心又遭受到了極大的打擊。

偏偏紀洵根本沒意識到這點，迎著他震驚的視線，還疑惑地歪了下頭：「怎麼了？」

「……沒什麼。」紀景揚挫敗地轉過身去，等車子重新開上路後，清了清嗓子：「有個問題一直找不到機會問。你們以前算是什麼關係啊？」

他沒有別的意思，就是純粹地好奇靈與靈之間的相處模式，是不是也跟人一樣有親疏的區別。誰知紀洵撕開麵包包裝的動作一頓，腦袋當機了似的，半天都沒說話。

他不知道該怎麼回答。說是師叔師侄嗎，好像太生分了點。說是朋友嗎，他和常亦乘之間似乎又缺少了友誼碰撞的火花。

真要說的話，紀洵只能想到一個詞，牽掛。

靈向來都是來去自由的物種，他也很少和人長久地住在一起。對於昔日的長乘而言，在雪山度過的十幾年光陰，也不過是彈指一瞬的剎那。

可就是在那十幾年裡，有些習慣悄無生息地產生了變化。

每逢下山，都不再像從前那樣，處理完事情還四處逛逛，而是一天都不耽擱地啟程回去。快到雪山山腳下時，也會下意識地遠遠朝山腰那片松林望一眼。

因為心中明白，肯定會有人早早地在那裡等著。

世人所說的牽掛，早在不知不覺之中，在長乘心中具象成了常亦乘的代名詞。

可這些話只能放在心裡反覆想起，真要說出口，就多少有點矯情和肉麻。

紀洵張開嘴唇，感覺到身邊傳來一道打探的視線，又看見李辭也側身望了過來，忽然腦子一抽：「他是我養大的。」

「……」答案過於出乎意料，車內的空氣都安靜了下來。

幾秒過後，居然是常亦乘先出了聲。

他捏了下喉間突起的小塊骨頭，聲音很低地笑了一聲。

本就瀕臨凝固的空氣，頓時變得更加冰冷。紀景揚打了個哆嗦，心想，他可能不該問的。

◎

直到抵達世紀家園社區大門外，車內怪異的氣氛依舊沒能散去。

下了車，紀洵仗著自己腿長，加快步伐便往前走。可惜常亦乘的腿只會比他更長，沒兩步就跟了上來，還不知道是故意還是無心，稍微落後他半公尺左右的距離，不急不緩地走在後面。

深夜時分的社區格外寧靜，只有兩人的腳步聲和行李箱滑輪拖動的聲音，一路響起。

路燈把一前一後的兩道影子拉得很長，也模糊了彼此之間的距離，晃眼一看，有如並肩依偎著前行一般。

紀洵放慢呼吸，也無法忽略被人緊盯著後背的微妙感受，他甚至想抬手摸摸看，背上是不是已經被人用目光燒出了兩個窟窿。這種感覺實在太怪異，紀洵忍不住側過臉：「你能走快一點嗎？」

常亦乘看他一眼，長腿往前邁出一大步，直接超過他往前走了。

紀洵：「……」

所以說上古神靈又有什麼用，面對自己養大的人突然鬧彆扭，還不是只能像個普通大學生那樣束手無策。他無奈地搖搖頭跟上，還好常亦乘沒有徹底喪心病狂，他進了樓棟後就停下腳步，按好電梯等待紀洵。

七樓轉眼就到了，兩人出了電梯，紀洵有心想說點什麼，又不知該從何說起，站在牆邊琢磨了一會兒，好不容易才想出一句：「那就，晚安？」

電梯門在兩人面前緩緩合攏，光線瞬間從明亮變得昏暗。常亦乘低頭看著他，由於身高差異帶來的壓迫感，在此刻莫名被增強了幾分，搞得紀洵莫名緊張。

安靜了一會兒，常亦乘緩聲開口：「紀卓風那裡的靈力，你不收回來？」

紀洵愣了片刻，意外於男人問的居然是件正事。他鬆了一口氣，接著也放鬆了警惕，輕聲回道：「不急，先用它們保住那些善靈的命。」

常亦乘又問：「天道呢，要不要管？」

紀洵點了下頭。無論如何，他都不能對天道坐視不管。

這不僅關係到他的安危，也關係到千百年來的糾葛，更關係到現世所有靈師的未來。

可問題在於，他們既不知道天道的模樣，也不知道對方藏身於何方。

「除非它主動送上門來，否則一時半刻很難找到。」紀洵說，「只能先等李辭那邊的結果，再看看我能不能想起什麼有用的線索。」

常亦乘：「那你這幾天有什麼打算？」

紀洵：「當然是趕緊把論文先交上，省得教授又發火，到時就真的畢不了業了。」提到萬惡的論文，紀洵的眉間就染上一層濃濃的焦慮。他無奈地嘆了口氣，略有幾分羨慕地看了不用為論文發愁的常亦乘一眼，「我要去熬夜趕論文了，你也早點休息吧。」

他說完便轉過身，找出鑰匙準備開門。

身後的腳步聲貼了過來，點亮了走廊的聲控燈。紀洵拿著鑰匙，看著男人的身影從背後靠近，宛如把他整個人圈在了身體和防盜門之間，也堵住了他所有的退路。

紀洵回頭：「你幹嘛？」

「天道的目標是你。」常亦乘說，「你一個人待著不安全。」

紀洵恍惚了一瞬，有種時光回到了千年以前的錯覺。

好像他們還住在雪山上，他還能看見昔日那個瘦高挺拔的少年站在那裡。哪怕少年不說話，只是用眼睛看著他，他都能懂，這是今晚想跟他一起回去的意思。

可能是太久沒有過這樣的體驗，此刻他居然感到有些不自在。

紀洵密長的睫毛顫了幾下，找藉口說：「不用了吧。而且我大概要通宵寫論文，你在我家會很無聊。」

「不會。」常亦乘說，「我看你寫。」

正經人誰會沒事在旁邊看別人寫論文啊。紀洵腦子裡閃過一句吐槽，還想再說什麼，就看見常亦乘皺了下眉頭，隨後把手伸過來，略加了幾分力度，握著他的手把門打開了。

紀洵簡直只能服氣了，居然見識到了一種新形態的私闖民宅。

他愣了一下，無奈地勾唇：「我怎麼覺得，你現在越來越不懂規矩了。」

「是嗎。」常亦乘收了手，握慣短刀的指腹摩擦過皮膚的同時，稍低下頭，在他耳邊說：「可能是把我養大的人，沒教過我什麼是規矩。」

紀洵：「……」

哦，原來鋪墊半天，是在計較這句話。

紀洵無法反駁，因為他確實沒教過常亦乘什麼規矩。

古往今來的靈中，長乘是模樣最接近於人的靈，也是天生最能悲憫人類的靈。可他到底不是人，對人間講究的繁文縟節實在了解有限，自己都不懂，又拿什麼去教別人。

這一世成為紀洵後，他倒是懂了很多。可惜懂得太晚，當初撿回來的小孩個子長得比他還高，看起來完全不需要教他如何做人。

能怎麼辦，自己養歪的自己擔著吧。

抱著這種微妙的心態，紀洵側過身，讓常亦乘進了他的家門。

按下開關的同時，一室溫暖的燈光灑在兩人頭頂。紀洵還沒來得及把防盜門拉過來，常亦乘就很自覺地彎下腰，從鞋櫃裡取出拖鞋了。那些暖光照在他身上，把他鋒利的輪廓照得柔和了些，顯得這一幕都有了點溫馨居家的氛圍，反倒是紀洵有些不自在。

其實出發去嶺莊前，他也經常會讓常亦乘到家裡來吃飯。可那時候他完全把對方當作一個關係不錯的大人物看待，如今真相大白，他反而不知道該用什麼態度來和常亦乘相處，就是覺得很彆扭。

有那麼一瞬間，紀洵甚至懷疑是不是有哪裡搞錯了，他可能不是別人口中的上古神靈，而是一個最普通不過的大學生。否則很難解釋，他怎麼能被常亦乘三言兩語地就奪走了主動權。

常亦乘換好鞋，問道：「站在那邊幹嘛，不是要寫論文？」

「……」紀洵哽了一下，「你擋到我的路了。」

常亦乘看了寬敞的玄關一眼，又看了看胡說八道的紀洵，不知怎麼想的，居然還真的往牆邊一站，又垂眼望了過來，眼神裡寫滿了「這樣夠不夠你走」的意思。搞得好像今晚找碴的人是紀洵一樣。

紀洵硬著頭皮走向客廳，蹲下去，從行李箱裡取出筆記型電腦。剛把電源線拉到插座邊，就捕捉到一道明目張膽的視線正聚焦在他身上。他回過頭，對上常亦乘漆黑的雙眸。常亦乘不避不讓，目光直接地看著他：「嗯？」

嗯你個鬼。紀洵在心中吐槽了一句，直起身拉過椅子坐下，決定立刻投入論文的汪洋大海，靠一些動物醫學知識來減輕內心不可捉摸的古怪情緒。

時斷時續的鍵盤敲擊聲在客廳響起，伴隨著時間無聲的流逝，眼看紀洵的心就快要靜了下來。可是他不經意間一抬眼，視線掃到餐桌那邊坐著的身影，就忘了下一句要改什麼。

常亦乘還在看他。分明無形的視線，讓人想起開門時指腹摩擦過皮膚的觸感。

紀洵微偏過頭，從耳朵到脖頸浮出一片灼人的溫度。體溫上升的同時，感官也變得更為敏銳，連偏頭時耳環的晃動都能格外清晰地感受到。

這一幕太眼熟了。

翻湧而來的記憶中，一幀幀相似的畫面在紀洵眼前逐一浮現。

在他還被叫作紀相言的那些年裡，紀家的靈師知道他喜歡清靜，除非有要緊事，否則都不會上門打擾他。就只有常亦乘，從小惦記著他給的糖，每晚都會不請自來。拿到糖後也不馬上走，就坐在那裡睜著漆黑如墨的眼睛，認認真真地看著他，像在揣摩他的言行舉止，又像只是單純地想看著他而已。

那時的紀洵不會為這點小事困窘，他只覺得人類的小孩果然奇怪，然後牽著常亦乘把他送回山腰。

夜晚的雪山道路難行。紀洵身為靈，走起來當然如履平地，可那時常亦乘年紀還太小，稍不留神就會腳下一滑，許多次要不是紀洵及時拽住，估計會一路滾下山去。

對於小孩來說，這本來是一件很正常的事。可偏偏常亦乘從小性格就冷，不小心扭到腳也不吭聲，還要板著一張臉，裝出若無其事的表情。被問到「疼不疼」時，就搖頭不肯承認，還堅持一瘸一拐地往前走。

不知道是在跟誰較勁，反正就是不肯在他面前示弱。

後來漸漸的，如果哪天雪下得太大，紀洵就索性讓他直接住下來。

再後來，哪怕當晚沒有下雪，常亦乘也不願意走。

有一回紀洵問他為什麼，他說，想留下來看月亮。

『我這裡的月亮，比別處的好看？』紀洵笑著問他。

常亦乘點頭，眼睛卻依舊在看他。

不知不覺中，常亦乘已過了束髮之年，只是隨意地用布帶將黑髮束在腦後，也掩不住清俊出眾的樣貌。他不再像小時候那般，每晚來了就先要糖，而是會先在門邊站一會兒，明知自己剛進院子就會被紀洵察覺，也非要等到紀洵先轉過頭來，才會低聲說出一句「我來了」。

有時紀洵有事要做，不能整晚陪他賞月。他就獨自在窗邊坐著，等到天光初明，便沿著來時的路離開。

一晃眼這麼多年過去，當初的習慣居然絲毫未變。

紀洵抿了抿唇：「我說你是我養大的……」

話音剛起，男人的視線就晦澀了幾分，映在燈光下，像一把塵封於刀鞘下的薄刃，看似安靜，又蘊藏著隨時可能綻放出鋒利刀光的危險。

「是因為我不知道，該怎麼形容我們的關係。」紀洵繼續說，「無論哪個聽上去都不太適合，只能挑個最簡單直接的來解釋。」

常亦乘眸光微動，瞳孔四周散發出淺淡的銀白。如同林中的野獸躍躍欲試之時，眼中也會漫上一層異樣的色彩。

紀洵：「靈的生命比人類漫長，靈和靈之間也沒那麼多長幼之分。我今天那麼說，不是想在別人面前顯得高你一輩，你如果介意……」

「我不介意。」常亦乘打斷他，「但除此以外，還有別的嗎？」

紀洵頓了一下，才回答：「我認識過很多靈，也遇見過不少人，可是像你這樣的，只有一個。」

「哪樣？」常亦乘步步緊逼。

紀洵很輕地眨了下眼，總覺得自己似乎遺忘了什麼很重要的東西。那些東西貫穿於他殘缺的記憶中，無法連成一條線，只能化作閃爍的微光停在那裡，讓他無法後退，也無法再往前一步。

室內的氣氛焦灼而黏稠，緊閉的門窗透不進一絲微風，也吹不散紀洵心頭的疑慮。

靈不是人，不需要借助群居來尋找本能的安全感。世上有許多靈，終其一生都只在一個僻靜的角落降生和滅亡，沒人知道他們來過，也沒人在乎他們離去。

武羅他們死後，身為最後神靈的長乘，他曾經也以為，回報完紀家的恩情，他很快就會抽身離開。也許會避世數十載，也許會漫無目的地路過很多地方，直到油盡燈枯的那天，倘若不幸沒能遇見適合的靈師，就悄無聲息地閉上眼，將自身歸還於天地。

然而那年酷暑難耐，他走進祭祀用的山洞，撿到了一個人。

可能從那一刻，他就離無牽無掛的命途漸行漸遠。

從起初的漫不經心，到後來的無可奈何，再到十幾年後的習以為常。他習慣了身邊那個沉默寡言的人，也縱容對方一步步踏進他的領地，成為他的牽掛。

但是後面的，紀洵就記不清了。

他記得自己屢番規勸常亦乘下山遊歷，也記得雷池陣中最後一瞥時的難捨，可再往前一段時間的歲月，在他心裡劃出了刺眼的空白。

那裡應該存在過什麼。

是連常亦乘都不知道的、只有他自己醒悟的心境，卻被硬生生割出一道鴻溝，中間橫著千年的時光，讓他無處探尋。

最後，紀洵只能依靠直覺，輕緩地說：「出事之前，我也經歷過一些危險。」

常亦乘心臟忽然一緊。時至今日他還是會心疼，只因他無比清楚地知道，很多次紀洵回到雪山時，身上都是帶著傷的。

只是那時不管他怎麼問，紀洵都只是笑一笑，說沒事，睡一覺就會好。

紀洵：「我有時會想，反正已經活了那麼久，死了也不算可惜。但每次快要放棄的時候，我都會想起兩件事。」

常亦乘的嗓音低啞：「共生陣，然後呢？」

「然後就是你。」

話說到這裡，也不必再多加隱瞞。紀洵的語氣變得從容了許多，淡而溫和的語調落在常亦乘耳中，激起他身體的輕顫。他以為紀洵接下來會說「如果我不在了，就沒人能幫你制住體內的煞氣」。但下一刻聽到的話語，卻推翻了他的猜想。

紀洵說：「我不想在往後，你每晚推開那扇門，卻沒有人在那裡等你。」

許久沒人關注的電腦螢幕在這時熄滅了亮光，剩下的光源只從一個方向照在紀洵臉上，讓他的輪廓與眼神都浸在半明半暗的光線裡，溫柔而模糊，一如千年前那無數個夜晚，常亦乘只能藉著清亮的月光看清的那張臉。

倚榻垂眸的長乘，和坐在電腦邊的紀洵。

跨越古今的兩個身影，漸漸在常亦乘眼中重疊成同一人。

他愣愣地看著紀洵，失去節奏的心跳撞擊著胸膛，令他的靈魂也被沖蕩出電流般的顫慄。原來那些夜晚，都是紀洵專程在等他。就像他會望眼欲穿地等在山腰的松林下，曾經也有人坐在清冷的月光下，等待那個不守規矩的人推門而入。

從小到大，總有人罵常亦乘是個瘋子。

但直到此刻他才確信，千年前為紀洵瘋的那一場，是他此生做過最值得的事。

否則他哪裡有機會，聽見紀洵親口說出這樣的話，他又哪裡會知道，原來不知何時，他竟然也能與關係天下蒼生的共生陣相提並論。

常亦乘急促地反覆呼吸幾次，低聲笑了出來。

僅僅是一句話而已。

就足夠彌補他此生所有的缺憾了。

常亦乘具體在高興什麼，紀洵也搞不太清楚。

反正他將自己的心路歷程剖析一番後，男人渾身繃緊的狀態就變得鬆弛了些，不再眼睛眨也不眨地盯緊他，而是頗有閒心地剝了顆回程路上買的巧克力，扔進嘴裡。

大概是哄好了吧，紀洵暗自鬆了一口氣。他有點扛不住常亦乘之前那種目光，專注得近似於偏執，好像很怕他會跑了似的，搞得讓人莫名產生一種強烈的愧疚感。

紀洵晃了下滑鼠，等螢幕重新被喚醒後，想了想，起身把桌上的遙控器遞過去：「我真的要趕論文了，自己開電視看。」

他家客廳不大，兼具了書房和餐廳功能的後果，就是各類家具都離得很近。比如說，現在紀洵只要伸長手臂，就能把遙控器放到書桌對面的餐桌上。

他站起來的時候，身體往前傾，後腦杓紮著的短馬尾髮絲也垂下了幾縷，掃過領口上方露出來的鎖骨。

常亦乘看向那一小片白皙的皮膚。目光很淡，要不是中途停頓了一秒左右的時間，紀洵都不會察覺到對方在看什麼。但凡察覺到了，這一眼就帶上了滾燙的溫度。

紀洵的身體先於大腦行動，下意識地把寬鬆的毛衣領口往上拉了拉。

這下更糟糕了，這個動作把常亦乘快要錯開的目光又瞬間拉扯了回來。

紀洵強行讓自己保持鎮定：「看我幹什麼，不會開電視？」

「會。」常亦乘說，「可是這裡隔得太近，不舒服。」

「？」

紀洵愣了一下，才理解他指的是什麼。

做為一個表面上的當代年輕人，紀洵家的電視幾乎就是個擺設。他沒有看電視的習慣，平時也就開著當個背景音，或者在吃飯時隨便瞟個幾眼，所以剛上大學那年、要改變客廳布局的時候，他就把電視掛到餐桌對面的牆上了。

當初的他萬萬沒想到，有朝一日，有人會用冷淡好聽的嗓音，一本正經地指出你家電視離餐桌太近，觀影體驗不夠好。

紀洵的身體裡，屬於男大學生的吐槽欲「唰」地竄了上來：「你一個靈，又不怕近視，隨便看看還委屈你了？」

常亦乘看著他，沒說話。

不知為何，紀洵想起了在寵物醫院實習時，遇到過的一隻捷克狼犬。

聽名字就知道，這種動物長得像狼，實際上卻是狗。明明長成一副凶悍凌厲的外貌，每次見到他時卻會無聲地靠近一點、再靠近一點。

大學四年的寒窗苦讀，終於在此刻發揮了作用。

紀洵「啊」了一聲，指著身旁的位置：「那你就坐這吧。」

然後他就後悔了。

書桌周圍本來還算寬敞，可是在他跟常亦乘兩位高個子青年同時坐下後，頓時就變得狹窄了許多。四條長腿抵在書桌下，稍不留神就會碰到。

離得太近，存在感也隨之變得強烈，會讓人不經意地停頓半拍，直到和對方的呼吸到達同一頻率後，才輕輕吸進一口新鮮的空氣。

要不是論文的死線迫在眉睫，紀洵是真的想連夜改變客廳格局。

鍵盤敲擊聲再次響起時，常亦乘靠上椅背，和紀洵拉開了一點微小的距離。

調成最小音量的電視裡在播放什麼，他並不關心，只是滿意於眼前的角度，能讓他以視線為筆，去慢慢勾勒出青年從後頸到脊背的線條。

寄生多年的後果，就是如今紀洵的外型已經無限接近於當初的長乘。脖頸修長，領口處會突起一小塊瘦削的骨頭。

常亦乘的血液在不知不覺間升溫發燙。他體內交織著靈與人混合後的基因，兩股力量在他身體裡來回拉扯，源於人的一部分克制著原始的衝動，源於靈的那部分則只想遵循本能，衝出來發洩所有的瘋狂。

想用牙齒去撕咬那塊骨頭。想讓他的神明往後揚起頭顱，漂亮的嘴唇被他暴戾的行為逼迫，輕顫著發出夜鶯啼哭般的聲音。想在最純淨的高山白雪上，留下深深淺淺的痕跡。

那些夢境中出現過的、荒唐而背德的畫面，那些苦苦壓抑了千年的執念，在今晚被紀洵用一句話，盡數釋放了出來。

常亦乘輕輕摩挲著指腹，微瞇起眼，喉間金色的符文再次浮現了出來。

紀洵似乎感應到危險，忽然回過頭。他愣了片刻，又側過頭看了電視播放的內容一眼。

不知道是哪部電影，正放到兩伙人拿刀廝殺的情節，血花四濺的畫面很符合暴力美學，可惜家長看見多半會去投訴，身邊的靈看了也容易失控。

向來清心寡欲的神靈，沒想到符文是因誰而起。

他順手換了個頻道，說：「回頭提醒我再幫你買個頸環，你這樣被其他人看見不太好。」

常亦乘摸了下滾動的喉結。

「嗯。」

◎

第二天早上，常亦乘下樓買了早餐。

回來時，紀洵這邊也暫時告一段落，他評估一下時間，打算吃過早飯，休息幾小時，下午再起來把論文改完傳給教授。

吃飯的時候，紀洵順便用手機瀏覽購物網站，準備替常亦乘買個頸環。

看著看著，事情變得不對勁了起來。到底還是吃了不是人的虧。

清心陣的樣式本來就是由一圈約三指寬度的符文組成的，所以他當年沒考慮過在普通人眼裡，陣法起效的時候會多引人側目，便直接原封不動地將其畫到了常亦乘的脖子上。

但現在問題來了，普通裝飾用的頸環都太細，遮不住。寬一點的倒也有，可那些商品五花八門的關鍵字，簡直讓一把年紀的上古神靈看得面紅耳赤。

要不乾脆買個大型犬用的項圈算了，紀洵自暴自棄地想。

他扛著巨大的精神壓力滑動螢幕，「你以前那個，是在哪買的？」

「不知道。」常亦乘說，「謝作齋拿來的。」

紀洵一口豆漿差點噴了出來。他滿腦子都是古稀之年的謝當家，上網看到那些兒童不宜的商品描述時，露出來的驚恐表情。

這種時候，極度缺乏現代人常識的常亦乘又顯得格外純情了。他疑惑地看向紀洵：「怎麼了？」

「沒什麼。」紀洵清清嗓子，總算找到一個商品描述正常的商品，邊按下直接購買鍵邊說，「吃完飯我打算睡一覺，你也回去休息吧。」

常亦乘：「我不能睡在這裡？」

紀洵：「……我家只有一張床。」

「那我不睡也行。」常亦乘仍然不想走。

紀洵卻是忍無可忍了。他見常亦乘已經吃完了，立刻動手把對方用過的免洗餐具扔進垃圾桶，開口問出一句直擊靈魂的質問：「你一個月幾千塊的房租，是交給羅老師做慈善的嗎？」

常亦乘就這樣被強行趕了出去。

關上門後，紀洵揉揉太陽穴，感覺自己退化了。想當年，無論看到多麼驚悚的畫面，他永遠能保持雲淡風輕的表情，平靜地面對一切。結果現在呢？

共處一室待了一整晚而已，一大早就一驚一乍的，活像個沒見過世面的普通人。

不過當普通人也沒什麼不好。

紀洵走進臥室，拉上窗簾前，看了外面鬱鬱蔥蔥的樹影一眼，突然意識到，他對所謂的人間，了解得其實也不夠多。

以前總是匆匆而來、匆匆而去，很少在塵世間停留多久。那時他讓常亦乘去山下看看紅塵眾生，也許也藏了一分私心，想藉由別人的眼睛去真實地觀察這個世界。可惜陰差陽錯，倒是他先切身體驗了一番。

晨光穿過枝葉的縫隙，透過玻璃落在紀洵的眼周，把他眼尾兩顆淺褐色的小痣照得更加分明。今天是工作日，早起的人已經出了家門。兩個小孩手拉著手，蹦蹦跳跳地從樓下經過。

紀洵站在窗前，目送他們遠去。片刻後，他彎起唇角笑了笑。

相比寂靜偏遠的雪山，他似乎更喜歡這樣的世界。

◎

這一覺，紀洵沒有睡好。

他的記憶並不穩定，而他又活了太多年，導致夢裡的場景總是斷斷續續的，他的身分也在不停地變化。有時是紀相言，有時是紀洵，有時是孤身走過荒野的長乘，有時甚至連名字都淡忘了，被周圍的人一口一個「空童」地喊著。

人們的聲音裡充滿了恐懼與厭惡。他們不斷地吵鬧，質問他為何沒有靈力，爭執他會不會替紀家帶來災殃。而在那些回憶裡，紀洵通常都發不出聲音。

可能是被堵住了嘴，也可能是什麼都不想說。

紀洵感受得到，過往歲月中的他，曾經也恨過、憤怒過。

負面的情緒堵塞在心頭，遲遲找不到出口，讓他在半夢半醒中驚出了一身冷汗。

但有些時候，也會出現幾張模糊的面孔，親切地對待他。

那些溫暖的善意穿插在光怪陸離的夢境裡，漸漸撫平了紀洵眉間的皺褶。

醒過來時，紀洵花了一點時間，確認自己是誰、此刻身在何方。

他坐起來靠在床頭，回顧了夢中的細節，確認沒有與天道相關的線索後，就開門去了浴室洗澡。熱水沖走了疲乏和困頓，紀洵穿好衣服，把擦過頭髮的毛巾扔進洗衣籃裡，正想轉身從抽屜裡拿出吹風機，就聽見門鈴響了幾聲。

他沒有多想，以為是常亦乘來了，就徑直走到玄關。然而電子門鈴裡顯示的人影，卻超乎他的預料。

紀秋硯站在門外，神色淡然。

紀洵打開門，沒發現紀秋硯看見他時，眼底掠過了一抹微妙的神色，只是禮貌地讓她進來，又倒了一杯水放到桌上，才問：「您找我有事？」

他剛洗過澡，半溼的頭髮潮溼柔軟地貼在額頭，突顯出幾分乖順的氣質，讓他看起來比大學生的年紀還要小上幾歲。

紀洵早已忘了，上一世，他也差不多留過長度到肩的頭髮。

所以他沒想起來，那個被靈師擄走的那晚，下著一場瓢潑大雨。

連夜逃難的紀家好不容易找到一個可以避雨的地方，阿姊顧不上她自己，只是惦記著年幼體弱的弟弟，一坐下就把他拉到懷裡，仔細地幫他擦拭身上的雨水。

『笨死了，好好走路怎麼會摔一跤，瞧你這張臉髒得跟一隻小花貓似的。』

『你們走得太快了。』

『那你也不知道要叫我們走慢一些？』阿姊口是心非地嚇唬他，『下次再不出聲，小心我們把你扔在半路，讓森林裡的狼把你叼走。』

『阿姊最疼我了，才不會扔下我呢。』

多年前姊弟倆的對話，再次迴響在紀秋硯耳邊。

老太太仍然沒有流露出多餘的情緒，只是在端起水杯時，往內收攏的指尖抵在掌心，留下了少許刺痛的觸感。

她不喜歡看見紀洵這張臉，他長得太像她夭折的弟弟，特別是此時此刻頭髮半溼的模樣，總讓她忍不住想起最後那個雨夜，弟弟依偎在她懷中軟聲軟氣地向她撒嬌的樣子。

放下水杯時，紀秋硯已經穩住了心神。她以長輩向晚輩問話的口吻正色道：「你們在嶺莊時，可還遇到過誰？」

紀洵一愣。當家的突然找到世紀家園來，明顯不是抱持著傳統家庭裡那種親戚串門的心態，可是紀秋硯一上來就問出這樣的話，還是讓他摸不著頭腦。不過他並不慌亂。

先前對外公開的說詞是他們幾個反覆討論過的。那時除了他和常亦乘的真身以外，他們連武羅的身分都沒有隱瞞，全部一五一十地交待了出來。

於是，紀洵搖頭回道：「沒有。」

「是嗎。」紀秋硯似笑非笑，「紀洵，你要知道，我活了一百年，不像謝家和李家的毛頭小子那樣好騙。」

第二章 反噬

紀洵心中毫無波動。

一百歲而已，在他這裡不過彈指一揮的剎那，嚇不到他。何況他眼下根本不打算全盤托出。

紀卓風剛供出天道，三位當家就下令所有靈師停止接任務，想必他們也意識到了，如今維繫靈師一行運轉的機制出了問題。這種情況下，誰能保證觀山裡，不會有聽命於天道的第二個紀卓風？

甚至連所謂的天道本尊，都可能已經混進了觀山。

紀洵確信，他如今的身分肯定已經暴露於天道了，否則紀卓風不會專程跑來嶺莊等他。天道既然幫他隱瞞至今，他也不介意接納這點善惡難辨的幫助，順水推舟地暫時隱瞞下去，讓知道真相的人越少越好。畢竟他不敢保證，天道會不會哪天心血來潮就殺人滅口。

「您要是認為哪裡不合理，不妨直接指出來？」紀洵抬眼望向老太太，「我才做靈師沒有多久，也許有哪裡疏漏了也說不定。」

紀秋硯說：「整件事都不合理。」

紀洵：「？」

他在腦子裡飛快地過了一遍，確認沒出任何差錯。

被寄生後最嚴重的狀態就是活死人。以前那些遭遇惡靈寄生的普通人，之所以撐不到這一步，說白了就是體質不適合做容器，才會在成為活死人前，就先耗盡了精力離開人世。

紀卓風奪走長乘的靈力，結果弄巧成拙，反倒把自己變成了難得一見的絕佳容器。

而且「紀卓風控制不住共生的靈，遭到反噬」這個說法，也絕非沒有根據，而是借用了古時有些靈師的真實遭遇。

根據每種靈的習性不同，被反噬的後果也各有差異。有的人靈力盡失，有的人直接死掉，也有人就是像紀卓風那樣成為容器。李辭說他在書上看過類似的記載，就算紀秋硯不像李辭那樣，那麼愛抱著書啃，也不至於完全沒聽說過。

考慮到種種因素，紀洵內心淡定，表面意外地問：「他本身不合理……難道那不是紀卓風？」

紀洵覺得自己演得挺好的，特別是神色中的無辜和驚訝拿捏得十分恰當。

結果紀秋硯掃了他一眼：「我說過，別撒謊。」

她目光彷彿淬了雪般地冰冷。隨著話音落下，手邊的水杯也應聲崩裂，玻璃碎片四濺而出，貼著紀洵的臉邊飛過，削斷了幾縷垂落的髮絲。水漬沿著桌面滴落到地板，發出吵人的聲響。

紀秋硯皺了下眉，後悔於自己的失態。

她就是忍受不了，有人頂著與弟弟神似的面孔，在她面前花言巧語地說著謊話。

要是現場還有其他靈師，他們必定會嘖嘖稱奇。向來不動聲色的紀當家居然生氣了，這可是冒死也要偷拍下來的、歷史上難得一見的場面啊。

然而紀洵看到這一幕，卻只感到久違的熟悉。

他記憶裡的「阿姊」，其實就是這麼火爆的脾氣。

上一世他沒有靈力，身體也不好，族中難免有人明裡暗裡地奚落他。那些話但凡被紀秋硯聽見，她肯定二話不說，當場召出靈就衝上去跟人幹架。

什麼虛與委蛇的試探，當年的紀秋硯根本不會、也不屑使用。

紀洵無從知曉究竟是什麼改變了紀秋硯，但她片刻的失態，既讓他看到了百年前的阿姊，也讓他的心也隨之軟了下來。

他抬手摸了下臉，問：「您為什麼斷定我在撒謊？」

紀秋硯的滿腔怒火彷彿撞進了靜謐的深海，被吞噬得一乾二淨。

細聽之下，儘管紀洵用了「您」字以示尊敬，可他的語氣裡居然帶了點循循善誘的意思，像脾氣溫和的長輩面對無理取鬧的小孩，不怒不惱，而是笑盈盈地問她「怎麼不開心了」。

紀秋硯靜默幾秒，撇去心頭微妙的感受後，才開口說：「我以三言為媒介，間接接觸過紀卓風。他靈力深厚，即使被靈反噬，也不是你能對付的角色。」

「以前的我或許不行。」紀洵笑了一下，「現在的我和常亦乘聯手，就能對付他。」

紀秋硯搖了搖頭。常亦乘的身手固然很好，但他沒有和靈共生的祕密，早就在望鳴山被他親口承認了。他們兩個沒能完成共生的靈師，怎麼可能敵得過紀卓風。

紀秋硯：「在嶺莊幫你們的人，不一定就是好人。紀洵，你還是不肯說嗎？」

紀洵無話可說。

「好。」紀秋硯沒再追問下去，她以手指輕叩桌面：「三言。」

周遭的光線忽然暗了下去。顏色暗沉的盔甲仿若一道投影，從紀秋硯身後浮現出來，隨著三言踏上地面，它的身影也漸漸變得清晰。

紀洵咽了口唾沫，目光警惕。他不想跟三言玩什麼你問我猜的把戲。

千鈞一髮之際，門鈴響了。

紀洵神經一顫，猜到這回肯定是常亦乘，頓時心叫不好。常亦乘可不是他這種好說話的性格，萬一看到紀秋硯準備用三言對付他，肯定會直接拔刀打起來。

偏偏紀秋硯聞聲抬頭，視線掠過紀洵，直接看向了玄關，隨即一笑：「你不肯說，問他也行。」

「……」紀洵的內心一片荒蕪。

不用回頭，他也知道紀秋硯看到了什麼——玄關處電子門鈴螢幕中顯示的人影。

「不，妳等一下。」紀洵顧不上禮貌用詞，正想緊急編個藉口阻止兩人撞上，沒想到紀秋硯直接召出另一隻靈，如鬼影似地飄到了門邊。

「喀噠」一聲輕響，門開了。

紀洵揉揉眉心，彷彿耳邊響起的不是開門的聲音，而是宣告戰鬥即將開始的衝鋒號。

他抱著最後一線希望，轉過身朝常亦乘笑道：「來得好巧，我正……」話還沒說完，常亦乘眼神一冷。盔甲鐵葉摩擦聲、女人低語吟誦聲和短刀出鞘的聲音，同時響起！

我操。紀洵忍無可忍，默默爆出一句髒話。

他來不及細想，一躍翻上餐桌，矮身的瞬間五指張開為掌。洶湧的靈力直接撞向紀秋硯的後背，打斷了她的動作。指尖再往回一勾，黑色的霧氣就迅速往回收，強行把即將引常亦乘魂魄附身的三言扯了回來。同時又有一縷霧氣飛散出去，明明輕若無物，卻抵住了常亦乘手中寒光閃爍的刀尖。

從紀秋硯轉頭準備逼問常亦乘，到紀洵出手控住全場，前後只有兩、三秒的剎那。

紀秋硯做夢都沒想到，自己有朝一日竟然會被一個小輩打斷施法。

她慢慢側過臉，神色微妙：「你知道自己在做什麼嗎？」

常亦乘的聲音很冷，他反問她：「妳又是在做什麼？」

「……都別吵。」紀洵清清嗓子，解釋道，「我只是想露一手，證明自己的實力。您看我這樣的水準，能打得過紀卓風吧。」語氣太過誠懇，聽起來反而像是在嘲諷。

紀秋硯眉心一擰：「是嗎，那你就再證明幾次。」

紀洵聽她這語氣，就知道大事不妙。

電光石火之間，他只來得及布下乾坤陣，然後就感覺纏住三言的霧氣一空，是紀秋硯把它收回了體內。下一秒，屋內就憑空出現了三隻形態各異的靈。唯一的相同之處，就是它們眼中躍躍欲試的暴怒。

紀秋硯：「若是連它們都打不過，就說明你不可能是紀卓風的對手。」

紀洵頭皮發麻。

老太太的意思已經很明顯了。她擺明不相信只靠他們兩個年輕人，就能把紀卓風搞定，懷疑他們隱瞞了第三人的身分不肯說，又一廂情願地認定，那不肯露面的第三人敵我難辨，非要把人家找出來問個清楚。

紀洵變不出不存在的第三人，為今之計，只有證明自己早已不是當初的那個廢物。

他無奈地嘆了口氣，心想果然是他的阿姊，不管年紀多大、平時裝得有多穩，骨子裡那種又倔又衝的性子還是沒有改變。

「行，那就速戰速決吧。」紀洵說，「我晚上還要交論文呢。」

常亦乘看了他一眼，似乎想說什麼。紀洵囑咐道：「你別出手。」

話音未落，濃濃的黑霧已經纏上他瘦削的手腕，一股強勁的威壓悍然席捲過客廳每個角落。紀洵不想傷害紀秋硯，所以此時此刻，他只求一擊制勝。

鋪天蓋地的霧氣如萬馬奔騰，紀秋硯來不及反應，只覺得霧氣間閃爍的金光刺目而來，瞬間將四周淹沒。被她召出的擅長戰鬥的三隻靈，連還擊之力都沒有，直接被強勢的霧氣壓倒在地。

紀秋硯的瞳孔一縮，源自於本能的求生欲促使她抬手，還想再召喚出新的善靈，一股如春風般和煦的力量就立即禁錮住了她的身體。要不是紀洵有所收斂，只讓霧氣停留在她的皮膚表面，而沒有穿透她的肺腑，她今天不死也會丟掉半條命。

而視線盡頭，紀洵淡淡地看著她。

青年並沒有露出得意或狂妄的表情，只是平靜且耐心地問：「這樣可以證明了嗎？」

在絕對的壓制面前，紀秋硯心服口服。她輕輕點了下頭，自嘲般地笑了笑：「是我看走眼了。」

靈師是最講究天賦的職業。無關年齡也不論經驗，有些人天生就是強過其他人。曾經的紀秋硯，就是這一類人。而紀洵不費吹灰之力就能占據上風。

紀秋硯知道，倘若她以命相搏，興許也可以傷得了紀洵分毫，但這並不是她今日到訪的目的。她懷疑紀洵有高人相助，紀洵證明自己已經足夠強大。這就夠了。

紀洵鬆了一口氣，收回滿室的霧氣，又擺出乖順晚輩的姿態：「不好意思……」

剩下的道歉被他陡然咽了回去。他下意識望向常亦乘，見男人與他對視的目光中也流露出一抹詫異，這才確定自己沒有看錯。

站在屋子中央的女人，確實是紀秋硯沒錯。

可是被他霧氣觸碰過的光潔手背，卻在此刻長出了年輪般的皺紋。

紀秋硯注意到他們的情緒轉變，低下頭，看了自己的手一眼。出乎意料，她似乎並不驚訝，只是稍作思考，便問：「你的靈器可以淨化？」

紀洵領悟到什麼，當場愣住。

是啊，世間長壽之人常有，數十年容顏不改，卻違背了常理。

紀秋硯拉開椅子，緩緩坐下。她的容貌還是維持四十歲左右的模樣，說不上有哪裡不對勁，她的姿態卻在片刻之間蒼老了許多，映在牆上的身影也微微佝僂了下去。

紀洵聲音輕顫：「怎麼回事？」

「別害怕。」紀秋硯抬起眼，臉上雲淡風輕的神色，確實是人們記憶裡那位處變不驚的紀當家。「四十歲那年，我就被靈反噬了。」

被靈反噬的表現因人而異，落在紀秋硯身上，就是外表如同被冰封了一般，無法變化。

聽上去是令人夢寐以求的駐顏效果，可只有紀秋硯自己清楚，她的五臟六腑早已順應年齡而一天天腐朽衰敗。明明早就過了風燭殘年的界線，卻還是死不了。

活到現在，送走了身邊一個個長輩、同齡人、晚輩，自己則被困在不老的孤獨牢籠裡無法逃脫。不是供靈寄生的容器，卻又勝似容器。

紀洵低聲問：「為什麼會被反噬？」

紀秋硯語氣平淡：「不知道。現在想來，也許該怪我那時，去查了不該查的事。」

「妳在查什麼？」

「殺人奪靈的真相。我想知道，害死我弟弟的罪惡源頭，到底是什麼。」

紀秋硯迄今為止的人生，可以用四個字概括。

事與願違。

她幼年鍾愛北方高闊遼遠的天空，卻迫於時局混亂，只能與族人離鄉背井地往南遷徙。

少年時期，她接受現實，逐漸淡忘了故鄉的雲與城牆，心想只要是有家人在的地方，也能稱之為家。

可惜沒過多久，弟弟就死在一個滂沱的雨夜，在她心口留下無法磨滅的傷痛。

紀家定居濟川之後，紀秋硯發現自己再也沒有心情享受難得的安穩。她彷彿逃避般四處遊歷，好似只有這樣，才能從沉重的現實裡揚起頭來，呼吸到一口新鮮空氣。

可最終她還是回到了濟川。

只因為上任當家去世，而她是活下來的紀家人裡最優秀的靈師。

午夜夢迴，紀秋硯忘不了弟弟，也忘不了其他慘死的同袍。一條條人命堆積在她的肩頭，讓她慢慢斂起了生動的表情，只留下古井無波的穩重。

臨近不惑之年，世間局勢趨於穩定，紀秋硯也總算得空思考起殺人奪靈的緣由。

其中她最為不解的，就是靈師死亡和善靈轉移的關聯。

既然靈師和善靈共生的時候，需要雙方同意，靈師才能分出靈力接濟善靈。可為什麼輪到殺人奪靈的時候，動手殺人的靈師卻能無視善靈的意願，將其強行接納到自己體內？

為此，她做了很多實驗。

主動斷掉自己與靈的連接，再將它們收回，或者屢屢讓自己處於瀕死狀態，驗證體內的善靈會出現什麼變化。可惜所有實驗都沒有得到有效的線索。只要她沒有徹底死亡，靈的狀態就不會發生任何改變。

「最後一次，我找來了李家的小子。」

紀秋硯輕描淡寫的一句話，在紀洵心中掀起驚濤駭浪。

他難以置信地望著眼前的女人，竟然從對方秀麗的眉眼間看出了隱藏已久的瘋狂。

垂垂老矣的李當家，在當年還只是個十幾歲的少年。

別看他如今不問世事，六十多年前的他卻跟現在的李辭差不多，總是痴迷於各種奇聞異錄，也願意不顧一切地去解開心中的謎題。

俗話說好奇心害死貓，李當家彼時熊熊燃燒的求知欲，也讓他答應了這個荒誕到有違倫理的請求。

紀洵聲音乾澀：「你讓他殺了妳？」

紀秋硯平靜地點頭。

「以他的本事，如果能親身體會到殺人奪靈，恐怕就能揣摩出些許原理。」紀秋硯眼底掠過一抹遺憾，「可惜最後關頭，他猶豫了。」

那一次，他們離成功只差一步之遙。

紀秋硯的呼吸和心跳都已經停止，接下來，就該按照他們之前商量的步驟，由李當家把靈力釋放到她的身體裡，強行與她的善靈建立共生關係。

這個步驟缺乏論據，但根據當時的情況看來，他們賭對了。

然而就在紀秋硯的第一個靈，眼看要歸他人所有之時，李當家居然遲疑了片刻，短暫的疏忽讓共生被迫中斷，兩人靈力的拉扯卻沒有因此停下。

隨之而來的刺目白光即刻覆滅了他們。

兩人於地動山搖的巨顫中倒在血泊裡，被巨大聲響吸引來的族人將他們送去醫院，紀秋硯很快清醒並康復，而李當家則在醫院裡躺了三年。

三年後他走出醫院，身體卻再也不復從前。後來他娶妻生子，頭兩個孩子全都不足周歲便早早夭折，第三個孩子勉強長大成人，但也一生體弱多病，沒能活過三十歲。

明明是春暖花開的季節，紀洵的後背卻感受到了刺痛的涼意。

李家的反噬，是奪走了李當家和他後代的健康。所以李辭才會生下來就雙目全盲，也無法像健全人那樣自由行走。

而紀秋硯，則是相隔多年後，才意識到自己也被反噬了。

紀洵搖了搖頭，問：「妳後悔過嗎？」

「自作自受，我有什麼可後悔的？若真要論，也就是對李家的晚輩有些愧疚，我不該找李家那小子，換個心狠一些的來，興許就能成功了。」

紀洵一時不知道該說什麼。他解開乾坤陣，讓窗外明媚的春光照至身周，跌坐進椅子裡沉默了許久。

常亦乘垂眸觀察過他的神色，如同讀懂了他心中所想，轉向老太太緩聲開口：「這些事，如果讓你弟弟知道了，他是不會開心的。」

紀秋硯輕笑一聲：「那又如何。」

紀洵抬起眼，看著紀秋硯枯瘦的手背緩緩覆上一層柔軟白皙的皮膚，如同陽光為她鍍了層金身，又把她變回了波瀾不驚的紀當家。

「我做事，只憑我願意。」紀秋硯道，「今天告訴你們這些事情，只是要讓你們知道，如今我活著，就是為了等到塵埃落定的那一天。」

她站起身，重新挺直了脊背。哪怕不久前才被紀洵制服，此刻她看向兩人的目光中，卻沒有一絲膽怯，反而透露出坦蕩和篤定的意味。

「謝家從未出過姓常的靈師，但我不想計較了。只要你肯協助觀山找出真相，你就是我紀家的座上賓。

「至於你……」

紀秋硯看了紀洵一眼：「既然資質上佳，就別浪費。」

她以這句話作結，轉身走了出去。

紀洵好半天都沒出聲。他做夢也想不到，前一世自己的死，竟對現世靈師產生了如此深遠的影響，特別是一想到李辭弱不禁風的模樣，心情就更加複雜。

過了許久，紀洵才從書桌上撿起髮圈，將頭髮束在腦後，打開電腦改起了論文。

常亦乘收拾好被紀秋硯震碎的玻璃杯，問：「很難受？」

「有點。」紀洵敲著鍵盤，「如果我那時沒有上紀卓風的當……」

常亦乘打斷他內疚的話語：「不怪你。」

紀洵稍側過臉：「確保靈師一行不出任何差錯，是我的責任。」

常亦乘皺了下眉頭，並不贊同他的說法。

從前不知道共生陣的存在時，他就不太理解，為什麼長乘明明那麼強大，卻願意屢屢將自己置於險地，去幫助與自己毫不相關的人，解決屬於他們的問題。

後來得知了共生的真相，類似的困惑卻沒有迎刃而解。

其他神靈都能遵從本能的意願，去過他們想過的生活，偏偏又是長乘留下來，數年如一日地繼續他的使命。

可是，那些責任，真的全部該由他獨自承擔嗎？

天之九德的化身，到底是世間對長乘的讚頌，還是無形中將他困住的牢籠？

就算他為此粉身碎骨，難道所有的苦難就會有消失的一天？

常亦乘：「紅塵眾生，我見得不如你多，可是我也不如你善良。所以看著他們，總會覺得他們一個比一個貪婪。」

生生不息的貪欲，構成了世間的有所求。一個人有所求，就注定了另一個人會有所失。所以數千年間，無論靈還是人，他們總會為了一己之欲，不斷地向周圍索求。

就連常亦乘自己，也不免俗。

「殺人奪靈，是因為貪念而起。天道想對共生陣出手，也是因為貪念而起。

「靈師一行所有的差錯，全都是因為它。

「除非世間萬物都沒有神智，否則誰都不能阻止。

「既然無人能擋，那麼這也不該是你的責任。」

低沉的嗓音一字一句落在紀洵耳邊，讓他愣了半晌。

他早就習慣獨自擔負起所有的責任，也從來不認為這有哪裡不對，好像天地將他孕育出來，就是為了賦予他這項使命一般。

從來沒人願意告訴他，你能做的其實也很有限。但這並不是你的錯。而是世間萬物原本就遵循欲望而生。

紀洵的睫毛微顫幾下，纏繞在心頭的壓抑情緒，也在這一刻煙消雲散。

他用手托腮，勾唇笑了笑：「上次在嶺莊，有一句話沒說完就被紀景揚打斷了。」

「嗯？」

紀洵仰起頭：「等事情解決了，我們找個時間出去玩吧。」

常亦乘愣了愣：「去哪？」

「誰知道呢，你不是有手機嗎？」紀洵重新敲起鍵盤，「自己上網查吧，對哪裡感興趣就記下來。」

隨後的幾小時，兩人沒再交談。

他們一個跟學術資料繼續搏鬥，一個滑著手機瀏覽網頁，並不時拿起筆記錄著什麼。

等紀洵終於把文件寄到教授的信箱，一回頭，就看見常亦乘在紙上密密麻麻地寫滿了內容。字數之多，不亞於他剛剛提交的畢業論文。

「……」紀洵抿抿唇角，懷疑自己剛才是不是邀請得太正式了，否則常亦乘怎麼會把一次旅遊看得如此慎重。

他好奇地湊過去看了一眼。常亦乘的字跡跟他的有些相似，只不過筆鋒收尾處更鋒利一些，像用刀刃在紙上落下了重重的痕跡。

紀洵看了一會兒，便不想再看了。總之就是覺得很離譜。

雖然他是說過可以把感興趣的地方全都記下來，可他也沒想到常亦乘的愛好如此廣泛，居然在短時間內把國內外知名的、不知名的景點，一個個都羅列了出來。

紀洵深吸一口氣，問：「你不會打算，全部都去吧？」

常亦乘的筆尖一頓，回道：「你說的，要了解紅塵眾生為何物，就應該多走走。」

紀洵哽了哽，恨不得穿越回去，揪著當年那個紀相言的衣領怒吼一聲，「你看看你教出來的小孩，不會教就少說話！」。

大概是他嘴角抽搐的弧度大了些，常亦乘看他一眼：「你不願意？」

「不是我願不願意的問題。」紀洵清了清嗓子，以資深人類偽裝者的身分善意提醒道，「就算現在的交通工具很方便，可是你知道這些地方全玩下來，要花多長時間嗎？」

常亦乘對此是真的沒概念：「多長？」

「至少也要十年、八年吧。」紀洵說，「或許要二十年也說不定。」

常亦乘掀起眼皮：「二十年很短。」他的目光暗了一瞬，聲音也隨之低了下去，「還是說，你不想陪我那麼久？」

紀洵被這句話問得直接當機。

他有一個猜想，不一定對，但光是在腦子裡想了想，就讓他臉頰發熱。

常亦乘好像……已經賴上他了。

◎

另一邊，自從回到濟川，紀景揚和李辭直接先去了關押紀卓風的審訊室。

紀卓風不能開口，但寄生在他身上的靈可以。

此事關係重大，特案組和觀山同時到場，把那些靈叫出來問話，試圖打聽到和天道相關的線索。可惜截至目前為止，大家的口徑空前得一致。

無論是原本和紀卓風共生的靈，還是經由天道轉交的別人的靈，他們一個個都說，從來沒有見過天道。

「他們的說法站不住腳。」熬到今天下午，在嬰女作祟事件中加入特案組的鄭自明，終於忍不住質疑了，「誰都沒見過天道，那它怎麼做那麼多事，靠腦電波嗎？」

紀景揚在旁邊聽得連連點頭。

在靈師們原有的概念裡，三個城市內的觀山辦公大樓地底下，那三座石碑都是靈器。先有了它，才有後來順應時代開發的觀山文化APP，也有了現在觀山運轉的基礎支撐體系。

換句話說，石碑等於是APP調取資料的伺服器。APP本身並不重要，即使把它換成公告欄之類的其他媒介，靈師照樣能夠接取任務，以及查看自己的排名，只不過使用起來沒那麼方便而已。

結果現在李辭證實，石碑根本不是靈器。它只是一個幌子，替藏在背後操控一切的人瞞天過海。

正所謂雪泥鴻爪，天道從千年前開始布局，唆使紀卓風、誘導百年前殺人奪靈的事態蔓延，無形中管轄著現世靈師的一舉一動，總該留下些蛛絲馬跡才對。然而從前那些靈師留下來的靈，竟連它的影子都沒瞧見過。

眼看這邊遲遲沒有進展，李辭跟他爺爺打了聲招呼，轉頭叫上紀景揚，兩人從審訊室撤出來，直接去了停車場。

紀景揚攙扶著李辭，讓他坐上副駕駛座，自己則繞到駕駛位置，關上門後問：「接下來要去哪？」

李辭靠著椅背想了想：「去你家吧。」

紀景揚繫好安全帶：「我還以為你會再去多確認濟川的石碑一眼。」

「不用。」李辭說。

他很小的時候，就依照長輩的意思，將名為天聽的靈放到了石碑之上。長輩說，石碑是祖上一代代傳下來的靈器，只有通過它的驗證，才能成為靈師。

曾經每個靈師家族內，都有一件這樣的靈器。百年前的動盪結束後，剩下來的三家靈師自然也沒丟了老祖宗的規矩，恭恭敬敬地將石碑安置於地底。

當時本來是想把天聽當作監視器來使用，保證隨時有人能夠觀察到石碑周圍的情況，防止惡靈混進觀山辦公大樓的地底作亂。後來他發現石碑的異常，便留了個心眼，暗自記下地底每天的變化，想藉此發現些線索。可惜這十年下來，他什麼都沒看見。

李辭揉揉眉心，覺得自己遇到了一道前所未有的難題。

「該不會真像特案組說的那樣，天道是靠腦電波做事的吧。」他幽幽地感嘆道。

◎

紀景揚獨居的別墅離觀山不遠。

十幾分鐘後，他將車駛進自家的車庫內，扶李辭下車時，看了看外面潑灑的夕陽餘暉。

「吃完飯後先休息一會兒？」紀景揚問道。

兩人都是整夜沒闔眼的狀態，紀景揚年輕力壯、還不累，但他擔心李辭的身體會吃不消。誰知李辭卻搖了搖頭，只說：「等一下能借用你家的電腦嗎？」

區區電腦而已，紀景揚二話不說就答應了。

吃過晚飯，李辭便在書桌前坐下。他這一坐，就是半個多小時過去，期間偶爾會上網查點資料，但大多數時候都是閉目沉思，全程一句話都不說。

紀景揚都不記得自己為李辭換過多少杯水了。每次桌上的溫水漸漸冷掉了，他就倒掉加入熱水，等新的熱水變冷，再重複之前的動作。

李辭專注起來就是這樣。他曾經跟紀景揚提過，他腦子裡記得的東西太多，每當需要回想什麼，就得大海撈針般地慢慢回憶，從如浩瀚星海般的記憶裡仔細搜索。

紀景揚一直覺得，這種狀態很像僧人修行的入定。一旦進入那個狀態，別說喝水，就算外面的景色天崩地裂，恐怕都無法影響到李辭。

即便如此，紀景揚也沒有出聲打擾。他只是有點擔心李辭的身體扛不住，又準備好一杯熱水後，就憂心忡忡地坐在旁邊，時刻留意李辭的臉色變化。

過了一會兒，李辭忽然睜開眼：「問你一件事。」

「你說。」

「紀家逃難的時候，為什麼選擇來濟川？」

紀景揚愣了片刻，沒想通李辭幹嘛突然關心他家的遷徙史，但他稍作回憶後，還是如實回答道：「小時候聽曾祖父他們講過，紀家當時本來只是往南邊走，沒考慮過具體要在哪裡定下來。可是後來……」

後來殺人奪靈的事愈演愈烈，特別是在紀秋硯的弟弟遇害後，紀家無奈之下，只能避開其他靈師出沒的地帶，選擇了一條相對安全的逃難之路。

事實證明，他們選擇了正確的方向。越靠近濟川，附近其他家族的靈師就越少。進入濟川地界後，城中除了他們，就再也沒有別的靈師。

李辭聽完，皺了下眉頭：「你覺不覺得，紀家很像是被刻意引導到這裡來的？」

紀景揚：「不至於吧，他們是為了躲避殺戮才來到濟川的，那些靈師殺人又沒規律……不，等一下！」

他猛地一拍大腿，終於明白了。

靈師殺人確實沒有規律可循，運氣不好被心懷歹意的靈師遇到了，要是寡不敵眾，就只能等來一個死字。

乍看之下，這確實沒什麼問題。

可是他倆都不會忘記一句話：殺人奪靈，有違天道，死無葬身之地。

靈師界的動盪眼看無法收場之際，曾經加害過同行的靈師一個接一個地死亡。

他們什麼時候死、死在哪裡，全憑天道做主。

宛如一盆冷水兜頭潑下，紀景揚頓時感到不寒而慄。他默默地把桌上的水杯拿過來暖手：「你是說，天道幫紀家清理掉了濟川附近的靈師，讓我的祖先們認為這個地方夠安全？」

李辭點頭，同時點開一張地圖。他移動滑鼠，讓箭頭往上指向北方：「遷徙之前，紀家就住在晉州附近，和謝家離得不遠。」然後，他又把箭頭挪到濟川的位置，「但現在一南一北，再加上我們李家在東邊。」

紀景揚湊過去，根據李辭的指引腦補了一下。

如果從三家之間畫出線條連接，可以形成一個不規則的三角形。

「嘶，一個三角形能說明什麼？」紀景揚不解，「天道喜歡研究幾何，它是個數學老師？」

李辭：「……」

他一瞬間忘了接下來要說的話，只是僵硬地眨了下眼，無語地望著紀景揚，佩服他這種時候居然還有心情插科打諢。

紀景揚將手中的水杯遞過去：「跟你開玩笑呢。這不是怕你神經繃得太緊，等一下用腦過度、缺氧暈過去嗎。」

「沒被你氣暈都還算我命大。」李辭吐槽歸吐槽，還是接過了水杯。溫熱的水裡加了蜂蜜，既緩和了他的焦慮，也讓久坐發冷的身體逐漸暖和了起來。也不知道紀景揚有多細心，才能保證杯中的水溫和甜度都剛剛好。

紀景揚看著他蒼白的唇色終於染上一抹暖色調，滿意地笑了笑，才說：「繼續吧，然後呢？」

「光看這張圖，確實看不出名堂。」說著，李辭又點開另一張地圖。和剛才那張不同，新點開的地圖上多出了許多連綿曲折的山脈線條。

李辭：「你把山脈連起來看看。」

山脈錯綜複雜，光憑眼睛看起來不夠直觀。紀景揚拿過滑鼠，把地圖下載到電腦，用繪圖軟體點開，再用一條紅線串連起三座城市之間的距離，隨即當場愣住。

一個香爐赫然出現在了螢幕上。

◈

接到紀景揚打來的電話時，紀洵剛趕完論文，正盯著常亦乘制定的二十年旅遊計畫發呆。手機震動的聲響，把他從被人賴上的驚詫中挽救了出來。

他火速滑開接聽，還沒來得及說話，紀景揚就在那邊催促：『快看我傳給你的照片。』

紀洵切換到訊息介面：「這是個⋯⋯香爐？」

紀景揚把李辭的分析從頭說了一遍，『我們懷疑這會不會是個陣法，李辭說他沒見過這樣的，只能靠你了。』

紀洵想說他如今這殘缺不全的記憶恐怕靠不住，但聽出對方語氣中的急迫，就還是仔細細地將照片觀察了一遍。片刻過後，他眸光微動。

光是一個香爐或許還可以解釋成巧合，可是隨著他視線往西掃去，三條未被紅線標注的山脈浮現在他的眼前。

往下是他們前不久剛去過的嶺莊，中間是布袋翁出事的望鳴山，而再往上，則是他與常亦乘生活過多年的雪山。將這三座山脈與香爐連接組合出來的畫面，就像爐中插著三支香，正在供奉著某人一般。

這種場景並不少見，墳墓前、寺廟裡或普通人家中的佛龕，都會出現類似的擺設。

可是誰會需要以這種方式供奉？

死去的祖先。或者⋯⋯端坐於香爐前慈眉善目的神。

靈師的姓氏不同，紀洵不認為他們會需要祭祀同一個祖先。

那麼，會是神嗎？

紀洵搖了搖頭，他比誰都清楚，世間並沒有神。

但是這並不妨礙，古往今來，總有人想成為神。

常亦乘轉過頭，留意到他眼中的詫異，低聲問：「怎麼了？」

「我……」紀洵嘴唇微顫，一個想法正在他心頭不斷翻湧，讓他遍體生寒。

紀景揚也在另一頭問：『你是不是想起什麼了？』

「等一下。」紀洵索性開了擴音，說完三支香的發現後，停頓半拍才繼續道：「民間供奉香爐，會把香爐放在神像的正下方。」

話音落下，常亦乘的目光順著他手指的方向，看向了地圖最西邊的一處山脈。

電話那頭的紀景揚看不見紀洵的動作：『香爐上面有什麼特別的嗎？』

紀洵輕輕呼出一口氣，指骨因為用力而發白：「我曾經在那裡，和另外四位神靈，把約束靈師的規則寫在了一塊石碑上。」

李辭一驚：「石碑？」

紀洵苦笑一聲。他早該想到，為什麼觀山地底下安放的不是其他東西，偏偏就是石碑，這何嘗不是一種自我意識的投射。

世間萬物有靈。

那麼昔日由他親筆寫下文字的石碑，又憑什麼不能成為靈呢？

第三章 信仰之碑

紀洵進臥室飛快換了身衣服，出來時無需他多言，常亦乘已經站在門邊等他。

兩人下了樓，走出電梯時，迎面而來的晚風微涼，讓紀洵急速躍動的心跳漸漸平復。

他不記得見過香爐式樣的陣法。但他心裡有個猜測，需要立刻趕去觀山驗證。

在社區大門外坐上計程車後，紀洵撥通了紀景揚的手機：「我們現在出發去觀山，李辭還能撐得住的話，帶他過來一趟？」

手機那邊低聲交談了幾句，紀景揚回道：『行，不過這個時間了，你去觀山要幹嘛？』

紀洵說：「拆石碑。」

紀景揚：『?!』

剩下的話，不方便在計程車司機面前交流，紀洵把手機塞回口袋裡，緩緩呼出一口氣。

接近凌晨，道路通暢。計程車疾馳過寬闊的馬路，將窗外昏黃路燈化作流動的燈河，將他半闔的薄淨眼皮渲染出沉寂的色調。

常亦乘看著那些光芒浸在他密長的睫毛裡，少頃過後，他靠過去些，在紀洵耳邊低語：「你在擔心什麼？」

紀洵神經一顫。理論上他知道常亦乘是怕司機聽見他們的交談，可情感上男人猝不及防地靠近，低沉嗓音與溫熱呼吸同時漫過來，還是讓他頭腦空白了一瞬。

靜了幾秒，紀洵才僵硬地稍側過臉，小聲回道：「觀山……未必同意拆掉石碑。」

常亦乘挑了下眉毛。他眉眼距離很近，平時臉上沒什麼表情就顯得戾氣十足，這時隨著單邊眉毛挑起，更增添了幾分「誰敢不同意」的狂氣。

「等一下你別衝動。」紀洵就怕他失控，叮囑道，「不然我怕場面沒辦法收拾。」

其實按照常亦乘的性格，最擅長的便是不服就打到他服，簡單粗暴，效果也夠好。可他能看出來，紀洵雖然跟觀山的其他人來往甚少，但不到萬不得已，紀洵不喜歡傷害別人。

常亦乘的舌尖抵了一下牙齒，像嗜血的野獸暫時收起獠牙般，開口道：「他們不傷你，我就不出手。」

◎

與此同時，燈火通明的觀山大樓內，靈師們也在焦灼的氣氛中逐漸分成了兩派。

惡靈不會因為靈師不上班就跟著罷工，它依舊由著自己的心情，想幹嘛就幹嘛。眼看各地大小事件層出不窮，慢慢就有人等不下去了。畢竟靈師一行的使命擺在這裡，他們總不能為了一個沒人見過的天道，就至此對惡靈視若無睹。更何況天道作亂一事，是真是假還不能斷定。

除了紀卓風，就沒有其他人提到過天道的存在，萬一是有人欺騙了他，自稱天道呢？

至於地底石碑的問題就更缺乏說服力了。所有靈師在入行之初都觸碰過石碑，也感受過碑身上隱隱傳來的靈力。這麼多年來，包括三位當家在內都沒發現石碑的異樣，那麼他們憑什麼相信李辭的一面之詞？李辭眼中的靈就算再厲害，他自己不過也只是個二十來歲的年輕人而已，誰敢保證他就不會出錯？

「別鬧了半天，結果只是個烏龍吧。」有人不禁開始嘀咕。

「還是謹慎點好。」身旁的同伴回道，「反正這兩天也沒有太棘手的惡靈出沒，等事情有了眉目再繼續比較妥當。」

那人皺眉：「可現在一點進展都沒有，要等到哪天？」

平時靈師們的工作，並不是每天都要跟危及人類性命的惡靈戰鬥。有些時候，他們也會處理一些由善靈引起的小小混亂，這種事放在普通人眼裡，無非就是科學不能解釋的玄幻事件而已，耽擱幾天並不要緊，所以等是沒問題的，但也不能毫無目標地一直等下去。

隨著時針又跳過一格，等待的第三天來臨，觀山內部的議論聲越來越大，隨時都有吵起來的可能性。

紀景揚帶李辭回到觀山時，就明顯感覺到不少質疑的目光，正從四面八方聚集到李辭身上。他默默幫李辭擋住那些不懷好意的視線，一路回到關押紀卓風的審訊室，表面上穩如泰山，實質內心焦急難耐。好在沒過多久，紀洵和常亦乘也到了。

拆石碑是件關係到觀山未來的大事，不能一聲招呼都不打。紀洵進來後，見幾位當家臨時不在，索性找到他稍微熟悉一點的曾祖父，直奔主題，說明了來意。

曾祖父聽完，瞪大眼睛：「你想破壞石碑？」

他年紀大了，有點耳背，說話的嗓門自然也比一般人更響亮。這句驚訝的話從他嘴裡喊出，無異於一顆炸彈投入湖裡，瞬間掀起了驚濤駭浪。

在場所有人的目光齊齊轉了過來。

鄭自明坐在人群裡，覺得自己今天算是大開眼界一番了。

他還記得在嬰女事件裡險些遇害的紀洵，可他完全沒有想到，才短短幾個月不見，他印象中淡定從容的年輕人，行事風格居然就變得如此激進了。

與特案組成員相比，靈師們的反應更大。

「石碑是從祖上一代代傳下來的靈器，你哪來的膽子敢破壞它！」

「可李辭不是說石碑就是普通的石頭嗎？」

「你信他的鬼話？反正我是不信。觀山穩妥了這麼多年，從紀洵來了之後就變了樣，他說不定是受誰蠱惑了！」

這話一出，不少人便竊竊私語了起來。

紀家的許多靈師更是眉頭緊皺，越想越覺得紀洵短時間內突飛猛進這件事特別古怪。

生下來就靈力枯竭的人，莫名其妙撞見了如此好運，一夜之間靈力復甦不說，還一個靈都沒有，就誤打誤撞升到了積分榜第五十名，然後突然跑來這裡說要毀了石碑，真是哪裡都透露著不對勁。

曾祖父的年紀好歹夠大，在靈師中也算是有些威望，他連忙抬手示意大家安靜，轉而看向紀洵：「小洵啊，這件事我可沒辦法做主。而且不管怎樣，你總該給個理由才對。」

紀洵沉思片刻，說：「我懷疑，大家都成為了天道的棋子。」

四下一片譁然。

紀洵與常亦乘對視一眼，既像從對方眸中獲取穩住心神的力量，又像告誡男人不要由著性子胡來。直到常亦乘面無表情地點了下頭，他才走到鄭自明身邊，示意需要用一下特案組記筆錄用的電腦，鄭自明便一頭霧水地讓開。

紀洵把之前的山脈地圖發送到電腦裡，點開後把螢幕轉向眾人：「李辭告訴我，這個香爐就是一個陣法的樣式，只可惜他看的書記載不全，他也不清楚陣法的用途。」

李辭：「……」

他說過這種話嗎？根本沒有。

但為了隱瞞紀洵的真實身分，眾目睽睽之下，他只能故作高深地點頭承認。

「至於天道究竟是什麼，還需要進一步驗證。」紀洵沒把話說死，而是依次講解起代表三支香的山脈。

嶺莊，武羅的屍身上有黑色的鎖鍊印記。

「與她成親的書生離開前告訴我們，武羅死前意外失控，殺死了其他神靈。」紀洵把他的見聞和書生的說法糅雜在一起，推測道，「這是天道的一次嘗試，它成功控制了靈。」

然後是望鳴山。

將布袋翁困於湖底的雷池陣，是范家奴僕道聽塗說得來的。

事實也證明，那個雷池陣並沒有正確發揮作用。它更像是個拙劣的實驗品。

聽到這裡，常亦乘的瞳孔猛地一縮。他轉頭望向跪於牢籠中的紀卓風，視線彷彿透過令他厭惡的「師父」，看見了寄生於對方體內的布袋翁，更看見了早已死去的范家六人。

范家動手之前，他們一家人去山下看過花燈。而常亦乘不會忘記，一千多年前，他曾經造訪過一座小城，在人群裡看了一場熱鬧的元宵燈會。

十天過後，長乘便出事了。

會是巧合嗎？

還是望鳴山上的雷池陣，其實就是為了囚禁長乘而預先進行的演練？

「最後是這座雪山。」

紀洵停住指尖：「曾祖父，這個地方您聽說過嗎？」

曾祖父瞇起眼睛：「紀家的祖輩曾經住在這裡。」

從古至今，紀家經歷過兩次遷徙。紀卓風失蹤後，住在山上的本家靈師也全都沒了音訊，紀家旁支唯恐災殃將至，便從雪山一路輾轉到了北方。

紀洵：「紀卓風親口承認，他在這裡用雷池陣困住了最後一位神靈。可惜最後關頭出了點差錯，他自己也被困在了雪山裡。」

「就算是這樣，那又代表什麼？」有人不解地問。

沉默許久的李辭抬起眼，他已經明白紀洵的思路了。

「紀卓風和天道聯手，做的全是以靈力控制別人的事。」李辭替紀洵解釋道，「但你們也看見了，雷池陣不夠穩定，而且一旦被察覺，反而害人害己。」

天道需要一個更隱密的方法。失去紀卓風的協助，天道蟄伏了數百年。

靈和人一樣，都需要花費時間來成長。直到它終於參透了殺人奪靈的方式，便在靈師界掀起了一場蔓延萬里的腥風血雨。

如它所願，靈師最後只剩下三家。眾人分布在不同的三座城市，數十年如一日地守著三座石碑，助它以山脈為基礎，畫下了以它為尊的香爐陣法。

室內無風，在場的每個人卻都感受到了後背泛起的涼意。

曾祖父喃喃道：「三支香再加上香爐，確實很像在供神。可它做這些，能起到什麼作用……？」話音未落，他自己就反應過來了：「信仰。」

神的力量源自於信徒的信仰。

而靈師間人人信奉天道，不就像是源源不斷地在向神貢獻出力量嗎？

聽到「信仰」兩個字，其餘靈師也紛紛恍然大悟。

他們並非相信了「天道想成為神」的天方夜譚，而是明白了紀洵等人是在懷疑，香爐式樣的陣法就是天道獲取靈師信仰的途徑。所以紀洵想毀掉石碑，破壞天道布下的陣。

「滿口胡說八道。」一個與曾祖父年紀相仿的靈師站起來，顫顫巍巍地抬起手指，分別指過紀洵和李辭，「你們想憑這些推測讓我們同意摧毀石碑，未免太天真了一些。」

有年長的靈師站出來反對，其他游移不定的人也跟著遲疑了起來。

更有人膽怯地表示：「這麼多年都平安無事地挺過來了，我看還是先別動石碑吧，天道也不一定會害我們。」

紀洵早就料到會有人這麼說。

他輕輕搖頭，反問對方：「殺人奪靈，害得靈師還不夠慘嗎？」

紀景揚掃了那人一眼，馬上就認出他是誰了：「你是屈家的人吧？怎麼，比起自己苟且偷生，屈簡到底是被誰害死的，這就一點都不重要？」

「你懂什麼！」那人被戳中痛處，面紅耳赤地反駁道，「屈簡是被謝家的韓恒害死……」

他話說到一半，在場有謝家的靈師不滿地皺了皺眉頭。

無奈之下，他只能乾巴巴地找藉口：「我當然想替他報仇，但我就是覺得，凡事不能太衝動。萬一你們毀了石碑，到時候出了事，誰能擔得起這個責任？」

「我能。」

一道沉著的女聲，打斷了審訊室內的紛爭。

忽然之間，站在周邊的靈師們斂聲屏息，人群如摩西分海般往兩邊退開，為站在門邊的女人讓出了一條路。紀秋硯卻停在原地，隔了一段距離，遠遠地看著紀洵。

紀洵意外地回望過去，沒想到居然是她，為這場各持己見的爭論敲下了定音符。

「嚷嚷半天也沒個結果。」紀秋硯淡淡地說，「不就是害怕天道責罰嗎？

「我偏不怕。濟川的石碑由我毀掉，剩下兩座，李家和謝家自己看著辦。」

曾祖父一聽便急了：「這怎麼行，您不能出事啊。」

紀秋硯打斷他：「不過是個當家的而已，我死了，再換個人不就行了。」

說著，她的視線便緩慢地掃視過眾人。結合她剛才的話，這個動作的意思，也表達得足夠明顯。

紀秋硯想指定下一位當家。

今天聚在這裡的，大多都是紀家的靈師。他們不約而同地順著紀秋硯的視線轉頭，想看到底是誰能夠得到老太太的青睞。

紀洵並不關心這個，他只是在想，破壞石碑的事不能由紀秋硯親自參與。她的反噬只是外表不老，而非永生不死。相較起來，還是由靈來處理比較適合。

於是紀洵轉過身碰了下常亦乘的手臂，小聲說：「回頭我們乾脆下樓……」

常亦乘眼神微動，同樣小聲地提醒：「他們在看你。」

紀洵：「？」

他愣愣地回過頭，先是看見紀景揚和李辭兩張臉上寫滿了欲言又止，再來是看見其他靈師說不清羨慕還是嫉妒的表情，最後目光才落到了紀秋硯那裡。

四目相對，紀洵的腦子「嗡」的一聲。

他抿抿唇角，無語地望著老太太，很想問一句：妳是認真的嗎？

早在幾十年前，靈師們偶爾還會討論紀家下任當家的候選人名單。後來紀秋硯不僅活得長，連容貌都不會老，大家漸漸地就認清了現實。這不是壽命只有幾十年的人該關心的事。

然而不關心，不代表他們不會感到震驚。

紀秋硯望向紀洵後，不知有多少人想過「不慌，她大概只是隨便看一眼」，可漫長的十幾秒過去，紀秋硯的視線始終鎖定紀洵，再也沒有看向其他人，其中的寓意已經不需要再用言語表達。

一時之間，靈師們都有些慶幸。還好今天人多，自己目瞪口呆的傻樣，混在人群裡沒那麼明顯。

誠然紀洵在積分榜上飛升得夠快，可聽說他連靈都沒有，紀當家的決定會不會太倉促了一點？

先前極力反對拆毀石碑的老年靈師蹙眉質疑：「他一個小娃娃，能有多大的本事。」

紀秋硯語氣坦然：「我打不過他。」

「……」之前震驚得張大嘴的靈師們，紛紛把嘴闔上了。並非是不再意外，而是怕再把嘴巴張著，會不小心驚訝得叫出聲來。

他們左右看了看身邊的同伴，從彼此的目光中讀出了相同的氣息。

紀秋硯親口承認，她不是紀洵的對手。靈師一行的規矩便是如此，誰的本事最強，誰就有資格問鼎當家的位置。按照這條規矩來看，他們理應心服口服。

畢竟問問在座的各位，誰敢說自己打得過紀秋硯？

別說真的動手，哪怕只是在心裡稍微想一想，都沒幾個人敢。結果紀洵還真敢，關鍵是他還贏了。

眾人面面相覷，不知該說初生之犢不畏虎，還是該說風水輪流轉。

曾經的紀洵是整個家族內最遭受到排擠的人。他們都不願意接觸紀洵，有的是忌諱空童不祥，有的是瞧不起弱者，有的則是人云亦云，反正他人不待見，那自己也少搭理就是。

後來紀洵靈力復甦，漸漸展露頭角，靈師之中也有不少人放下成見，試圖與他交好。

結果直到今天他們才意識到，哪輪得到他們放下成見，按照紀洵的本事，算起來應該是他們高攀了才對。

想到這點，前段時間各種拉攏紀洵的那些靈師，腦子裡飛速閃過自己在簡訊裡吹過的牛、誇過的海口，都恨不得找個地縫鑽進去。難怪紀洵從始至終不為所動，人家沒有直接嘲笑他們不自量力，已經算是相當客氣了。

紀洵感到有點尷尬。觀山的審訊室足足有半個籃球場那麼大，剛才他用電腦講解的時候，屋內差不多有二、三十個人全都從四周圍了過來，現在被大家用變幻莫測的視線緊盯著，讓他有種被人圍觀的感覺。

他等了半天，都沒等到第二個人跳出來喊「我反對」，又不好當眾駁了老太太的面子，只能清清嗓子，轉移話題：「拆個石碑而已，不需要您出手。」

紀洵指了下身邊的常亦乘：「有我們兩個就夠了。」

愣了半天的曾祖父終於回過神來，連連點頭：「如果真的是普通的石頭，拆起來不過是有點費勁而已，還是讓年輕人出手比較好。」

紀秋硯考慮片刻，緩緩點頭。

紀洵鬆了一口氣，與常亦乘交換過眼神。卻未想剛走出門，一聲尖叫就從人群中傳來！

所有人瞬間回頭。只見之前唱反調唱得最響的那位靈師，脊背突然往後一折，骨骼以異樣的扭曲姿勢抽搐幾下，然後「砰」的一聲，他的身體眨眼間膨脹了數倍。

離得最近的幾位靈師嚇得愣住了，他們瞠目結舌地望著眼前的巨變，忘了要躲開。

關鍵時刻，也有不少人反應了過來。紀秋硯出手極快，幾隻靈眼看就要撲到那人身上之時，一陣颶風突襲，連帶著紀秋硯在內，靈師們皆是臉色慘白。

一股源自於靈魂深處的力量，猛然往下一壓！

紀景揚還維持著召出枯榮來防禦的動作，就感覺手臂像廢了似的，難以形容的麻痹從指尖蔓延到心臟周圍。他下意識錯愕地看向李辭，坐在輪椅上的青年眉頭緊皺，像是想忍卻沒忍住，緊接著便吐出一口鮮血。

鮮血濺射的同時，所有靈師都踉蹌跪倒在地。

眾人轉動眼球看向四周，發現其他人都跟自己一樣，由於突如其來的脫力，根本沒有力氣動彈。他們甚至想像不到，此時此刻，不僅是審訊室裡的他們，還有剛要從樓上下來的謝李兩位當家，以及零星分布在觀山各個樓層的靈師，全都在剎那間失去了掌控靈力的能力。

而更叫人膽寒的是，那些靈力正源源不斷地被人抽走。

四周頓時一片死寂。

在場的特案組成員驚恐了幾秒，他們完全搞不清發生了什麼事，只能憑藉直覺，掏出單位分發的靈器，想衝上去阻止那個異變的靈師。

混亂之中，一道清亮的聲音響起：「快走！」

鄭自明轉過頭：「太好了，你們……」

「沒事」兩個字還沒從他嘴裡說出來，迎面而來的黑霧就包裹住了幾名特案組成員，把他們集體扔到了走廊。

諸位靈師抬眸望去，看見紀洵和常亦乘及時折返。身材高大的黑衣男人眉間沾染了令人膽戰心驚的戾氣。而在他身前，紀洵手腕處黑霧繚繞，頃刻間護住了在場的所有人。

靈師們來不及思考為什麼唯獨他們兩人會沒事，就見紀洵雙手一抬，輕盈黑霧如同遮天蔽日的密網，直奔異變的靈師而去。

或者說，那已經不能稱之為靈師了。

前後不到十秒，兩鬢斑白的老人身體腫脹成烏黑的顏色，遠遠看去，宛如用彎折的肉身鑄成了一塊方碑。

那個不人不鬼的怪物彷彿完全不知疼痛，見黑霧織成的巨網撲來，身體更是往下一塌，四肢扭動伏地，如蟲子般地跳上離得最近的靈師後背。

就在他想借力一躍、撲向牢籠中的紀卓風時，紀洵指尖微動，霧網陡然四散。

這一幕放在平時，想必該是美得驚心動魄的畫面。隨著霧氣散開，流金符文從濃烈黑色中暈染開來，像是誰不小心打翻了一盒金粉，在燈光下閃耀出流動的熠熠光輝，盡數落滿了那個靈師的周身。

「啊——！」

蒼老的慘叫聲響徹室內，短時間被極致侵蝕又馬上被徹底淨化的痛苦，讓年邁的靈師掙扎得面目扭曲。一抹半透明的碑影從他身上剝離出來，接著就要衝向另一位靈師，卻在逼到對方眼前時，被阻擋的黑霧彈了開來。

那個險些遭殃的倒楣蛋靈師驚出一身冷汗，而親眼目睹了突變的靈師們則比他看得更為清楚。直到此刻，就算再愚鈍的人，也該醒悟過來了。

那抹碑影是在挑選寄生的人。

而紀洵不僅幫第一位被寄生的靈師脫離了控制，還用黑霧幫剩下的靈師阻擋了碑影的襲擊。

碑影眼看寄生不成，掉頭便直奔紀卓風而去。靈師們的心立刻提到了嗓子眼，不知是誰大喊了一聲：「糟糕，它想寄生到紀卓風身上！」

不用他提醒，站立在紀洵身後的黑色身影已如閃電般殺出。

先前常亦乘不出手，不過是擔心會誤傷被寄生的靈師。如今碑影像個無主的亡魂般快速竄遊，他就完全沒必要再手下留情了。

鋒利的刀刃劃破空氣，俯衝而下。常亦乘眼中殺氣四溢，他手中只有一把短刀，卻又偏偏攜了千軍萬馬肅殺之勢，瞬間掀起的狂風呼嘯，讓人睜不開眼。

風聲收束的剎那，刀刃橫插進碑影之中。下一刻，濃烈煞氣從碑影中崩裂開來，陰冷的氣息散滿整個房間，也讓一道聽不出是男是女的稚嫩童聲，傳進了每個人耳中。

「唔，痛死我了。」

實話實說，這聲音聽起來還滿可愛的，軟軟糯糯的語調像個天真懵懂的小孩在抱怨。可是周遭極速下降的溫度，和仍舊在被吸取的靈力，卻只讓靈師們感到徹骨的寒意與憎惡。

他們怎麼可能還不明白。

紀洵等人的猜測沒有錯，香爐的確是個陣法。這些年來，靈師對天道的敬畏之心，被它當作了成神的墊腳石。

而今天，當信仰產生動搖、石碑即將被破壞的這一刻，它終於坐不住了。

紀洵抬起眼，望著空中飄散的煞氣：「天道？」

「啊……」童音滿足地長嘆一聲，語氣雀躍地回道，「終於聽見你當面叫我的名字了，你知道我等這一天等了多久嗎？」

紀洵平靜地反問：「是嗎。」

「是呀，我足足等了上千年呢！可惜以前每一世你都感受不到我，明明我那麼努力成長，好不容易做出這麼大的陣法，你卻始終是個一無是處的……」

紀洵神經一顫，聽出天道話語裡刻意的停頓。

然後，本該是孩子般無邪的聲音，卻惡意滿滿地響起：「空童。」

跌坐在地的紀秋硯，猛地抬起頭來。

她屏住呼吸，望向站在中央的俊秀青年，腦海中浮現出的，卻是記憶深處，那個被人叫作空童的病弱小孩。

紀洵只愣了半秒不到的時間，便釋懷地笑了笑。

也行，用他的祕密換來天道的線索，這筆交易不虧。

可他的笑容卻刺激到天道了。童聲陡然拔高：「你笑什麼！」

「我笑你……」紀洵模仿對方，也停頓了半拍，攏在袖中的手指一勾，「愚蠢至極。」

話音未落。轟——

從地底深處傳來的炸烈聲響，震得整棟大樓都劇烈地搖晃了起來。

天道再也顧不上裝乖賣萌，聲音陡然變得尖銳刺耳：「怎麼會！」

它沒有眼睛，也不需要眼睛，僅僅依靠自身的煞氣便能看清周圍的情況。而這一刻，它終於遲鈍地發現，被霧氣和煞氣鋪滿的房間內，一縷黑霧不知何時從門縫間偷溜了出去。

至於黑霧的去向，天道已經感受到了。

紀洵趁它不備，將黑霧延伸到地底，拆毀了它用來布陣的石碑。

與此同時，靈師們也隨之一驚。體內的靈力停止往外遊走，甚至有一種前所未有的舒暢環繞過他們的身體，彷彿從出生以來，頭一次掙脫了無形的束縛，歸還給他們真正的自由。

天道放聲尖叫。

它不信，它比任何人都了解長乘。身為神靈，他怎麼可能要這種心機，這不是卑劣的人類才喜歡使用的奸詐手段嗎？

花費數百年精心布置的大陣，眨眼間分崩離析。

今日現身於濟川的，不過是天道的一個化身，它並不會就此消亡，只是和靈師的信仰斷開連接而已。即便如此，內心的憤怒也滔蕩著它的理智。

幻影消失前，它不顧一切地湧向紀洵，陰冷煞氣匯聚成濃墨般的浪潮，眼看就要把紀洵整個人吞沒。至少吞噬掉長乘寄生的身體，讓「紀洵」死在今天。

可惜它沒能如願。

鋒利刀刃再次剖開它的幻影。意識回歸到真正的石碑內前，天道聽見一道冷冽的嗓音低聲嘲罵道：「等他一千年，你也配？」

石碑崩塌，煞氣消散，劇烈搖晃的震動也隨即停止。

靈師們神色各異地站起來，轉過頭，看見保護他們的霧氣翻湧回歸到紀洵的指尖，變作一枚剔透的黑玉戒指。而擋在他身前的常亦乘橫過刀，泛起寒光的刀刃還沒收起，光看一眼，就讓人遍體生寒。

早就知道內情的紀景揚和李辭默默退到角落，降低自己的存在感。其餘人則又驚又懼地愣在原地，大腦被今天接收到的訊息量震得一片空白，讓他們陷入了不知所措的情緒裡。

先前還天真地以為天道未必會害人的靈師，早已被打臉打得滿臉通紅。

靈力被抽走的真實感受不會騙人。

只是決定拆除石碑而已，連石碑的邊都還沒碰到，天道就直接降下責罰。要不是今天紀洵在場，等待他們的，恐怕是被活活吸幹靈力，再被當作廢物丟棄或毀滅。

可是紀洵與常亦乘，又能在天道的無差別打擊中安然無恙。

在座的諸位也不是傻子，事後稍加揣摩，或是詢問與自己共生的善靈，就能明白一個事實——靈不會被天道的責罰影響。

如果光是這樣，還可以嘗試找個「天道也會有疏漏」的藉口，但剛才天道的話說得明明白白，再無知的靈師都能聽懂其中的意思。

千百年來，紀家陸續出現的空童，全是紀洵一人。

誰能不斷變幻身分，又保持靈魂不滅？

答案只有一個。

寄生的靈。

當代的靈師對寄生的認知，全建立在種種惡靈作祟事件培養出來的基礎上。一提到「寄生」兩個字，腦海中的關鍵詞會直接與「惡靈」掛鉤。再加上常亦乘動則失控的前科，轉眼之間，兩個容貌出眾的年輕人在他們心中的形象，頓時變成了兩個為非作歹的惡靈。

然而話又說回來，哪個惡靈會閒著沒事，出手救下整棟樓的靈師？

互相矛盾的證據縱橫交錯，造成了眾人不知道該如何是好的局面。

一時之間，空曠的室內沒人說話。沉默被一分一秒地拉長，看不見的壓力繃成了一根根脆弱的神經，緊壓住靈師們的意識，害得他們忍不住開始祈禱，這兩人最好別是惡靈。

他們今天遭受的衝擊已經夠多了，但凡眼下紀洵與常亦乘表示出任何負面的態度，估計不少人都會就地崩潰。

終於，推門聲打破了室內的僵持。

鄭自明從門邊小心翼翼地探出頭來：「大家都還好嗎？」

沒有人回答他的問題，只是人人臉上都寫滿了一行大字：我們不太好。

鄭自明傻眼了。他和特案組的同事都不清楚剛才到底發生了什麼事，被紀洵用黑霧裹著甩出去後，本來還在商量要不要叫人來增援，結果大樓就突然搖晃了起來。

這才幾分鐘過去，濟川發生地震的消息，就在網路上沸沸揚揚地傳開了。

相比普通網友，特案組覺得剛才的巨響，更像是地底下有什麼東西被爆破了。不過保險起見，他還是冒著未知的危險推門問了一聲。

誰知開門一看，之前的異變好像被控制住了，偌大的審訊室內風平浪靜，卻半點沒有危機解除的喜悅感，詭異地讓他也收了聲，加入靈師們原地罰站的行列。

在他身後，幾名特案組成員一頭霧水地站在走廊上，其中還有兩人攙扶著剛從樓上下來的謝作齋和李當家。兩位當家同樣被天道抽走了一些靈力，他們直覺審訊室裡出了事，身體恢復自由後就連忙趕過來，結果就看見審訊室內微妙的對峙場面。兩人之中，又當屬謝作齋最為忐忑。

他知道常亦乘來歷不明。

對方剛被救回至謝家時，言談舉止全是古人作派，偏偏模樣又才二十歲出頭，因此他也懷疑過常亦乘會不會是個靈。於是他把人帶到晉州的石碑前，親眼看著男人通過了石碑的認證，才總算放下了心，還通過當地特案組，替常亦乘辦理了個合法的身分。

可惜後來得知天道有異，謝作齋的心便又懸了起來。

但再怎麼樣，他也沒想過有朝一日會看見這樣的畫面。雙方像要開打，卻又遲遲沒人動手，彼此的目光倒像在互相試探著什麼。

謝作齋到底是心虛，想了想便決定靜觀其變。

眼看人越來越多，常亦乘的耐心卻早已忍到極限了。

他看得懂靈師們的眼神。

還沒被撿回雪山的時候，他曾經無數次在其他人身上，看見過同樣的眼神。

那些人厭惡他，又怕他是個打起架來不要命的瘋子，自知不是他的對手，見了他就躲得遠遠的，只用眼睛表現出他們的忌憚。所以他向來不怎麼喜歡人，也習慣了被人用如此眼神打量。

可是，他更討厭這種眼神落在紀洵身上。

紀洵為靈師做的已經夠多了，縱使他不求回報，也不該像個異物般被人圍觀。

常亦乘收刀入鞘，垂眼問：「走嗎？」

一聽到他們倆要離開，不等紀洵回答，就有人鼓起勇氣問：「你們不打算解釋一下嗎？」

常亦乘直接一記眼刀甩過去，手指同時搭上刀柄。那人就立刻被身旁的靈師摀住了嘴。

就在這時，紀洵也輕輕按住了男人又要拔刀的動作。他比常亦乘更知曉人情世故，也明白不是人人都像紀景揚那樣心胸寬大，能夠快速且友好地接納他。

「要聽解釋，對嗎？」紀洵唇角揚起，笑意卻未能到達眼底，「我們確實不是人。」

譁然之聲霎時響起。

人群之中，紀洵看到紀景揚投來的無奈眼神，似乎在問「你為什麼要說」。

紀洵無所謂地笑了一下。陣法被破，天道再也不能像從前那樣自如地操控靈師。迫在眉睫的危機得以解除，接下來靈師一行該何去何從，全是他們的自由。

至於他和天道的恩怨，就該由他自己去解決，犯不著興師動眾。與其讓人猜疑不定，倒不如索性和靈師劃清界線。

久未開口的紀秋硯上前兩步，聲音難得顫抖：「你到底是誰？」

紀洵語氣平靜：「長乘。」

短短兩個字落下，猶如一道古樸的洪鐘敲響，迴盪在眾人耳邊，久久未能散去。

這個名字太過遙遠。遠到有些靈師一時都想不起，究竟是在哪裡聽說過長乘的名字。

等他們回憶起來的剎那，不少人雙膝一軟，要不是身邊的人及時拽住，恐怕都會不爭氣地當場跪下去。

只可惜身體雖然撐住了，但靈魂卻在不住地顫抖。特別是有些輕視過紀洵的紀家靈師，整個人已經忍不住打起了哆嗦，想起從前一口一個廢物地議論著紀洵，都恨不得直接搧自己幾巴掌。

居然敢說他是廢物。要是連上古神靈都能被稱作廢物，那他們還要不要活了？

這一下，眾人看向常亦乘的目光變得越發複雜了。他們不約而同地想，能站在神靈身邊的，該不會……也是神靈吧。

紀秋硯的心臟狂跳不止，好在她勉強還能挺直脊背，淡聲地問常亦乘：「那麼您是……？」

她連稱呼都變了，足以見得神靈在靈師心中的地位有多崇高。

就在大家都做好準備，要迎接新一波世界觀衝擊的時候，常亦乘面無表情地掃了他們一眼，根本不知該如何回答。

按理來說，他的母親是武羅，那麼他也該是武羅。但問題就在於，武羅乃世間罕見、只有單一性別的靈，從盤古開天的時候起，世界上就只出現過女性武羅。

況且他還流著一半屬於人類的血液，血統不純，性別不符，就不能算是真正的武羅。

常亦乘沉默片刻，避重就輕地答道：「我不是神靈。」

還好還好。眾人默默鬆了一口氣，幸好只是普通的靈，否則面前一下子冒出兩個神靈，他們的心臟哪還受得了。

只是接下來，新的問題就產生了。

紀秋硯望向紀洵：「既然如此，您能告訴我們，這一切究竟是怎麼回事嗎？」

紀洵與她對視幾秒，皺了下眉頭。他不習慣紀秋硯如此畢恭畢敬地稱呼他，也不習慣她分明眼尾泛紅，分明已經知曉了空童的真相，卻隻字不提百年前的舊事。

百年的時光，對於一個人來說太漫長了。漫長到讓曾經嬌蠻任性的少女，學會了在至關重要的此時此刻，拋下所有個人的情感，謹記身為當家的重任，一心詢問與靈師息息相關的事情。

紀洵無聲地嘆了口氣，才緩聲陳述事情的原委。

這事說來話長，但他省略掉了許多細節，只用十幾分鐘就講完了大致的經過。末了，紀洵表明態度：「現在天道控制不了你們，觀山接下去要如何，全憑你們自己做主。」

天道來勢洶洶，普通的靈師很難與之抗衡。紀洵也不想以所謂神靈的身分，要脅靈師為了他去做與天道廝殺的兵卒。

就算觀山想置身事外，紀洵也完全可以理解。除了身為靈師的特殊身分以外，他們畢竟還是人，也會有趨利避害的私心，以及不願割捨的牽掛。

他朝眾人點了下頭當作告別，正想轉身離去，紀秋硯就忽然走到他面前：「我能為您做什麼？」

紀洵愣了一下。他不知道紀秋硯在問出這句話時，下定了怎麼樣的決心，但仍然能從她的語氣中聽出破釜沉舟的決絕。

愣然數秒後，紀洵強調：「天道想殺的是我。」

紀秋硯轉過頭，掃了五感盡失的紀卓風一眼：「說到底，也是紀家對不住您。」

她收回視線，面朝紀洵，悵然地笑了笑。

然後以只有他們兩人能聽見的細微音調，輕聲說了一句話。

「就當是成全阿姊，讓我保護你一次吧。」

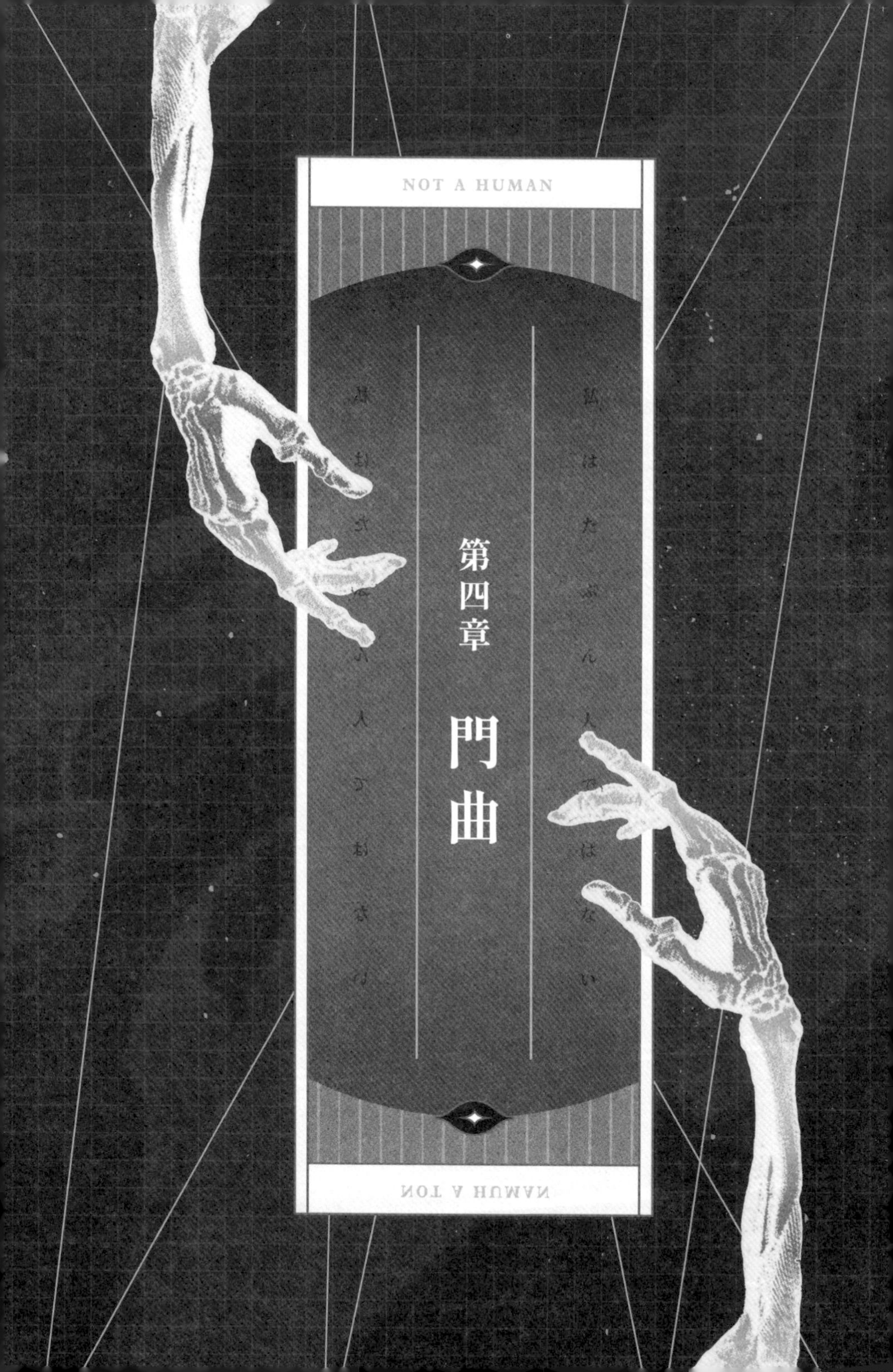

NOT A HUMAN
私はたぶん人ではない
第四章
門曲
NOT A HUMAN

清晨時分，紀洵躺在床上輾轉反側。

距離破壞石碑已經過去了一整天，石碑崩裂在濟川境內引發了一場小型的「地震」，雖然沒有造成人員傷亡，但也讓濟川上了一次熱門話題。

隨後幾小時，謝家所在的晉州和李家所在的舟海，也相繼摧毀了石碑。

同一天內，位於三個不同方向的城市接連發生「地震」，引得網路上議論紛紛。還有人在三座城市間畫出連接線，並神神祕祕地解釋，說什麼連成的三角形邊角銳利，代表這個區域內近期將會有血光之災降臨。

紀洵看著越傳越離譜的謠言，覺得網友們有時候也是滿會歪打正著的，血光之災確實即將發生，不過地點並不在三角區域內，而是香爐陣法的正上方。

不周山。

世間對不周山的具體地理位置眾說紛紜，真正知曉正確答案的卻寥寥可數。而紀洵不僅知道它的方位，更知道只有使用靈力，才能打開不周山真正的山門。如今確定了天道的真身就是神靈留在不周山上的石碑，紀洵接下來該做什麼也一目了然。

天道想殺他，他也想殺天道。

不失為一場感天動地的雙向奔赴。

然而關鍵在於，他還沒來得及奔過去呢，就先被人絆住了腳步。

昨天聽完紀秋硯那句肺腑之言，他沒有正面回應，畢竟不周山上形勢未明，他不想連累靈師涉險。

可命運彷彿嫌他不夠焦頭爛額似的，等他回到家，就收到了紀景揚的消息。

紀景揚：『好弟弟，打Boss帶我一個唄。』

紀洵不禁懷疑人生了一秒……哦不，是靈生。

怎麼兜兜轉轉的，他到哪都是弟弟？

紀洵看得鬱悶，直接拒絕了他，然後不管對方如何死纏爛打，都一律當作沒看見。

他伸手按開床頭的夜燈，坐在床邊，雙腳踩住地面，彎下腰揉了揉及肩的黑髮後，忽地站起身來。夜長夢多，不如現在就出發，省得那兩人跑到自己家門口來堵他，那就真的麻煩了。

做好決定，紀洵拉開房門，剛往外邁出一步，整個人就反射性地倒退了半步。

借著窗外初升的晨光，紀洵看清了坐在客廳的人。

常亦乘靠著椅背，側過臉：「要走了嗎？」

「你……」紀洵愣了一下，詫異地問，「怎麼進來的？」

常亦乘指了下客廳半開的窗戶。

紀洵：「……」

上古神靈的教育事業再次遭受沉重的打擊。

親自養大的小孩居然學會半夜翻窗私闖民宅了。

紀洵還沒想好該怎麼搬出一套道德理論來抨擊此類違法的行為，常亦乘就先發制人：「你有扔下我的前科。」

上古神靈從正常的道德三觀上摔了下去。

紀洵假裝沒聽見這句控訴，逕自走進浴室漱洗出來，才整理好措辭：「我說過以後不會再那樣做，既然說了，就不會騙你。」

常亦乘：「那你再答應我一件事。」

紀洵：「嗯？」

「活下來。」常亦乘坐在椅子上，明明態勢比站立的紀洵矮了一些，抬起眼時的目光，卻莫名帶了種強制的壓迫感，「哪怕殺不了天道、守不住共生陣，你也要活下來。」

紀洵不自覺地轉移話題：「要是真的到了那一步，天道也未必肯放過我啊。」

常亦乘輕輕笑了一下，頎長身影突然站起來，變成了居高臨下的角度。他邁開長腿往前幾步，紀洵下意識地往後退，結果直接被人抵在了牆邊。

「你死了，我也不會活。」

常亦乘低下頭，說不清是威脅還是央求的語氣：「我的命交到你手上了，留或不留，隨你。」

紀洵的睫毛顫了顫，心臟漏跳了幾拍。

因為這句話，紀洵直到出門都神情恍惚，上飛機時還差點坐錯一個小朋友的座位，換來未來國家的棟梁好一頓鄙視。

三個多小時後，飛機降落地面。兩人在機場外面攔了輛車，前往位於老城區的火車站。

這個火車站有些年分了，只有舊式的火車還會在這裡停留載客。但紀洵出發前查過，也只有這裡的火車才會駛向離不周山最近的城鎮。

買到票後，見離出發時間還早，紀洵沒急著進站，而是拿出手機，在網路上搜索一番。他發現火車站附近有個遠近聞名的景點，離這裡不遠，步行就能到達，推薦遊覽時間是一小時。

紀洵想了想，提議道：「這個景點看起來不錯，有興趣去逛逛嗎？」

常亦乘看他一眼：「你打算把這當作是一次旅行？」

「這裡好歹也是個觀光都市，怎麼不能算。」紀洵把一張火車票遞給對方，「而且說真的，我們誰都不清楚，天道究竟有多大的本事。」

他是認真地在考慮這次行動的危險性。從實際情況來看，天道能神不知鬼不覺地控制武羅，就說明它千年前就具備了與神靈一戰的實力。

這並非只是面對面廝殺那麼簡單，而是會從精神上操控或者摧毀對方的神智。縱使紀洵能夠自我淨化，但靈力和記憶的雙重殘缺，讓他沒有能夠抵擋得住天道攻擊的十足把握。

至於常亦乘就更不用說了。他體內本來就有從武羅那裡遺傳而來的黑色印記，如果天道從中作梗，使保護他的清心陣被毀，那麼他的結局，或許會跟他母親一模一樣。

不該帶他來的。可是紀洵又很清楚，出發前常亦乘所說的話絕非戲言。

要是結局不幸以失敗收場，那麼至少……

他還能護常亦乘最後一程。

常亦乘似乎看穿了他心中所想，冷聲問：「如果有去無回，今天就先留下深刻的回憶，是嗎？」

紀洵點了點頭。

常亦乘沒說話，轉身走向進站口，擺明就是不肯的意思。紀洵只好無奈地跟上去，見男人神色不悅地逕自坐上候車座位，便也默默找了個位子坐下。

轉眼一個多小時過去，兩人都沒怎麼交流。

紀洵感覺到常亦乘生氣了，可他搞不清楚對方為何生氣。幾次猶豫過後，他拍了拍常亦乘的肩膀：「跟我過來。」

候車大廳人多，他好不容易才找到一個樓梯轉角。老舊火車站的日常清潔做得不夠到位，地板和牆面遍布歲月留下的斑駁痕跡，不方便席地而坐，也不方便靠牆而立。

兩人個子都很高，挺直脊背站在那裡，不像是來聊天的，倒像是來打架的。

一位路過的旅客從樓梯上經過，看見他們倆便是一愣，甚至還摸了下手機，一副正在考慮要不要報警的姿勢。

紀洵側過身讓路，朝那人笑了一下。他一笑，就是讓人如沐春風的溫和氣質，那人鬆了一口氣，只當自己多心了，轉身下樓走遠。

紀洵這才低聲開口：「我知道靈都有各自獨特的性格，不能拿人的標準來判斷。但我在人的世界裡活了太久，也學會了他們的思考方式，容易猜不透靈在想什麼。所以你能不能告訴我，你在生什麼氣？」

常亦乘轉過頭，脖頸拉扯出冷硬的線條。

紀洵看著他頸部的皮膚，想起之前新買的頸環還沒收到，內心就浮現出一股說不清是不是遺憾的情緒。他抿抿唇角，繼續道：「如果不肯說，那你現在就回去。」

常亦乘瞬間扭過頭來：「又趕我走？」

這次換成紀洵不說話了。他目光柔和卻堅定地望向對方，其實心裡沒有個底，但又不喜歡這種朦朧的狀態，好像他們之間隔著一層霧。

明明都願意一同出生入死了，卻偏有一個古怪的東西擋在那裡。

兩方僵持之下，常亦乘先認輸了。

他自嘲般地低笑一聲，「你是不是，把陪我旅遊當成是你的責任？」

紀洵擰緊眉頭：「我……」

常亦乘打斷他，追問道：「就和守護共生陣一樣，因為你是長乘，所以你只要活著，就必須擔負起這些事？」

紀洵的頭腦空白了剎那。

是責任嗎？

僅僅需要簡單回答「是」或「否」的問題，他居然一時給不出答案。

只是想到常亦乘在乾坤陣中困了千年，自己就理應陪伴他多看一看現在的世界。

他從來沒有想過，其中應該還有什麼更深層的緣由。

常亦乘見他不回答，乾脆換了個問法：「剛才，你有好好去旅遊的心思嗎？」

「……不太有。」紀洵承認道。

「我昨晚在你家待了整夜，你一整晚都沒睡。」常亦乘說，「你沒有把握能殺死天道，但有它在的一日，世間就不得安寧。哪怕你可能因此喪命，你還是來了。」

常亦乘很少像今天這樣，一口氣說這麼多話。可他句句分析得正確，紀洵連反駁都找不出適合的理由，只能任憑他接著說下去。

常亦乘的聲音壓得很低：「然後你不提這些，還問我要不要去逛景點？」他唇邊揚起苦澀的笑意，喉間的符文也漸漸現形，「難道你以為，看著你這樣，我應該開心？」

候車大廳方向傳來模糊的廣播聲，紀洵聽不清楚，下意識伸手撥了下耳環，右手收回來時，又不安地搓了搓指腹。

「不是，我先說明一下。」紀洵掙扎著開口，「我沒有把你當成是和共生陣一樣的責任。」

常亦乘：「那你當我是什麼？」

好不容易爭取到的發言權，又被這一句話堵了回去。

紀洵眨了下眼：「說不清。」

「你把我從山洞裡撿回來，允許我用你的名字，留下靈力保護我上千年，生死關頭還想著哄我開心，可是你卻說不清把我當成了什麼。」

男人漆黑的瞳孔周圍蕩開一圈明亮的銀白色，妖冶而危險，是靈失去耐心、想要現出真身的預兆。

紀洵心頭一緊：「你別——」

「別在這裡現形」幾個字還沒說完，常亦乘舔了下嘴唇，繼承自武羅的尖細牙齒也隨之露了出來。紀洵心中警鈴大作。

下一刻，常亦乘乾脆將他推到牆上，手臂按住他的雙肩，以天生適合戰鬥的力量禁錮住他的身體。躁動的喘氣聲響徹耳畔，如同最後的預警奏響。

紀洵被他的呼吸惹得心跳失衡，偏過頭想躲開，卻被人咬住了頸側。牙齒咬上來的觸感刺痛酥麻，毒素般地從皮膚滲透進血肉，讓紀洵的頭腦也跟著昏沉了起來。

「可是我說得清。如果這次有去無回，這才是我想留給你的回憶。」

常亦乘稍抬起頭，眼眸掃過紀洵脖頸那片紅得快要滴血的皮膚：「我早就不想把你當成神靈敬仰。」

有一個聲音，在紀洵腦海中「嗡」的一下炸開。

他抬起頭，呼吸急促地看向常亦乘。

常亦乘極具侵略性的眼神不退不讓，垂眸與他對視。

「你就是我所有的執念和欲望。」

紀洵心亂如麻。

千萬年來，他目睹太多人對他有所求。想要他的幫助、他的靈力乃至他的性命，可是他從未設想，原來常亦乘對他本身竟然有如此強烈的渴望。

兩人之間的距離被拉得太近，紀洵根本無法忽視上方投來的炙熱目光，只能在彼此的視線和呼吸纏繞中，逃避般地低下頭去。

足足過了好幾分鐘，他一聲不吭，常亦乘也沒再說話。整個候車大廳的嘈雜聲響彷彿都靜了下去，只有角落樓梯裡的兩人以沉默相對，把空白的停頓拉扯到極致。

常亦乘眼中的白翳漸漸黯淡了下去。

他生於見不了光的棺材，長於狼煙四起的亂世，沒遺傳到嶺莊那位書生的半分儒雅，只盡數繼承了武羅生前的暴戾和躁狂。

從小到大，他不管和誰打交道都是憑心情行事。世間唯獨紀洵……或是說，唯獨長乘，才能逼得他壓抑本性，任憑自己的喜怒哀樂被對方握在手裡肆意撥動。

雖然這並非出自長乘的本意，但，他就是掙脫不了。

如今他就只差把整顆心臟剖開來了，卻只換來一場無言以對的回應。

許久過後，常亦乘鬆開了紀洵。

歸根究柢，只能怪他痴心妄想，居然卑劣地想要褻瀆神靈，活該招人厭惡。

也許是他轉身的動作太過決絕，紀洵的心臟不禁一抽，自己還沒想好該如何開口，戒指中飛出的一縷黑霧就纏住了他瘦削的手腕。

常亦乘偏過頭，眼睛一瞬間亮了一些，語氣卻是冰冷的：「做什麼。」

「……」紀洵啞然半晌，不知該如何解釋。

黑霧是由他的靈力化形而成，按理說一舉一動都全憑他的心意決定，可他敢對天發誓，纏住常亦乘不讓他走的舉動，絕對不是他本人的想法。

紀洵目光掃過男人被黑霧纏繞的白淨皮膚，心情越發混亂。

也不能說絕對不是，應該說大概不是……又或者，這才是他靈魂深處最真實的想法？

腦海中有一片意識是空白的，讓他自己都恍惚不定。但他又隱隱約約地明白，驚訝也好，意外也好，他並沒有生出反感之意。

做為「紀洵」生活的二十一年，有不少人都對他訴說過心中的愛意。像樓下徐朗那種態度偏激的人他也曾遇到過幾個，所有感想總結下來，就一個字，煩。

可是常亦乘驟然揭穿的心事，卻只讓他心神震盪，不知所措。即便這番告白已經露骨得令他心慌，他對常亦乘都沒有產生半分厭惡。

所謂的牽掛之情，真的能允許他容忍如此直接的示愛嗎？

還是說……其實他也始終心存希冀？

紀洵閉上眼睛，覺得自己就像個無恥的渣男。他深吸一口氣，剛要開口，常亦乘卻已經等得不耐煩了。

常亦乘抬起被纏住的手腕，如展示證據一般，低聲說：「你不想要我走。」

他用了格外肯定的語氣。

紀洵哽了一下，抱著一種「渣男就渣男吧」的微妙心理，點頭回道：「哪有你這樣說完就走的，你總該給我一點時間來接受這件事吧。」

「好。」常亦乘看著他，「我命長，等得起。」

紀洵的心臟漏跳了一拍，有種常亦乘這輩子都要跟他耗上了的清晰認知。

他抿抿唇角，做賊心虛地把黑霧收回之時，也終於聽清了候車大廳的廣播在一遍遍地催促什麼。

紀洵拿出火車票一看：「快快快，火車要開了！」

兩人幾乎是踩著剪票口關閉的前一秒，成功衝了過去。

跑到樓下，老舊的火車停在軌道上，空空蕩蕩的月臺連個旅客的影子都看不到。幸好他們腿夠長，加上又是靈，真要衝刺起來，速度遠非常人可比。

月臺工作人員連人影都沒能看清，只覺得眼前一花，一陣風就刮了過去。

在兩節車廂的連接處，紀洵拍拍胸口，平復了一下心情，才有餘裕開始辨認他們到底身處哪節車廂。他們只買到了經濟車廂的車票，而這裡是商務車廂。

「往前走吧。」紀洵看了常亦乘一眼，「差點錯過火車，你可真會挑時機……那個什麼。」

他不好意思說出「告白」兩個字，常亦乘卻聽得懂。不知是有心還是無意，常亦乘竟然認真地反問一句：「下次我換個時間？」

還有下次？

紀洵的耳垂一熱，想起自己剛才驚慌失措的表現，差點當場求饒。只來一次都差點讓他方寸大亂，要是再聽到那樣的話，他或許一生一世都沒有膽量再見常亦乘了。

紀洵決定自欺欺人，暫時別跟這人近距離接觸，以免他一看到常亦乘的臉，就想起頸側被人用牙齒啃咬的回憶。

結果等找到座位的時候，他還是沒控制住，往後一退，撞上了常亦乘的胸膛。

面前是兩排面對面的三人座位。屬於他和常亦乘的位子還空著，而另外四個座位上，則分別坐著四個熟人。

紀秋硯、紀景揚、李辭和謝作齋。

此時此刻，四人同時抬起頭，臉上寫滿了「你們怎麼現在才來」的表情。

紀洵：「……」

要不是火車已經啟動，他肯定轉頭就跑。

「驚不驚喜，意不意外？」獨坐一排的紀景揚半點不尷尬，主動招呼道，「站著幹嘛，坐啊。」

紀洵心想坐你個鬼。可惜車廂盡頭，乘務員正推著小攤車兜售她的瓜子花生八寶粥，他們倆如果再在中間杵著，就是故意擋道了。

紀洵只好挨著紀景揚坐下，常亦乘倒是沒什麼情緒波動，只掃了眾人一眼便坐了下來。

「你們怎麼會跟過來？」紀洵納悶地問。

李辭笑著答道：「有特案組幫忙，你們一買票，我們就能收到行程通知。」

紀洵揉了下太陽穴，暗自怒斥特案組散播公民資訊的行為。

不過轉念一想，他和常亦乘也不算什麼正經八百的公民，就算想譴責，好像也站不住腳。

「反正也躲不掉了，不如說說你們要去哪吧。」紀景揚扭過頭，話鋒一轉，「咦，你脖子怎麼了？」

紀洵心裡「咯噔」一聲，偏偏其他幾人也立刻齊齊地望了過來，好幾道目光集中在他被常亦乘咬過的脖子上，氣氛之羞恥，讓紀洵恨不得找個地洞鑽進去。

紀洵徒勞地扯了下衣領，發現根本擋不住，只能清清嗓子說：「不小心蹭到了。」

「什麼時候蹭到的？」紀秋硯淡聲問。

「你這都破皮了，」紀景揚追問，「看起來怎麼像是被什麼東西咬了？」

紀洵的內心一片荒蕪，偏偏李辭彷彿領悟到什麼，似笑非笑的目光在他與常亦乘身上來回掃視。紀洵沒好氣地瞪了常亦乘一眼，回頭得好好查查這人到底是哪年出生、究竟是不是屬狗，怎麼一言不合就咬上來。

關鍵時刻，謝作齋神色一凜，壓低聲音：「難怪你們來晚了，路上遇到惡靈了？」

除了李辭以外，其他幾人若有所思。惡靈的話，那就說得通了。

紀洵順水推舟，面無表情地點頭：「嗯，是遇到了一點麻煩。」

紀秋硯眉頭一皺：「是它派來的？」

這個「它」指的是誰，大家心知肚明。

紀洵：「跟它沒關係。就是路邊突然冒出來的，脾氣挺暴躁的，一上來就咬，咬完就跑，像一條狗似的。」

紀景揚評論道：「真的滿像狗的，該不會是感染了狂犬病的惡靈？」

常亦乘：「……」

他掀起眼皮，視線掠過中間指桑罵槐的紀洵，冷冷落在了紀景揚身上。

紀景揚被他看得背後一涼。可能是錯覺吧，但他總覺得常亦乘慢條斯理地打量他的樣子，像是在籌畫要把他砍成幾段才夠盡興。

紀洵留意到身邊男人的不悅，悄悄用膝蓋碰了下常亦乘。常亦乘這才冷哼一聲，收回了視線。

突如其來的求生欲，終於從紀景揚心口升起。他慢半拍地愣了愣，又看了始終不置一詞的李辭一眼，總算反應過來。

我靠。

若非礙於兩位長輩在場，紀景揚都快跳起來了。他掐了下自己的虎口，強行命令自己鎮定下來，但眼角餘光仍不受控制地瞟到紀洵頸側透著紅腫痕跡的皮膚，眼皮瘋狂亂跳。

驟然失控的表情管理，引起了紀秋硯的注意。

紀秋硯問：「怎麼了？」

「沒、沒什麼，就是……有點緊張。」紀景揚結結巴巴地回道。

紀秋硯皺眉：「實在不行的話，你可以在下一站回去。」

紀景揚搖搖頭，有苦說不出。

趁車內其他旅客沒有注意，紀洵的掌心貼上皮膚，用黑霧除去了那幾道曖昧的痕跡。確保證據銷毀後，才輕聲說起正事：「下一站，你們一起回去。」

「休想。」紀秋硯果斷拒絕。

紀洵無奈地嘆了口氣，時隔多年，再次見識到了他阿姊的脾氣有多倔強。

眼看這一個勸不動，他只能轉而去勸紀景揚：「你只有枯榮，也要跟著做傻事嗎？」

「幫弟弟的忙，哪能叫做傻事。」

紀景揚朝他眨了下眼，明明還是那副吊兒郎當的模樣，說出來的話卻異常堅定。

「弟弟有難，我這個做哥哥的怎麼能袖手旁觀呢？放心吧，哥哥別的不擅長，保命的水準倒是一等一的好。枯榮可是經過武羅的品質驗證，要是真的有個三長兩短，到時候說不定能發揮奇效呢。」

他左一個「哥哥」，右一個「弟弟」，聽得紀秋硯的眉頭越皺越緊。

紀景揚還不知道自己完全打亂了紀家的輩分，指了下對面兩個男人，繼續說：「我們出發前就商量好了，謝當家和李辭先不跟你們一起行動，留在外面做替補。」

謝作齋點頭：「要是連我們也遭遇不測，就說明觀山注定有劫難。那麼，剩下的人今後也不必被觀山約束，想做什麼便自由地去做。」

這就是近幾日觀山商量出來的對策。長乘一死，世間便再無神靈守護共生陣，倘若天道不滅，靈師一行就始終生活在如履薄冰的忐忑之中。

他們到底是為了長乘，還是為了自己，早已分不清了。

可是一想到被天道愚弄了上千年，大家都還是認為，至少不應該就這麼坐以待斃，更不應該把所有的壓力都交給長乘承擔。知恩卻不圖報，那麼他們與惡靈又有何區別？

窗外一隻跟隨火車飛翔的雀鷹，吸引了紀洵的視線。他認出那是謝星顏的善靈，也記得它能夠將千里之外的場景傳回到謝星顏眼中。

萬一真有不幸發生，謝星顏遲早會知道，也會轉告給觀山剩下的靈師。

到了那時，還會有人前赴後繼地趕到嗎？

紀洵不希望有人再被牽扯進來，事實上哪怕是此刻，他依舊希望紀秋硯一行人能回去。

然而出乎意料的，最後竟是常亦乘開口勸道：「讓他們留下。」

紀卓風的背叛，一度讓常亦乘對靈師深惡痛絕。

但就像他渾身浴血地從沼澤裡出來時，點燃了求助的烽火香那樣，如果是為了紀洵，常亦乘願意再相信一次。

被長乘守護千萬年的人類，終究不會辜負他。

◎

火車一路上走走停停。十幾個小時後的第二天早上，紀洵睜開了眼睛。

也許跟靠近久違的不周山有關，這大半天的時間他始終沒有睡過，哪怕閉上眼睛，腦海中也不斷盤旋出光怪陸離的畫面，把他扯回了紛雜的回憶裡。

周圍幾位靈師都睡著了，只有常亦乘還保持清醒。

他剛睜開眼，身邊的男人就低聲問：「快到了？」

近在咫尺的嗓音傳入耳中，像融化的雪水滴落，激得紀洵一愣。他不自在地摸了下早已恢復如初的脖子，才回答道：「如果我的感覺沒出錯，應該就是這附近了。」

火車行駛的速度慢慢減緩，窗外的風景也從許久未變的崇山峻嶺，變成了一個座落於群山之中的孤寂月臺。

除了他們以外，這一站無人下車。

剛下車，迎面而來的冷風就徹底把人吹醒了，眾人的第一個感受就是荒蕪。整個火車站恐怕比某些都市內的計程車站還要小，從月臺望出去，就能看見外面還亮著路燈的廣場。

李辭將隨身攜帶的靈器變作輪椅，來到斑駁的月臺標誌前，辨認上面的字跡：「門曲。」

他稍加思索，抬頭問紀洵，「我記得在當地人的方言裡，門曲是天堂之下的意思？」

紀洵：「在我那個時候，這裡還沒有人煙。」

他遠離長乘的身分太久，滄海桑田早已變了模樣，曾經的荒野衍變成人類居住的小鎮。唯一不變的，就是頭頂那片依然壓得很低的天空，給人一種伸出手就能觸碰到蒼穹的錯覺，難怪人們會以天堂之下來稱呼此地。倒也陰差陽錯的，與不周山能通往天界的傳聞相呼應。

不知是何原因，出站口沒人剪票。幾個人離開火車站來到廣場，發現這個地方是真的偏僻，不僅位於狹長的深山密林之間，地圖顯示距離最近的鄉鎮也足足離了十幾公里遠。

廣場周圍只有零星幾棟老舊建築，樓下商鋪都關著門，街上空無一人，傳遞出安靜得接近於死寂的寂寥感。

紀秋硯環顧一圈，見有一棟樓外掛著旅館的招牌，便看向謝作齋：「不如你和李辭先找地方住下？」

他們倆屬於候補的第二梯隊，要在外面等多久都是未知數，比起風餐露宿，肯定是留在相對安全的地方更為保險。

謝作齋點點頭，一行人穿過廣場來到旅館樓下。

名義上說是旅館，其實湊近了一看，更像是當地人自行修建的民居。這裡肉眼可見地生意不好，屋內連燈都沒開，加上天色尚未全亮，看起來很像會發生惡質案件的黑店。

不過靈師們見多識廣，並不畏懼這點小小的缺陷。

旅館還沒開門，紀景揚加快腳步走在最前面，敲了敲一樓透明的玻璃門。等了一會兒，見裡面沒有動靜，便又敲了幾下：「有人在嗎？」

過了快兩分鐘，門內一盞壁燈才亮了起來。一個做著當地人打扮的中年婦女從角落的房間裡探出頭來，往身上穿上外套的動作有些遲疑，神色間也帶著一抹驚懼之色，實在不像是旅館工作人員該有的反應。

紀景揚與眾人交換過眼神，透過玻璃門縫往裡面喊：「妳好，我們想住宿。」

中年婦女沒有過來，遠遠地朝他們嚷嚷了幾句。她的口音很重，紀景揚根本沒聽懂她說了什麼，便皺眉露出了疑惑的表情。

中年婦女急得跺腳，索性三步併作兩步地走到門邊，抬手指向牆上的掛鐘，又結結巴巴地說了句話。結合她的動作，這一次，紀景揚聽懂了。

「她說……沒到開門的時間？」自幼在城市裡長大的紀景揚感到十分疑惑，扭過頭納悶地說，「山裡的旅館還有營業時間限制？」

李辭搗嘴咳嗽幾聲，推動輪椅上前：「外面風大，妳能讓我們先進去嗎？」

一般人看到坐在輪椅上的病弱青年，哪怕不讓進門，至少也該猶豫一下。誰知中年婦女的態度格外堅定，看著他連連擺手。

「太陽還沒出來，」她伸出腳，示意大家看向地磚上的一條紅線，「我不能出去。」

眾人皆是一愣。她說的是自己不能出去，而非別人不能進來。

紀洵下意識低頭觀察。這根紅線的顏色很深，乍看之下很像乾涸的血跡。紅線位於中年婦女和玻璃門之間，她要是想開門迎客，就必須得跨過這條線才行。

紀洵抬起眼：「等太陽出來了，妳就能出來開門了？」

中年婦女點了下頭，朝他們露出抱歉的笑容：「再等等。」

現在時間已經來到了六點多，距離日出頂多也就幾十分鐘。

在外面等等倒是沒問題，但眼前的場景卻透出一股濃濃的怪異。別說旅館通常不會將客人拒之門外，就算是普通人家，誰會沒事替自己做這樣的限制？

他們幾人沒有強行要求進店，而是在商量過後，決定分散開來去觀察其他的建築。

紀洵留了個心眼，直接返回了火車站。出站口依舊沒有人，他手撐著欄杆直接翻進去，在小得可憐的火車站內繞了一圈，很快就在門窗緊閉的值班室門口發現了類似的紅線。

紀洵蹲下身去觸碰紅線，指尖忽然一顫。

線上有靈力流轉。

他閉眼吐息幾次，再睜開眼時，周遭蒙上了朦朧的昏黃色。

一縷黑色印記模樣的煞氣浮現在紅線之中。類似的煞氣，紀洵曾見過幾次，就在武羅和常亦乘體內的禁錮，以及前幾天觀山大樓裡那場異變之中。

「天道。」

紀洵輕聲念出這兩個字，眉頭微皺。

這裡大概是離不周山最近的、有人類出沒的區域，四捨五入可以算是天道的老巢附近，有它留下的印記並不奇怪。可旅館內的中年婦女，為什麼那麼配合？

等紀洵回到旅館前時，其他人也查完了剩下的建築。

不出意料，每家每戶的門前都有相同的紅線。

紀景揚回來得最早，已經靠在玻璃門邊跟屋內那位大姐聊起來了。他把耳朵貼在門上，不時「嗯」個幾聲表示回應。過了一會兒，他再轉過頭來時，臉色不太好看。

紀秋硯問：「她說了什麼？」

紀景揚：「她說門曲的天上，有神。」

大姐自己也不清楚天上有神的傳言是何時流傳開的。反正從她記事時開始，就養成了日落以後、日出以前絕不出門的習慣。那時鐵路還沒開通，這裡地廣人稀，走上幾公里的山路都未必能遇見一戶人家。

後來修建鐵路的人來了，本來當初的規劃是以火車站帶動當地經濟發展的，可誰知修到門曲附近時，工地上就接連出事，死了不少人。

「他們破壞了規矩。」大姐這樣告訴紀景揚，「神就在天上，看著呢。」

所謂的規矩不言而喻，指的就是晚上不能出門。

紀洵疑惑地打斷他，問道：「那怎麼沒換個地方繼續修建火車站？」

紀景揚：「我剛才也問了，她說沒辦法。」

這個地方山形狹長，適合修建火車站的地點太少，加上整條鐵路線路必須得從此處經過，最後幾方衡量之下，造成了如今這樣的局面。

到門曲的火車每天只有一列，如果火車準點，乘客就是固定六點四十五分會到達。夏天的時候天亮得早，住在附近鄉鎮的人便會選擇從門曲回家。而遇到像現在這種七點多才天亮的季節，大多數人就寧願捨近求遠，坐到其他站再下車。也正因如此，火車站周圍才會如此荒蕪。

說話間，天邊泛起了魚肚白。

沒過多久，一輪紅日躍出山脈的輪廓，將清晨的陽光灑在每個人身上。

大姐果真如她所說的，她沒再遲疑，直接拿鑰匙打開門鎖，放他們進了旅館。

為了避免讓她起疑，他們聲稱是過來旅遊的。每個人都交出身分證，一共開了四間房間。紀秋硯和謝作齋都是一人一間，剩下的年輕人則兩兩分組，各住一間雙人房。房間全都在一樓。

紀洵拿過門卡，和常亦乘進房間後，隨手反鎖了房門。

不知是不是錯覺，一走進來，紀洵就覺得這房間陰氣逼人，連牆壁摸起來都有股微潤的潮溼感。要不是進來前他親眼看著太陽升起，他簡直懷疑他們已經不知不覺地進了乾坤陣。

常亦乘進了浴室，用冷水洗了把臉，出來時靠在掉了漆的桌邊，低聲說：「這地方不太對勁。」

「它就差把『不對勁』三個字寫在廣場上了。」紀洵坐在他對面的床上，同樣小聲地繼續道，「我剛才看過了，紅線裡有天道的煞氣。」

常亦乘沉默了一會兒，說：「會不會又是它布的陣？」

紀洵也不確定。根據每個陣法的效果不同，會受其影響的物件也大不相同，所以世間專門針對普通人的陣並不少見。可如果說天道利用山脈與石碑布成香爐陣，是為了獲得靈師的信仰的話，那它在門曲大費周章地制定出「天亮前不能出門」的規定，再留下自己的煞氣，目的又是為何？

紀洵想了想，說：「除了紅線和信神以外，住在附近的人好像都沒有受到其他影響。要不然先……」

他本來的想法，是先進入山內，找個空曠的地方打開不周山的山門。不管天道打的是什麼主意，反正只要找到它，所有事情就能迎刃而解。

可話還沒說完，常亦乘忽然眼神一冷。緊接著，紀洵也挺直了脊背。

兩人對視一眼，極具默契地抬起手，指向了旅館大門的方向。

普通人很難聽見的細微聲音，穿過走廊和牆壁，傳入了他們的耳中。

喀噠。

玻璃門合攏，門鎖落下。

有誰的腳步聲經過櫃檯，在裡面翻找了一陣子，接著拿出什麼東西，似乎放在手裡掂了掂，再慢慢穿過走廊，一步步往前走。最後，停在了他們房間的門外。

紀洵比了個手勢，示意常亦乘別動，自己則悄聲走到門邊，稍低下頭，從門上的貓眼往外看。

走廊是兩邊都有房間的格局，根本照不到陽光，但紀洵分明記得，他們進來前，走廊是亮著白熾燈的，不應該像此刻這樣完全漆黑一片，通過貓眼也看不清任何事物。

幾秒過後，紀洵呼吸一滯，反應過來了。

不是沒有光。

而是站在外面的人，也正在用貓眼觀察屋內的情景。

他看到的，是貼在門上的一隻眼睛。

不少電視或網路媒體都曾經提到過反向貓眼的存在，從字面上的意思來理解，這種貓眼的作用就是反過來的，形成室外的人通過貓眼，能清楚觀察到室內場景的效果。

紀洵未曾想到，有朝一日他會在這種偏僻的旅館裡，幸運地體驗到被反向觀察的感覺。

今時不同往日，他早就不是會被一丁點風吹草動嚇得驚慌失措的普通大學生了。所以明白過來後，他內心毫無波動，思考幾秒，索性後退半步，打開了房門。

站在外面的人，果然是接待他們住宿的大姐。

大姐沒料到他會直接開門，身體還趴在門板上往裡面偷看，門突然一開，她便猝不及防地往裡頭摔去。紀洵眼疾手快，扶穩了她：「小心一點。」

動作和語氣都很溫和，完全沒有發現被偷窺後的恐懼或憤怒，態度之友好，足以被評選為本年度感動門曲的十佳青年。

倒是常亦乘皺了皺眉頭，單手抹過袖口，一把古樸的黑色短刀瞬間出現在手中。

他長得就不是一副好相處的模樣，這時短刀在手，頓時嚇得之前鬼鬼祟祟的大姐渾身一抖，想拔腿轉身往外跑。

紀洵沒給她機會，把人拽回來的同時，還不忘回頭安撫臉色陰沉的男人：「有話好好說，現在是法制社會，殺人犯法。」

常亦乘把刀別到腰後，冷冷地看了中年婦女一眼，開口的聲音比刀光更為嚇人：「殺不殺，要看她想不想活。」

不得不說，他們雖然沒有提前商量，但兩人一個扮黑臉、一個扮白臉，倒是無形中形成了絕佳的配合。大姐慌亂的眼神在他們之間來回掃視，最後審時度勢，看向紀洵：「我、我不是……想害你們。」

紀洵笑了一下，眼角餘光帶到她手中的物品上：「那妳能告訴我，妳手裡拿的是什麼嗎？」

幾句話的工夫，其他房間的人也聽到了動靜。另外三扇房門從裡頭打開，四位靈師看到這邊的場面後，彼此交換過眼神，誰都沒有露出驚訝的表情。

哪怕神經粗如紀景揚，也早早發現門曲不像表面上那麼簡單。因此面對如此人贓俱獲的一幕，幾人沒有任何多餘的舉動，只是紛紛來到走廊近距離圍觀。

被好幾個人圍著，孤軍奮戰的旅館老闆更惶恐了。

她徹底放棄了抵抗，低下頭，揭開一層層包裹著某個物品的紅布，露出裡面的銅製香爐。香爐不像經常使用的樣子，裡面乾淨得摸不出絲毫香灰。

如今觀山的靈師看見香爐，都有一點心理陰影了。他們臉色一沉，感覺落在香爐上的燈光都顯得陰森了幾分。

紀洵斂起唇邊的笑意。他聽得清清楚楚，這名中年婦女鎖好門後，先到櫃檯那邊翻找過東西，此時她手中只有一個用紅布包著的香爐，說明剛才她從櫃檯找出來的正是此物。

可是他們辦理入住手續時，櫃檯周圍並沒有出現香爐。

「妳之前把它藏到哪裡去了？」紀洵問。

大姐顫顫巍巍地答道：「在抽屜裡。」

紀洵的聲音依舊柔和，眼神卻銳利了許多。他一針見血地問：「這是用來供神的器皿吧，妳怎麼不用？」

「我……沒有資格。」大姐吞了口唾沫，不小心對上常亦乘冰冷的黑眸，嚇得脫口而出：「只有我沒交過供品。」

短短的一句話，讓眾人忽然背脊發寒。紀秋硯沉聲問：「供品是什麼？」

「……不守規矩的人。」

話音剛落，走廊的燈光「啪」地齊齊熄滅。

停電了？還是惡靈作祟？

正當紀洵抬頭看向走廊天花板之時，中年婦女忽然尖叫一聲，中邪般哆嗦著跪倒在地，上下兩排牙齒碰撞在一起，摩擦出令人頭皮發麻的嘎吱聲。

「完了，完了。」她的身體劇烈地打著顫，驚恐地望著眾人，「我完了，你們也完了，誰都跑不掉。」

紀洵一愣，剛要開口，耳中就聽見了新的腳步聲。不是一個人，而是許多個人，密密麻麻的腳步聲中雜糅著不分男女老少的竊竊低語。

所有人念出的都是同一句話：「神就在天上，看著呢。」

「有人來了。」

紀洵和常亦乘的提醒同時響起。兩人對視一眼，示意其他四人跟上，紀洵則扶起跌坐在地的旅館老闆，一起往櫃檯的方向走去。

玻璃門外，幾十個手捧香爐的人神情麻木，正從廣場的四面八方往旅館湧來。

走在最前面的男人見到他們的身影，怪叫一聲，加快腳步衝了過來。而他的身後，人群也像被打了興奮劑似地拔足狂奔，但玻璃門很快就擋住了他們的步伐。這群人不知是怎麼想的，居然寧可用拳頭和腦袋撞門，也不肯用手中的香爐來砸門。

「我靠，喪屍圍城嗎？」紀景揚大為震撼，「你們這個地方是單獨開了末日副本？」

本就惶惶不安的中年婦女根本聽不懂他的吐槽。她睜大眼睛盯著岌岌可危的玻璃門，整個人不受控制地往地上滑去，嘴裡還不住地抱怨道：「天都沒亮，你們為什麼要來！不守規矩的人都要死！我不想殺人，不想殺人啊！」

再這樣下去，還沒等到那群人衝進旅館，她自己恐怕都要嚇瘋了。

紀洵動動手指，放出戒指裡的霧氣穩住她的心神。待她的呼吸稍微平緩，就一記手刀敲在她頸後，女人兩眼一翻，昏了過去。

電光石火之間，玻璃門也應聲碎裂。人群前仆後繼地擠進來，即便被鋒利的玻璃邊角割開了皮膚，他們仍舊瘋狂地往裡推搡。

紀景揚打了個響指，金光四溢的枯榮剛現身，他就把禪杖一橫，頃刻間掀起的罡風呼嘯著，將人們推出了門。下一刻，他們又跌跌撞撞地爬起來，繼續往門裡面擠。

謝作齋嘆了口氣：「我來吧。」

只見他雙手往兩旁展開，一把古琴憑空出現。古琴的每根琴弦上都縈繞著絲絲靈力，一雙看不見的手撥動了琴弦，伴隨著曠遠悠長的琴音響起，躁動的人群突然安靜了下來。

他們眼神空洞地垂下頭，如同風停後的岸邊垂柳，齊齊停住了腳步。

騷亂暫時中斷，幾人心中掀起的驚詫卻沒有因此平息。

李辭想了想，建議道：「我和謝當家守在這裡，連絡特案組把人帶走。你們領她走遠一點，等她醒了再問清楚。」

按照之前的計畫，李辭與謝作齋本來就是要在旅館留守。只是當時大家都沒想到，留守的原因居然是得攔住這群不知在發什麼瘋的普通人。

情況太過詭異，誰都不會在這種時候瞻前顧後。常亦乘直接從紀洵手裡接過旅館老闆，一手扛人一手握刀，穿過站立在原地的人群往外走。

紀洵與紀秋硯緊隨其後。稍稍落後兩步的紀景揚拍拍李辭的肩：「你們自己小心。」

「你也是。」李辭笑了笑，「去吧，保護好你弟弟，也保護好自己。」

離開旅館的紀洵一行人刻意遠離了火車站的方向，在公路邊找到了個觀景平臺，把旅館老闆放在護欄邊的長椅上。這邊視野開闊，周圍再有奇怪的人靠近也能馬上發現。

紀洵彎下腰，掌心覆上中年婦女的額頭，用黑霧將她喚醒。

女人剛睜開眼，就恐慌地尖叫一聲。

「別怕。」紀洵指向周圍的群山，提醒道，「天還亮著，那些人也不在，妳現在很安全。」

她不知聽沒聽懂，顫抖著環顧四周好半天，忽然慌亂地在身上翻找：「我的香爐呢？」

香爐早在她第一次腿軟的時候就掉到地上了，離開旅館前也沒人惦記著那個玩意兒，現在估計還被丟在走廊上呢。

紀洵：「那個香爐就那麼重要？」

「每個人都有，我也不能弄丟。」發現香爐不見了，她臉色「唰」地一下變得慘白，「我要回去。」

回答她的，是近在眼前的一把鋒利短刀。常亦乘冷冷垂眸：「別亂動。」

女人停住起身的動作，默默坐了回去。

旁邊的紀秋硯也在此時失去了耐心。可能跟知道紀洵就是自己早夭的弟弟有關，也可能是察覺到天道的真相讓人很想破罐破摔，反正最近這一陣子，紀秋硯感覺自己遺忘多年的本性又慢慢暴露了出來。她沒再維持波瀾不驚的當家人設，厲聲開口：「妳不想殺人，我們也不想害人，可妳要是再敢吞吞吐吐，誰都救不了妳。」

「我……」

還沒等她想好如何回答，紀秋硯就打斷道：「接下來，我會問妳問題，妳必須老實回答。」

女人望著面前幾位異鄉人，絞緊十指猶豫片刻，終於點頭。

紀秋硯：「你們的神叫什麼名字？」

「天道。」她聲若蚊蠅地回答。

「香爐是用來幹嘛的？」

「裝、裝血……」有些事一旦起了頭，說下去就沒那麼困難了。之前裝得敦厚的旅館老闆挽起袖子，露出貼在手臂上藏起的匕首，「我帶了這個。」

紀洵揉揉眉心，如果他還是幾個月前那個一無所知的學生，剛才說不定會當場喪命。可見不管這人嘴上說得有多無辜，那時她是真的動了殺心。

「我能問一句嗎，妳是怎麼想的？」紀景揚忍不住插話，「妳是哪來的自信，覺得自己能搞定兩個年輕男人？」

中年女人認真地說：「我們有神保佑，殺誰都可以。」

……大型邪教信徒狂熱現場。紀洵腦子裡剛冒出這個念頭，就轉念一想，不對。她的自信不是盲目擁有的。

「那些工地上的人，也都是被其他人殺死的？」他輕聲問。

「是。」

紀景揚低聲罵了一句：「真他媽下得了手。」

而紀洵想的卻是，工地上大多是身強體壯的人，那麼多人死在這裡，說明體格的懸殊在這裡並不能成為決定性因素。

一瞬間，他想到了每棟建築前都存在的紅線。

紀洵：「不守規矩的人，踏進紅線後就不能反抗嗎？」

「對，小孩都能殺大人。」中年婦女臉上的表情說不清是羨慕或是畏懼，她揉搓著手指，「我那時候膽小，一直不敢動手。」

等她再想殺人，門曲夜間不能出門的消息卻已經傳開了。

這地方本來就很偏僻，很少有外地人造訪，轉眼好幾年過去都沒有「羔羊」送上門，她就越來越不安。好不容易等到今天，一下子來了六個人，她都說不清天亮前看見紀洵等人出現時，她的心臟究竟跳得有多快了。

紀秋硯見過的慘烈廝殺遠超過紀景揚，如今得知門曲的人心有多骯髒，也沒有過分震驚。她緩了緩，淡淡地問：「你們殺了人，能有什麼好處？」

女人回道：「變成真正的信徒，死後不會下地獄。」

紀秋硯冷笑一聲：「死後的事，誰說得準。」

「是真的！」信仰被質疑的女人陡然提高音量，怒瞪雙目，「是我家死掉的男人回來親口跟我說的！」

斬釘截鐵的語氣，讓在場的幾人皆是一愣。

紀洵啞然半晌，問：「妳確定他真的死了？」

「是啊，他在地方醫院裡病死的，還有很多醫生在呢。」

荒唐的陳述中忽然加入現代醫學的元素，讓她的話反而變得更加古怪。

死掉的人回家告訴她，他沒有下地獄？

紀洵搖了搖頭，感到無法理解，這難道是……傳說中的還魂？

第五章 天堂列車

濟川，特案組辦公室。

鄭自明從外面出外勤回來，和辦公室裡同樣忙得焦頭爛額的同事互相苦笑一聲，就端起桌上的水杯去茶水間了。

裝好水後，鄭自明在原地發呆了一會兒，讓被工作擠得滿滿當當的大腦放鬆一下。

最近特案組的事情格外得多。以前跟靈相關的事務基本上是由觀山主導，特案組只負責輔助和監督。如今觀山出了事，雖說不至於徹底解散，但也引起了相關部門的警醒。

沒了天道的約束，觀山文化APP得以繼續使用，只不過流程中多加了需要特案組審核的手續，以確保靈師不會再受第二個天道矇騙。如此一來，特案組的人手就不太夠用了。

休息得差不多了，鄭自明往水杯裡扔了個茶包才回到辦公室，有同事提醒他：「剛才你手機響了。」

鄭自明拿起手機一看，愣了愣。自從交換過聯繫方式後就沒怎麼來往過的紀洵，兩分鐘前打了一個語音通話給他。

鄭自明回撥過去：「你好。」他頓了一下，還是不太習慣把世紀家園事件裡的當事人看作另一個物種，斟酌幾秒後問，「紀先生找我有事？」

紀洵跟他交流的語氣跟從前無異，禮貌地說：「不好意思，情況比較急，我就不按流程慢慢提交調查申請了。如果方便的話，能幫我查點資料嗎？」

鄭自明問：「你要查什麼？」

紀洵：「從三十五年前開始，門曲每年的人口死亡率。」

通話結束後，鄭自明茫然不解。門曲是個十分偏僻的小地方，當地不僅沒有設立特案組，甚至在今天之前，鄭自明連聽都沒聽說過它的名字。

他登錄進特案組的內部資料庫，查找一會兒後，眉心逐漸擰緊。

長達三十幾年的時間裡，門曲每年的死亡率居高不下，遠遠超出了全國平均數值，幾乎快趕上某些戰亂之中的地區。

見他神色有異，對面的同事探過頭來：「怎麼，又有惡靈？」

這句話提醒了鄭自明，他搖搖頭，移動滑鼠點開門曲一帶的相關記錄，卻發現這裡從來沒有發生過惡靈作祟的事件，也沒有大規模致死傳染病或惡質案件發生的跡象。

所以那些人，全是自然死亡的？

鄭自明摩挲著下巴，認為這種可能性不大。他思考片刻，向對面的同事問道：「你聽說過門曲這個地方嗎？」

「門曲……？」對方回憶了好半天，一拍桌子，「我還在鐵路局上班的時候聽別人提過，說是當年鐵路修到那一塊的時候，出過很多意外，死了不少人。」

鄭自明：「確定是意外？」

同事回道：「深山裡修路嘛，難免會有意外發生。非要說的話，就是門曲出事的機率大了一點。」

又是死人比其他地方多。鄭自明越發覺得不對勁，「當時都做過屍檢嗎？」

「唉，你不知道那個地方有多荒涼，附近法醫都找不到幾個，又是三十多年前，哪來的條件一個個做屍檢呢。」

收到鄭自明的回覆時，紀洵心中的疑惑也解開了大半。他看著侷促不安的旅館老闆：「所以就像妳說的，你們的親人死後都會回來，告訴家人他們沒有下地獄？」

旅館老闆連連點頭。

要是只有她一人見到了死去的丈夫，倒可以解釋成思念過度出現了幻覺。可門曲當地所有人都保持統一的口徑，就不得不讓人懷疑或許確有其事了。

紀洵掃了手機螢幕裡的資料一眼，又問：「其他人呢，他們死後有回來過嗎？」

旅館老闆的瞳孔一縮，絞緊的手指被她自己勒出一層青白色。

哪怕有人跳出來指責紀洵天真，他也無所謂。反正他就是不相信生活在門曲的所有人，都甘願一輩子遵守夜晚不能出門的規定。他更不相信所有人都會願意為了莫須有的神，動手殺死另一個無辜的生命。

眼看這人遲遲不願開口，紀秋硯的耐心耗盡，她抬手召喚道：「三言。」

一陣陰風刮過，空蕩的盔甲驟然出現。旅館老闆哪見過這樣的陣勢，她嚇得從長椅上滑了下來，根本不敢抬頭去看身上鐵葉嘩啦作響的異物，抱著頭大聲求饒：「我說，我全都說！」

不用紀秋硯逼問，這一次中年女人算是徹底嚇破了膽，再也沒有任何隱瞞，把她知道的事情全部說了出來。

正如紀洵認定的那樣，當初的門曲並非像現在這般全員惡人。

那時候門曲晚上不能出門，其實是因為地處荒山野嶺，外面連個路燈都沒有，加上時不時還有野獸出沒，所以從安全的角度考慮，父母從小就教育孩子晚上別出去而已。後來修鐵路的建設單位來了，大家也保持著相安無事的氛圍。

直到某一天，有人從剛動工不久的工地裡，挖出了一塊石碑。

石碑不大，碑上雕刻的內容也很好懂。大意就是說，這塊石碑是鎮壓鬼祟的封印石，倘若後世有人將它從地裡挖出，就會解開封印、釋放出鬼祟，如果想要保命，就必須日落之前回到家中，緊閉門窗，直到第二天太陽升起才能出門。

這件事驚動了附近縣市的文物局，他們特地請了專家過來研究。結果專家一看就笑了，說這個石碑就是塊普通的石頭，連文物都算不上，肯定是誰為了惡作劇埋進土裡的。

大家鬧了個烏龍，也沒過多介意，直接把石碑當作垃圾一般，隨意扔進了一個山洞裡。

不久之後，門曲每家每戶的門前，都出現了一條紅線。

那時火車站還沒修建好，大家的屋子都離得很遠，溝通消息不及時，導致不少人以為是哪個小孩搗亂畫了紅線，便罵罵咧咧地把線擦乾淨完事。但是第二天，紅線又出現了。不僅是當地原有的房屋，連工地周圍新建的臨時房屋也被人在門口畫下了紅線。

人心惶惶的氣氛下，幾個膽子大的年輕人想起被扔掉的石碑，便鑽進山洞裡，想再一探究竟。

漸漸的，一個傳言在門曲當地人之間傳了開來。

大家都說那天進入山洞的年輕人們，在裡面看見了神。

自稱為天道的神告訴他們，這裡有人破壞了規矩，不久之後，門曲將有滅頂之災。但天道於心不忍，用自己的力量畫下保護他們的紅線，只要夜晚大家都留在紅線之內，就能安然無恙。至於那些不守規矩的人，則是需要根除的異端。

沒有人記得，是誰第一個動手的。

一場當地人與異鄉人之間的獵殺，在荒蕪落後的山林間悄然展開。

他們遵從神的指令，把違反規矩的人騙進紅線內殺死，再用屍體的血在自家香爐裡面抹上一圈，並點上三支香，以此告訴神，他們清除了一個異端。

說來也怪，只要他們這麼做了，第二天工地附近就會發生意外，屍體也會莫名其妙地出現在那裡，彷彿是遭遇意外而死的。

旅館老闆和她的丈夫那時在工地附近的餐館幫忙，她生性膽小，連殺條魚都要做半天的心理建設，就一直勸丈夫千萬別摻和這件事。

但是最後，她丈夫還是殺了人。

因為在傳言傳開的半個多月後，她家有個親戚出門摔了一跤，當場摔破腦袋，一命嗚呼。就在頭七的當晚，那個親戚的家人看見他回來了。

「你們別不相信。」旅館老闆一本正經地說，「是真的回來了，看得著、摸得到，還能跟家裡的人說話。」

至於說的內容，則是他生前也獵殺過異端，神欣慰於他的忠誠，讓他死後陪在自己身邊，永享無盡壽命。

不管是誰，總會有油盡燈枯的一天。這個道理大家都懂。

可如果只要信奉天道，就能在死後獲得新生呢？

旅館老闆的丈夫動搖了。

某天下午，他把一個總愛半夜出門閒逛的工人騙進廚房，舉起事先準備好的石頭砸死了對方。

『比殺一隻豬還簡單。』丈夫這麼評價道。

可惜她還是不敢。

就這麼一天一天地拖下去，拖到火車站都修建好了也沒動手。

異鄉人走後又過了兩、三年，像她這種還沒動手的人終於開始忐忑不安了。

這兩、三年裡，凡是手上沒沾血的人，死後全部都沒有回來。

清除異端成為了他們向神遞出的投名狀，不能完成神的任務，他們就不配成為真正的信徒，死了只會下地獄。

於是曾經在晚上出過門的本地人，成為了新的獵殺目標。再後來，那些不願意動手的人也被視作異端，應當予以清除。怎麼殺不要緊，反正有神幫他們善後，根本不用擔心事情敗露。

紀景揚聽得頭皮發麻，打斷旅館老闆，問道：「都沒人報警嗎？」

「這種地方人與人之間都是些沾親帶故的關係，多一事不如少一事。」紀秋硯冷笑道，「何況就算是親人，恐怕都會嫌不肯殺人的是累贅，有人肯幫他們動手，反而省了麻煩呢。」

越是偏僻的地方就越是封閉，也越容易形成集體性的作惡。就像那些拐賣婦女的村莊一樣，人們願意互相幫忙隱瞞，就算有外面的人來了，也會遭遇層層阻礙。

「可這也太……」紀景揚不知該如何評價，嘆了口氣，忽然意識到紀洵已經很久沒說話了。他扭過頭，看見紀洵眉眼低垂，似乎只是在安靜聆聽人們犯下的罪惡。

還是和從前一樣，紀洵不會為死去的人難過。可是如今他眼中多出了另一種情緒，很淡，卻又無法忽視。

那是一種帶著憐惜的慈悲，讓站在那裡的瘦高身影彰顯出一抹遺世獨立的氣質。

有那麼一瞬間，紀景揚腦海中閃過一個荒唐的念頭。

如果世間真的有神，那也該是這樣的。他看盡世間的險惡，不願縱容它們，也不會被它們所影響，無論如何，始終都保持乾乾淨淨的模樣。

相比起來，天道算什麼東西，竟也敢妄自稱神。

紀洵沒有留意到紀景揚打量的目光，而是抬起眼，緩聲開口：「最後一個問題，那些回來的人，現在在哪裡？」

旅館老闆搖頭：「他們回到神的身邊去了，只有每年忌日才會回家。」

「每年還有探親假呢，福利不錯。」紀洵的唇角勾出嘲諷的弧度，「那他們該不會也像我們一樣，是坐火車來門曲的？」

他原本只是隨口諷刺一句，沒想到旅館老闆竟然點了下頭，轉身遠遠指向火車站的方向。

「晚上十二點，會有一輛火車經過。」

女人的語速緩慢，乾澀的嗓音回蕩在空氣中，傳遞出令人毛骨悚然的資訊。

「只有死人，才能看得見那輛火車。」

◎

晚上，特案組終於千里迢迢地趕到。

他們帶走了所有門曲當地人，為了防止中途再出差錯，李辭和謝作齋也陪同離開。

快到十二點時，紀洵等人來到了火車站。

夜色濃稠如墨，遠處的鐵路信號燈也被浸染出血紅的顏色，像潛伏在黑暗中的眼睛，陰森森地注視著火車站。

月臺邊，紀景揚打開了手機的手電筒功能，慘白的燈光勉強照亮前方十公尺遠的地方，沒能給人安全感，反倒讓人擔心光束盡頭會不會藏著什麼邪祟。紀景揚索性把手電筒關了。

夜間山裡的氣溫很低，雖說不至於讓人凍得牙齒打顫，但他還是沿著月臺來回踱步，活動身體。轉到第三圈時，終於忍不住朝紀洵勾了勾手指。

紀洵走過去問：「幹嘛？」

「反正閒著也是閒著，哥哥問你一件事。」紀景揚鬼鬼祟祟地瞥了幾乎與夜色融為一體的常亦乘一眼，壓低聲音，「之前你脖子上的那些傷口，是不是他咬的？」

紀洵：「……」

他好不容易才忘記被人按在樓梯間又舔又咬的滋味，結果猝不及防地聽紀景揚一提，那種酥癢難耐的感覺就又竄了出來。

周遭漆黑一片，紀景揚看不清他尷尬的臉色，卻能從他陡然一滯的呼吸裡聽出點名堂。

「你看看你，太見外了吧。」紀景揚自以為獲悉了真相，笑著調侃道，「上次問你們是什麼關係，還冠冕堂皇地說他是被你養大的，想不到原來玩得這麼野。」

紀洵整個人都不好了，先前被常亦乘碰過的皮膚也一陣陣地發著燙，不斷提醒常亦乘對他做過什麼、說過什麼。

「你給我閉嘴。」紀洵咬牙切齒地蹦出幾個字。

紀景揚悶聲發笑，這種感覺挺矛盾的，白天還覺得紀洵身上有一層神性，這時聽到他惱羞成怒的抗議，又讓紀景揚感到格外親切。

「沒事，不用害羞，我懂的。」紀景揚拍著他的肩。

你懂個鬼。紀洵暴躁地拍開他的手掌：「少在那邊胡說八道，我根本就不……」

後半句話戛然而止。

那幾個字並不難說出口。「我根本就不喜歡他」，或者換成其他表達方式也行，反正只要讓自己撇清這個誤會就可以了。

但紀洵嘴唇囁嚅幾次，卻始終無法將這句話完整地說出來。

就像常亦乘轉身想要離去時，黑霧瞬間纏上去留住他一樣，此時胸口某個忽然絞緊的位置也在不受控制地阻止紀洵，不讓他說出決絕的話語。

為什麼會這樣？

紀洵意識到有哪裡不對勁，緩緩睜大了眼睛。

他自認自己的性格絕不算矯情，也不屑耍弄欲擒故縱的手段，更理應分得清，自己對另一個人到底有沒有突破尋常界限的感情。可是每每談論到類似的話題時，他卻總是說不清。

彷彿腦海中憑空出現了一座高聳的牢籠，答案就藏在裡面，而他卻找不到進去的鑰匙。

紀景揚被他欲言又止的反應驚訝到了，小聲說：「我有句話，不知該不該講。」

紀洵：「嗯？」

「你看啊，不久前你才剛想起自己是誰，記憶也亂七八糟的，對吧。」紀景揚幫他分析，「所以，你確定自己記得跟他之間的所有事情嗎？」

紀洵的眼中閃過一抹詫異，下意識地轉頭看向身後。

大片深沉的夜色蔓延過天空，將整個火車站籠罩在無邊的黑暗中。

常亦乘站在離他們十幾公尺遠的距離，頎長身影倚靠著站牌，看起來是有幾分懶散的姿勢，可只要再仔細看上幾眼，就會發現他右手一直緊握著短刀。

年初兩人剛「認識」時，紀洵一度有些害怕他，與此同時，心裡又無比清楚，只要待在他身邊就會很安全。那是一種對強者的本能依賴。

如今紀洵不需要再依賴任何人，可回頭看見常亦乘的身影時，那種安心感卻沒有消失。

甚至因為記起了他們之間的過往，反而比從前更增添了幾分信賴。

紀洵不會懷疑這分信任，所以他也不會懷疑，常亦乘還會向他隱瞞任何事。

然而記憶中的空缺依舊存在。

難道……

眼看混沌的思緒即將了然的前一刻，一道尖銳的刺痛驟然扎進了紀洵的大腦。

刺痛眨眼間愈演愈烈，如同正有人用刀尖狠狠鑿進他的頭骨，讓他疼出一身冷汗，更讓他的視野逐漸變得模糊。

紀洵的身體震顫，完全意識不到自己的狀況看起來有多嚇人。

朦朧之中，他似乎聽到了紀景揚的大聲呼喊，也聽見了從不遠處飛奔過來的腳步聲。

有人接住了他搖搖欲墜的身體。

然後，他便失去了意識。

◎

火車規律的搖晃，把紀洵從昏睡中喚醒。

當他睜開眼時，男人清晰的喉結和下頷線映入眼簾，讓他愣了幾秒，想不通自己到底是什麼姿勢，才會一睜眼就看見如此微妙的角度。

還好緊接著，他就反應過來了。

他正躺在常亦乘的懷裡。

意識到這一點後，紀洵連忙掙扎著想坐起來，結果他一動，常亦乘就低下頭來：「醒了？」

「……嗯。」他錯開視線，「你先鬆開，我沒事了。」

常亦乘打量了他幾眼，鬆開攬在他腰側的手，等他一坐好，就問：「怎麼會暈過去？」

詢問的語氣裡還帶了點曖昧的心疼。

紀洵捏了下指骨，不太自在地回道：「我好像快想起什麼了，頭就突然開始劇痛……不是，現在是什麼情況，他們兩個呢？」

眼前是司空見慣的火車車廂，但又跟一般的火車不同，周遭都蒙上一層鉛色的濾鏡，把整個車廂都染出了灰敗的跡象。頭頂上方的燈宛如接觸不良，明明滅滅地閃爍著。

他們坐在車廂最前面的位置，對面是一排空座位，紀景揚和紀秋硯不知所蹤。

常亦乘往前面指了指：「在另外一個車廂。」

原來，紀洵剛暈過去幾分鐘後，十二點就到了。

幾乎是在秒針跳動的一剎那，空空蕩蕩的鐵軌上便駛來了一輛舊式火車。

火車穿過山間的薄霧，像夜色中飄蕩而來的鬼魅般停靠在門曲站。車身上沒有任何標示文字，既看不出它是從哪裡來的，更看不出它接下來要到哪裡去。

車門打開後，一個臉色發青的人站在門口，目光直愣愣地望向他們。

常亦乘先抱著紀洵上了車，然後就聽見那人對身後的紀景揚說：『靈師的車廂在前面。』

紀洵一愣：「意思是說，我們這節車廂只有靈能上來？」

「對。」常亦乘回道，「你往後看就知道了。」

紀洵站起來，回頭望去。車廂內沒有坐滿，除了他跟常亦乘以外，還有七、八個乘客。

其中有些乘客勉強有個人形，有些則是動物或植物的模樣，最為誇張的是一隻三公尺長的蠍子，大概是普通的座位容納不下它，它索性趴在了長長的貨架上。

最為古怪的是，它們並不關心紀洵與常亦乘這兩位不速之客，除了那隻蠍子偶爾會打量紀洵幾眼以外，其他靈則是完全沒往他們這邊瞧上一眼。

紀洵重新坐好，納悶地拿出手機。居然有信號。

這裡不是故弄玄虛的乾坤陣，而是真實存在的場景。

「……」

有那麼幾秒鐘的時間，紀洵懷疑自己是不是失憶太久，跟靈的世界脫節了，導致他不知道世間已經有那麼一列神祕專車，專門挑在大半夜的時候運送靈和靈師。

不過這樣一來，倒也解開了他心中的一個疑惑。

拋開紀洵和常亦乘兩個靈不談，紀景揚和紀秋硯都是活人，他們能看見並登上火車，就說明「只有死人才能看見火車」的說法，根本就是無稽之談。

「我懷疑這列火車是靈器。」紀洵輕聲說，「體內有靈力的人才能看見它。」

常亦乘點頭：「但門口那個，能看出我們不是人。」

紀洵抬眼望向車廂連接處。那個彷彿擔當乘務員的人站在陰影裡，雙目無機質地平視前方，散發出詭異的氣息。

這就厲害了。

紀洵皺了下眉頭，意識到眼前所有的事物都超出了他的認知。

想判斷一個目標是人還是靈，並不是那麼簡單的事。

雖說人和靈是兩種完全不同的種族，可放在自然界裡，他們的區別就好像一隻貓與一朵花，誰都不會把貓認成花。但如果這隻貓能變成花的模樣呢？

當外表形態一模一樣的時候，人和靈之間的界線就隨之模糊了起來。

就拿常亦乘來當例子。只要他自己願意，平時言行舉止再謹慎一些，那麼他就能以人類的身分在這個世界上生活一輩子，永遠不會露餡。

但是今晚，他的真實身分卻被一眼分辨了出來。

紀洵笑了笑：「難怪天道一心想成為神，它確實是有一些很新奇的本事。」

常亦乘看他一眼：「它能做到這一步，你不擔心它已經動了共生陣？」

「擔心啊，可光擔心也沒用。」紀洵聳肩，「反正來都來了，就慢慢欣賞天道為我們展現的『神跡』好了。」

對紀洵來說，天道身上的謎團太多。也正因如此，緊張和焦慮的情緒全都是無用之物，倒不如放鬆心態來得輕鬆。

紀洵調整過坐姿，正琢磨著要不要去問問「乘務員」什麼時候才能到站，桌板上的手機就震了一下。他點開螢幕，看見隔壁車廂的紀景揚傳了一則訊息給他。

紀景揚：『我操，你猜我看見誰了！』

紀洵：『？』

車上的網路訊號很差，隔了兩、三分鐘，紀景揚發送的照片才終於顯現。

照片看起來是偷拍的。

一個留著寸頭、臉色青灰的年輕男人，雙手抱胸地坐在座位上打瞌睡。

隔壁車廂的光線也很暗，加上紀景揚估計是偷拍時手抖得太厲害，男人的面目也有些模糊。紀洵盯著這張照片看了一會兒，依稀覺得好像在哪裡見過這個人。

末了，還是常亦乘提醒道：「望鳴山。」

一股寒氣從腳底湧了上來。紀洵聲音微顫：「是他。」

在望鳴山，當著他們的面殺害屈簡的靈師。

韓恒。

可他不是……早就死了嗎？

韓恒當著諸多靈師的面，從長出蜥蜴腦袋的怪物炸成了無數齏粉。他確實死了，而且死得連具完整的屍身都沒有，那天在場的靈師有目共睹，事實不假。

如今他卻出現在了火車裡。

是幻象？還是天道利用某種不為人知的儀式重塑了他的身體？

沉默無聲無息地蔓延開來，窗外沉寂的夜色把火車內的光景襯得越發灰暗。

紀洵靜了很久，才說：「難怪……」

常亦乘：「難怪什麼？」

「難怪天道要鬥曲的居民殺人。」紀洵一邊打字回覆訊息，一邊小聲地解釋給他聽，「它自封為神，那麼信徒總該為它獻上一些祭品。」

之前紀洵一直想不明白，天道這麼大費周章的，到底是想圖什麼。

誠然紀家遷徙到濟川立下石碑，能幫天道完成它的香爐，可這個辦法太麻煩了。

天道既然能蠱惑靈師殺人，那它乾脆蠱惑靈師搬到它選中的地方，不是更簡單快捷嗎？這樣一來別說香爐陣，它哪怕想在世間做個複雜的迷宮都不成問題。

所以布陣只是一方面。

另一方面，是它需要借助殺人奪靈的禍端，為自己挑選最為忠誠的信徒。

彰顯忠誠的方式，就是殺人。如同常亦乘幼年時，曾被當作活祭的祭品，被扔進山洞供奉給「山神」一樣，在門曲不守規矩的人和百年來被謀害的靈師，全都是供奉給天道的祭品。

交過祭品的人，便能得到天道的認同，死後繼續現身於世。

所以天道在意的是這些信徒，而不是被奪來的靈。

最直接的證據，就是它闊氣地將靈交給了紀卓風，卻又在紀卓風被捕後無動於衷，一點想要營救對方的意思都沒有。

訊息傳出去後，紀景揚很快回了一串省略符號過來。

紀景揚：『那麼多條人命，就為了這個？』

紀洵盯著這行訊息，指腹在螢幕上觸碰幾次，終究沒有回覆。他完全理解紀景揚做為人類感到的荒唐與不忿，然而他同樣也理解，在天道眼裡這些人命不算什麼。

人靈有別。害死成千上萬條人命，對於惡靈來說，就像殺死成千上萬隻螞蟻，連眉頭都不用皺一下。

但是理解，並不代表贊同。紀洵眼中閃過一絲嫌惡：「這列火車有靈師專用的車廂，韓恒又出現在那節車廂裡，說不定接下來我們會看見更多曾經的靈師。」

常亦乘：「死人，怎能算作靈師？」

人死不能復生，這是世間亙古不變的真理。

哪怕少數人因為機緣巧合，屍身獲得了神智，那也是像嬰女或常亦乘的父親那樣的靈。按照這列火車的規矩，韓恒應該坐在這節車廂才對。

「『神』說算，就算吧。」紀洵淡淡地說，「我有個預感，等火車到站，迎接我們的會是一個完全不同的世界。」

話音落下，火車呼嘯著衝進一座漆黑的隧道內，車內昏暗的燈光也同時熄滅。真正的伸手不見五指。

就在這時，紀洵的神經一顫。

某種微妙的感受提醒他，他們進入乾坤陣了。

隧道彷彿沒有盡頭般得漫長，像極了人死後會穿過的長廊，越往前走，就離世間所有的牽掛越遠。

紀洵愣了愣，莫名覺得這種感覺很熟悉。好像他曾經無數次穿過隧道，抵達晦冥陰冷的盡頭。

強烈的既視感如有千斤重，壓得他弓下身去，屈起的指骨扣緊掌心，幾乎快要震碎筋脈的力道都緩解不了他頭腦中的震蕩。

意識混亂之際，一隻薄而微涼的手伸了過來。常亦乘一點一點地掰開他的手指，阻止了他傷害自己的舉動：「怎麼了？」

紀洵強撐著開口：「我好難受。」

他身體顫抖得厲害，難得示弱的話語更讓常亦乘心口收緊抽痛。

小時候，常亦乘總盼望著能快點長大，以為只要打得過天下所有人，就有資格站在長乘的身邊，隨他下山，替他遮風擋雨，還能在他難受的時候陪伴左右。

可事到臨頭，常亦乘才發現，他寧願讓時間停留在從前。

就算一生做被人厭棄的瘋狗又如何，總好過眼睜睜看著長乘寄生在凡人身上，脆弱而無助。

常亦乘眉頭緊鎖，身體往前傾，在黑暗中摸到紀洵咬緊的嘴唇，動作略有些強勢地把拇指一側的掌骨硬擠了進去。

「難受就用力咬下來。」他用另一隻手從身後抱住了紀洵，「別傷到自己。」

換作神智清醒的時候，紀洵肯定不會順從。可他現在思緒極其雜亂，雜亂中甚至還有直覺告訴他，此時的難受是源自他靈魂深處的恐懼。

不論是從前的長乘，還是後來的紀洵，他從來沒有真正恐懼過任何事物。毛骨悚然的經歷是有的，但事情過了也就過了，之後再提起來，頂多也就一句「當時嚇了我一跳」。

唯獨這次，他竟然在恐懼。

並非是忌憚天道，而是忌憚另一種更為熟悉的未知。

這股無處追尋的恐懼迫使他遵循本能，像抓住救命稻草似的，用力咬緊了常亦乘的手。

伴隨急促的呼吸，鮮血染過他的唇齒，潤溼了先前咬出的細微傷口，一時竟分不出刺得傷口發疼的，到底是誰的血。

常亦乘緩緩低下頭去，此時如果能有束光照進來，想必連他本人都會詫異，原來他那雙淡薄冷漠的眼睛，也會藏進湖水般的溫柔。

世人皆知，十指連心。

然而這一刻，被咬得深可見骨的痛苦，卻傳不進常亦乘的心臟內。

他覺得自己像被撕扯成兩半，一半為紀洵反常的狀態擔憂心疼，另一半則墜入深不見底的岩漿，被滾燙的溫度灼傷燒盡也痛快無比。

得不到長乘的愛又如何，只要能像此時此刻，為身邊這人分擔些許，他也心甘情願。

可惜他的歡愉並沒有持續太久。

紀洵逐漸適應了那股恐懼，意識也慢慢清醒了過來。嘴裡的血腥味讓他愣了幾秒，反應過來後立刻偏開頭，一把扯過常亦乘的手，摸到血肉模糊的傷口時，心臟也跟著絞緊：「……你瘋了嗎？」

指間的黑霧剛要漫開，他就聽到身邊的男人說：「沒事，我還有一隻手。」

「滾。」紀洵氣得罵人，只不過虛弱嘶啞的嗓音聽起來很沒氣勢，「別動，我幫你……」

「治好」兩個字還沒說完，常亦乘就把手抽了回去。

他用短刀劃開衣襬，扯下黑色布條纏裹傷處：「我受傷好得很快。你現在狀態不好，不用浪費靈力。」

紀洵很想反駁這句話，結果一側過臉，整個人就如喝醉了一般眩暈不已。

他連忙靠著椅背，以抵消這股難受的感覺。

「如果疼得厲害，還是要告訴我。」紀洵閉上眼，「常亦乘，我好像來過這裡。」

常亦乘的動作一頓：「什麼時候？」

「想不起來。可我隱約覺得，我就是在這裡丟失了一部分記憶。」紀洵輕聲回道。

一部分很重要的記憶。

他記不清那是什麼，卻又冥冥之中認為，正是那些記憶的關係，才讓他剛進乾坤陣，就產生了一種近鄉情怯的恐懼。

火車駛出隧道的鳴笛聲在下一秒響起，暗淡的光線一瞬間湧入視野。

兩人同時轉頭，看見了一座高聳入雲的山峰，星星點點的微光點綴在山間，映照出山影的輪廓。

常亦乘靠過來一些，低聲問：「這就是不周山？」

不周山之所以得其名，正是由於上古時期，名為共工的神靈怒撞大山，造成山體崩裂，變成一座不完整的山。眼前的山峰一側彷彿被巨人用斧頭劈砍過，陡峭且突兀地斜了下去，形成極不工整的形狀，看起來和傳說中的不周山一模一樣。

可紀洵沉思半拍，說：「很像，但應該不是。」

火車緩緩停靠在月臺，那個臉色青白的乘務員打開車門，動作卡頓地轉過身，音調毫無起伏地通知：「不周山到了。」

他把這一站稱作為不周山。

車廂內其他靈也沒有質疑，紛紛從座位上開始挪動。那隻趴在行李架上的蠍子拖曳著長長的身體爬下來，很占空間地擋住了大家的路。

紀洵與常亦乘不急著下車，等礙事的蠍子離開後，才踩著車梯踏上了月臺。

相比他們這邊寥寥無幾的靈，隔壁車廂出來的靈師居然有好幾十個。紀秋硯和紀景揚走在最後，兩人臉色都有些難看。

紀洵順著他們的視線，找到了靈師隊伍中間的韓恒。除了臉上一片死氣以外，眼前的韓恒就跟他在望鳴山見到的樣子沒有任何區別。

奇怪的是，韓恒並沒有認出他們，而是雙眼無神地四處張望了一下，邁步走向了月臺中那隻顯眼的蠍子。

紀洵：「？」他們倆互相認識嗎？

緊接著，從隔壁車廂出來的好幾個靈師也跟在韓恒身後，圍繞到了蠍子身邊。不僅如此，就連其他靈師也都像韓恒那樣，往周圍看了看，然後各自找到了不同的靈。

四散的人群很快分成了以靈為中心的小隊，往出站口前進。剩下他們四人面面相覷，誰都看不懂這是什麼意思，只能跟著大家朝外面走。

紀秋硯走到紀洵身邊：「車上的靈師估計全是死人。」她抬手指著人群中一個鬚髮花白的老人，「我認識那個人，他姓張，殺過紀家的靈師。」

紀洵：「你是說，他參與過殺人奪靈？」

紀秋硯：「沒錯，我懷疑傳聞中被天道責罰的靈師，其實死後全在這裡。」

不，不止殺人奪靈的靈師。倘若旅館老闆沒有說錯，那麼這裡還有門曲內清除過異端的普通人。

他們全部變成了靈。

問題在於，人死後變成靈的機率太小了，怎麼偏偏天道的忠實信徒全都運氣爆漲，獲得換成另一種身分、重活一世的資格？

交談間，出站口近在眼前。外面昏天暗地，看不清周圍的景色，只有形似不周山的巨大山峰矗立在火車站外，居高臨下地俯視著大地。

「我的天，我巨物恐懼症都快發作了。」紀景揚昂起頭，「這座山看起來也太邪門了。」

紀洵抬眼望去，心中亦有同感。他記憶中的不周山，是一處清雅神聖的地方，不該是猶如電視劇中的陰曹地府般，如此陰森的場所。

他朝其他三人說完，見左前方有兩個出口空了出來，就隨便選了一個朝那邊走去。常亦乘當然沉默地跟在他身後，紀景揚和紀秋硯沒有多想，直接選擇了另一個出口。

「不管怎樣，先出去吧。」

不料紀洵剛來到出口前，居然被旁邊維持秩序的「工作人員」攔了下來。

這人長得跟火車上的乘務員差不多，他看了看紀洵，脖子突然伸長了一公尺多，一張青白發灰的臉逼近到紀洵面前。

「和你共生的靈師呢？」他幽幽問道。

紀洵一愣，接著就聽見不遠處的紀景揚也被另一人伸長脖子地質問：「和你共生的靈呢？」

兄弟兩人對視一眼，依稀明白了什麼。原來之前韓恒他們組隊出站，也是在遵守這裡的規定。

紀洵試探地指了指紀景揚：「在那裡。」

對方回道：「叫他過來。」他的語氣聽不出情緒，說出來的話卻有點訓斥的意思，「新來的靈就是不懂規矩，回不周山必須帶上所有共生的靈師，記住了嗎？」

紀洵眨了下眼，差點以為自己聽錯了。

必須帶上所有共生的靈師。

他腦海中浮現出韓恒他們圍在一隻蠍子身邊的場景，幾秒過後，恍然大悟。

這裡的共生是反過來的。不再是靈師付出靈力，以便讓靈與自己共生，而是靈可以根據心意，任意容納依靠它們生存的靈師。

意識到這一點後，紀洵再次抬眼，望向站外的不周山。

他終於知道這座山有哪裡不對勁了。

山峰垮塌的方向不對。

這是一個左右顛倒的鏡像。

第六章 復甦

火車站外，鋪滿石板的寬長驛道在腳下延展開來。

注目遠望，驛道盡頭連接著不周山一眼望不到盡頭的臺階，很像傳說中通往天界的必經之路。驛道兩旁分別矗立著許多漆黑石碑，石碑約有四、五公尺高，數量極多，形成了大片壓抑的碑林。

先前出站的靈，有些沿著驛道往山上的臺階上走，有些則在碑林裡走來走去，不知要做什麼。

離開火車站後，紀洵等人藏身在一塊僻靜的石碑後，花了點時間來修復世界觀。

「就我的感覺來說吧，這裡除了沒有牛頭馬面以外，跟故事講的陰曹地府也差不多了。」紀景揚扣好外套鈕釦，擋住裡面引人注目的花襯衫：「這種地方能叫天堂？我可是讀過書的，少騙我。」

語氣是浮誇了點，但他也一語道出了此處氛圍詭異的核心。

——顛覆常識。

「乾坤陣內是不周山的鏡像。」紀洵解釋完他的發現，分析道，「許多規矩也都跟外面相反，倒也說得過去。只是不清楚天道是故意的，還是有其他原因。」

這裡只有他到過真正的不周山。

經紀洵一解釋，其他三人就抬起頭，遙望那片突兀的嶙峋山峰。

紀洵則看向山上的臺階，眉頭微皺。所謂的天界，不過是從古流傳至今的傳說而已。其實不周山山巔上除了一望無際的蒼穹，就只有當年神靈們以筆鐫刻靈師規則的石碑而已。

當然這是正宗不周山的情況，至於眼前這座假冒劣質品會出現什麼，就要等上去後才會知道。

他正要收回視線之時，腦海中似乎有什麼畫面閃過。看不清晰的畫面鞭笞著神經，猶如沉封多年的記憶想要衝破牢籠撞出來般，引得紀洵的太陽穴突然一陣劇痛。

眼看他腳下踉蹌幾步，身邊的常亦乘連忙伸手扶穩他：「又覺得難受了？」

紀洵的臉色瞬間變得慘白如紙，只能靠在常亦乘的肩頭上，辛苦捱過那陣怪異的痛楚後，才啞聲開口：「我肯定來過這裡。」

「啊？」紀景揚詫異地回過頭，「什麼時候來的？」

紀洵揉著痠脹的太陽穴，語氣不耐：「你問我，我問誰。」

罕見的煩躁語氣讓紀景揚當場愣住。

紀洵也愣了愣。雖說他平時也時常跟紀景揚鬥嘴，但這麼明顯且真實地朝對方發火，卻是破天荒的頭一次。

「不好意思，我剛才……」紀洵不知道該怎麼解釋，這種記憶將醒未醒的感覺讓他很不爽，使他很想破壞點什麼，來發洩心中的無名火，但他本不該是這樣的性格才對。

「沒事沒事，我們倆都是什麼關係了，哥哥不生你的氣。」紀景揚沒有計較剛才的意外，笑著打斷了他的道歉。

紀秋硯冷冷地掃了紀景揚一眼，轉而看向身後的火車站。相比門曲那個三十多年前修建的火車站，不周山腳下這個更為老舊。要是放在真實世界裡，肯定會有不少喜歡復古風潮的年輕人前來拍照打卡。

紀秋硯微瞇的眼睛忽然一亮：「我見過這個火車站。」

紀景揚：「？」

他剛被紀洵沒好氣地嗆過，現在也不敢問「妳又是在什麼時候見過」，只是驚訝地睜大眼睛，用失控的表情管理來表達內心的澎湃。

似曾相識的建築，把紀秋硯的記憶拉回到百年以前。

她記得那是一個灰濛濛的陰天，紀家幾經周折，終於坐上了開往南方的火車。下車時，陌生的潮溼空氣鑽進骨頭縫裡，讓她無法適應，也讓被她牽在手邊的弟弟感到不安。

『阿姊，我不喜歡這裡，我想回家。』

『哪還有家啊。』她抓緊弟弟的手，從逃難的人群中間擠出去，『你要是不聽話，就自己買張票回去。』

小男孩回頭看了看陌生的火車站，搖頭說：『阿姊不回家，那我也不回家。』

當天晚上，弟弟就死在了南方的雨夜裡。

後來很多年裡，紀秋硯一直在後悔。那時她為什麼不能溫柔一點地告訴弟弟，其實她也很想回家，她也不想顛沛流離地在異鄉逃亡。要是早知道那列火車會把弟弟載往通向死亡的道路，她就該應他一聲「好，我們回去」。

紀秋硯無聲地嘆了口氣，看著紀洵：「你還記得嗎，當年我們一起走出的火車站。」

紀洵的睫毛顫了顫，半晌後才點了下頭。關於上一世的記憶，他早就全想起來了，而其中他最不願意回想的，就是死前最後一天的經歷，但現在他卻不得不逼迫自己去回憶。

面前的火車站，和百年前紀家逃亡時經過的火車站一模一樣。可那個火車站在臨近濟川的南方，站外有一條四通八達的馬路，也看不見孤峰突起的不周山。

紀洵的瞳孔猛地一縮。他推開常亦乘，跌跌撞撞地走到驛道前，彎下腰查看石板上的紋路。崎嶇不平的驛道和寬敞老舊的火車站，明顯不是同個時期的產物。強行搭配出來的效果，就是彆扭得格格不入。

但相同之處在於，紀洵都見過它們。

火車站是在百年前見過的，而驛道的年代更早，恐怕要追溯到八百多年前。

那一世，紀家視空童為不祥之兆，下令處死。他被綁在顛簸的馬背上，頭朝下，一路看著馬蹄踏過凹凸不平的石板路，把他帶到了一處懸崖邊。

紀洵終於明白他在恐懼什麼了。

乾坤陣裡面，有他生生世世最痛苦的記憶。

直起身時，他身體虛脫地搖晃了幾下，本能地拽住身邊的黑衣男人：「上山。」

常亦乘沒說話，伸手抬起他的下巴，端詳他的臉色。紀洵被迫抬眸與他對視，從對方漆黑的瞳孔中看見自己止不住顫抖的身影，也看見了常亦乘心疼不忍的眼神。

「不要攔我。」紀洵輕聲說，「我必須去看看，山上還有什麼。」

常亦乘微微頓了一下。有那麼一瞬間，他想說「別看了，走吧」。別再管天道、別再管靈師，更別再管共生陣，你知道山上有讓你恐懼的東西在折磨你，為什麼還要堅持上去。

藏在心裡的貪欲，在這一刻升到了頂點。

常亦乘甚至很想抽刀劃開紀洵的喉嚨，讓他這一世的寄生停在這裡，再等上幾十年或上百年，等到事情都解決了，再還他一個沒有任何責任需要擔負的安穩人生。

然而靜默許久後，常亦乘終究還是點頭：「我陪你。」

◎

上山的一路上，四個人誰都沒有說話。

臺階越是往上，兩旁出現的古怪現象就越多。

各種朝代的事物雜糅在視野之中，令紀洵的呼吸也越發急促。無數個慘烈的過往在他腦海中交疊重現，冷汗早已浸溼了他瘦韌的脊背。

然而一切並沒有停止。快到山巔的時候，紀洵看見了更久遠的象徵，是他還以長乘的身分行走於世間時，目睹過的慘狀。

屍山屍海的戰場，被惡靈絞碎頭顱的小孩，還有武羅殺死其他神靈後，力竭倒下時染紅的河流。每一處場景四周都亮著浮游的微光，照亮了栩栩如生的畫面。

而與此相對，紀洵眼中的戾氣也越來越深。

他不自覺地放出黑霧，周身瀰漫著冰冷的氣息，行走在山間的瘦高身影，竟有了幾分常亦乘失控時的陰鬱。

紀景揚跟在他們倆身後，大氣都不敢出。他與紀秋硯交換過視線，兩人皆認為紀洵的狀態很不對勁，像有某種壓抑太久的負面情緒，正從紀洵的身體裡滲透出來。

常亦乘同樣察覺到了這一點。他放慢腳步，問：「你現在還清醒嗎？」

「嗯。」紀洵的聲線沒變，語氣卻比平時冷了許多，「感覺到了，它就在前面。」

「天道？」常亦乘低聲問。

紀洵沒有回答，徑直沿著臺階繼續往上。

十幾分鐘後，視野豁然開闊。山巔被幾塊巨大的岩石覆蓋，引領諸多靈師來到此處的靈們集體背對臺階，齊齊朝著一個方向緩緩叩拜。

那裡有一塊黑色的巨型石碑。

狂風呼嘯不止，吹亂了紀洵的額髮。他面無表情地平視前方，唇角扯起淡薄笑意的同時，右手掌心向上，抬到了胸前，泛起流金光芒的黑玉書卷頓時出現在他手中。

紀洵的眼底掠過一抹狠厲，下一秒，黑霧如巨浪升騰，翻湧著砸向石碑！

「轟」的一聲巨響——

碑身應聲出現蛛網般繁複的裂痕，那些膜拜神明的靈彷彿無知無覺，還在機械式地繼續叩拜。

「太過分了啦！」天道稚嫩的童音從四面八方傳來，委屈地控訴道，「每次都這樣，一回來就打我！」

……每次？

常亦乘一愣，垂眼看向紀洵的眼中滿是錯愕。

石碑破裂的軀體以肉眼可見的速度修復還原，天道咯咯笑著：「但這還是你變成廢物之後，第一次活著回來吧？」

紀洵聽不懂它在說什麼，他也懶得去思考。身體裡熊熊燃燒的怒火，讓他只想殺了眼前這個噁心的玩意兒。

「廢話真多。」紀洵手中的書卷翻過一頁，四溢的黑霧升到空中，如根根利刺般，尖銳地朝向石碑，「給我去死。」

無數縷黑霧碰撞在一起，發出震耳欲聾的尖嘯。連常亦乘都沒看清紀洵的動作，就聽見又是一聲巨響，遠處的石碑被捅出無數個窟窿，碑身搖搖欲墜，沒堅持住半秒就驟然炸裂。

一時間，塵土漫天。這一擊裹挾了強烈的殺意，揚起的凌厲狂風刮得人皮膚發疼。

紀景揚運氣不好，半個腳掌踩在臺階邊緣，要不是電光石火之間，紀秋硯及時抓住了他，他估計會被這陣狂風吹下山。

「這是什麼情況！」紀景揚顧不上低調了，直接召出枯榮擋在幾人面前，大喊道，「他是不是被刺激得太厲害，失控了啊！」

「失控」兩個字傳入常亦乘耳中，猶如一道驚雷落下。

他來不及細想，按住紀洵的肩膀往回拉：「停下來。」

「滾開！」紀洵用黑霧擊退他，雙眼彷彿隨時會滴出血般通紅。

失去理智的神情，熟悉得像在照一面鏡子。

常亦乘抬起手，摸到了自己突起的喉結，也好像摸到了守護他上千年的清心陣。

宛如聽到他心中所想，天道愉快的聲音緊接著響徹上空。

「嘻嘻，發現了嗎？你看看你，替他惹出多大的麻煩。」

「如果沒有你，他本來可以化解掉所有戾氣，何必專程找個地方，把它們藏起來呢？」

剎那間，常亦乘遍體生寒。懊惱的情緒霎時湧上心頭，沿著經脈吞噬過他全身的骨頭與皮膚，令他的呼吸也快要停止。

他從來沒有像現在這般憎恨過自己。

是啊，他早該意識到才對。

能使武羅徹底瘋狂的詛咒，哪是隨隨便便就能化解的。千年來不斷讓他幾欲瘋癲的煞氣，真的如他以為的那樣，在清心陣的保護下消失無蹤了嗎？

還是有一個人，始終溫和地笑著、一言不發地替他承擔了所有？

自從進入乾坤陣，紀洵的狀態就時好時差。以致於他沒能在徵兆出現的第一時間，就引起足夠的重視。在紀洵不耐煩地訓斥紀景揚時，他就理應反應過來，那種煩躁不安的情緒，正是他最熟悉的體驗。

長乘固然是天之九德化作的神靈，但憑什麼便因此認定，他千萬年來目睹過那麼多慘狀，就不曾有過困擾和痛苦？

可是正如天道所言，那些戾氣，他原本是可以自己化解的。要不是某個人的出現，替他多加了一層重重的枷鎖，他就不會險些被壓垮。

常亦乘的指骨泛白，被紀洵咬過的手掌又滲出了一層鮮血。

此時此刻，他終於恍然大悟。

這個乾坤陣的陣主，就是長乘本人。

乾坤陣雖然由長乘布下，可陣中種種的異象，卻不像出自於他本人的意願。他受散落在乾坤陣內的回憶影響，怒火中燒之下攻擊天道的舉動，更類似於陣主對外來者的本能敵意。

他不屑自封為神，自然不會創造出以殺人證道的邪門教派，更不會在陣中留下不計其數的石碑。是天道趁虛而入，鳩占鵲巢。

常亦乘晃神的剎那，山巔風雲突變。原先只顧木然叩拜的靈同時轉過頭，連同與它們共生的靈師一起，動作同步地轉過頭，齊聲叱罵：「有人破壞了規矩。」

叱罵一聲緊連著一聲，如巨浪般翻湧了過來。

而浪潮湧向的目標，就是召出枯榮的紀景揚。

在這裡，靈師應當由靈約束。紀景揚在紀洵失控的時候，用枯榮抵擋狂風，完全就是赤裸裸的當眾挑釁。

被無數雙形狀各異的眼睛直直盯著，紀景揚心跳如雷，不禁咽了下口水。

他又不傻，用腳趾頭都能想到，他已經成為了需要清除的異端。

天道的語氣頓時變得怒不可遏：「異端現世，有違天道，殺——！」

伴隨詭異的童聲落下，狂瀾煞氣騰空而起。別說紀景揚沒見過這樣的場面，就連活了上百年的紀秋硯，也從來沒有在同一時間內看見那麼多殺氣騰騰的人和靈。

可兩人誰都沒有慌亂。

他們在來之前就都想好了，此行必定是危險重重，能不能活著回去都是個未知數。倒不如說這時天道下令開殺，反而讓他們從詭譎的異象中鎮定了下來。

不就是打架嗎，來都來了，那就動手吧。

眨眼後，枯榮放大數倍，橫掃出去的禪杖破開空氣，把衝在最前面的敵人擊退了十幾公尺。

幾乎就在枯榮出手的同時，紀秋硯張開雙臂，狂風將她的衣衫吹成獵獵作響的旗，也吹散了她整齊的髮髻。銀絲般的白髮垂落下來，拂過她光潔的臉龐，卻遮不住她曾經淡然如井的雙眼。

數十隻善靈出現在她身後，狂暴攻勢宛如疾風驟雨，沒有絲毫遲疑，直穿煞氣殺向天道的信徒。

紀景揚忍不住「哇」了一聲，忽然覺得自己運氣挺好的，有生之年還能看見老太太不再隱藏實力的狀態。

一時之間，山巔光影繚亂。幽暗的天空時而亮如白晝，時而又被煞氣與黑霧攪弄起變幻的風雲。混戰散出的血腥氣捲在風裡，飄蕩向乾坤陣的每個角落。

天道的信徒都是由死人化成的，數量多，但品質參差不齊。

剛開始紀景揚和紀秋硯打得很順利，好幾次都把對面的烏合之眾壓得連連後退，可紀景揚很快便發現了不對勁。

「他們能復活！」戰場太亂，他找不到紀秋硯，只能放聲大喊，「根本殺不死！」

只是一個疏忽的瞬間，不知是誰的靈師衝破了防線，十幾個血肉模糊的靈師速度極快，腳下生風地撲向紀景揚，眼看就要把他吞噬殆盡。

紀景揚眼睜睜看著這群靈師如黑雲壓頂般，把他團團圍住，腦子裡不由自主地閃過一句「完了，我葬禮該請幾桌才合適」。

結果下一秒，凌厲的刀光劈開他面前的靈師。靈師的身體從中間斷成兩半，腥濃的血霧噴射而出，紀景揚下意識地擋了擋臉，放下手臂望過去時，視線撞上了常亦乘冷厲的雙眸。

紀景揚連做夢都沒想過會有這一幕。畢竟年初的時候，他在世紀家園的走廊裡，就差點死在常亦乘用來救他的那把短刀下。

雖說後來他們勉強算作是同伴，可紀景揚心裡很清楚，其實全是看在紀洵的面子上。此刻紀洵神智不清，肯定不會管他的死活，常亦乘卻在危險關頭沒去守著紀洵，反而主動衝過來出手救了他。

「活下來。」常亦乘沒再看他，轉身砍翻一隻螻蛄模樣的靈，「你死了，他會難過。」

紀景揚一愣。就在這時，他眼角餘光瞥見有靈試圖從背後偷襲紀秋硯，紀景揚心念一動，控制枯榮及時替她擋下一擊。

枯榮受到的傷害傳遞回紀景揚體內，他胸口一震，強行把血吞了回去，然後才看著常亦乘：「我弟弟不會為死人難過。」

是嗎？

常亦乘搖了搖頭。

從前他也是這樣以為，長乘身為神靈，清楚知曉人與自己不是同類，加之見過太多生離死別，早已習慣淡然地面對他人的生死。

可是直至今天，常亦乘才發現他們都錯得離譜。

長乘也有七情六欲，他只是生生將它們全都割捨，再將它們藏起來了而已。

舊友紛紛隕滅，長乘就是守護共生陣的最後一個神靈，倘若他再為凡塵俗世的情感困擾，恐怕無人能夠保證，他是否還能保持純澈乾淨的靈魂。

世間種種，唯獨「情」字最為可怕。有了情，便有了私欲。有了私欲，便有了貪戀。

而貪戀一起，便有了行差踏錯的可能。

常亦乘低下頭，用袖口擦淨刀刃的血跡：「長乘的靈力能使枯木逢春，乾坤陣由他所造，自然也有他的靈力。」

天道想必就是利用了這一點，才能不斷驅使死人。說死人也不太對，他冷冷看向那些臉色青白的信徒，其中既有從前真正的靈師，也有門曲濫殺無辜的普通人。

死人不會復活，這群人的共通之處，就是生前接觸過天道的靈力。

出現在乾坤陣中的他們，不過是由天道分散出去的靈力幻化而成的傀儡，用來滿足天道成神的貪欲罷了。

棘手的地方就在於，乾坤陣中殘留了長乘的力量，致使天道能不斷痊癒。

解鈴還須繫鈴人。想解開眼下的死局，就必須要找出乾坤陣的陣眼。

然而一切的前提，是紀洵能恢復清醒。

意識到這一點後，常亦乘轉身去往紀洵的方向：「我去把他帶回來。」

煞氣和黑霧交織的中心，早已一片荒蕪。

橫在那裡的巨石被絞得粉碎，離得近的靈也抵抗不住本能的恐懼，四散逃離。

常亦乘迎著捲滿飛沙走石的漩渦，於千百個忙於逃命的靈間逆行，孤身進入了不周山最凶險的領域。

他體內既有遍布周身的天道煞氣，也有脖頸間金光流動的長乘靈力，兩股力量在不周山互相抗衡，也在他身體裡互相廝殺。鑽心刺骨的劇痛磨礪著他的筋骨，刺破他的皮膚，造就鮮血淋漓的傷口，他卻彷彿沒有痛覺似的，只知道自己必須走向那個手拿黑玉書卷的人。

周遭一片漆黑，只有黑玉書卷泛起的流金光芒像熾烈的火焰，為他指出一條正確的路。手中短刀嗡鳴不斷，提醒他此處殺氣寒峭，若想活命就該像往常那樣，不顧一切地殺死對方。可常亦乘聽不見那些聲音。

只因他已經看見紀洵了，或者說，他看見了昔日的長乘。

一抹暗淡的影子浮現在紀洵身周，如墨長髮整齊地束起，半闔的眉眼中無悲無喜，黑霧彷彿緞帶般纏繞過他蒼白的皮膚，一如常亦乘夢中出現過無數次的身影。今日再見，依舊叫他心神震盪。

那抹影子淡淡地看了常亦乘一眼，似乎不滿意他遍體鱗傷的模樣，微微皺眉。

常亦乘卻笑了起來。

長乘還認得他。

「出去。」長乘的嗓音比紀洵更為溫和，又更為威嚴，「進來找死嗎？」

又是一座石碑在此刻轟然倒地。天道淒厲的吼叫聲傳不進常亦乘耳中，他任由飛散的石塊劃破眉骨，在鮮血滴落進眼中時，啞聲開口：「你有件東西，還放在我這裡。」

他喉嚨嘶啞得像被火燒過，說出來的話微弱無聲，卻還是換來了長乘一眼困惑的目光。

常亦乘揚起頭，喉結處那圈金色符文驟然出現。

早該還回去了，他想。既然生來注定就會被煞氣纏身，又何必連累旁人，替他擔下無窮無盡的痛苦。

他站在被黑霧阻攔的邊緣，血跡斑斑的手握緊短刀，刀刃朝向自己的喉嚨。

長乘眸光一沉。

「你瘋了嗎！」率先出聲的卻是天道，它聲音中雜糅著恐懼與驚慌，猶如知道男人那一刀下去，長乘便再也沒有任何牽掛。

常亦乘低聲笑了一下。他本來就是個瘋子，不是嗎？

身體大概已經習慣了疼痛，刀刃劃開喉嚨的時候，常亦乘並沒有感受到皮開肉綻的痛楚，只覺得寒風都灌了進來，吹散了千年來累積的不甘。

他到最後都睜著眼，看著血霧四濺，看著漫天席地的黑霧洶湧而來，捲走了保護他一生的金色符文。

同樣的，他也看見了長乘倉皇無措的表情。

狂風在這一刻停了下來，取而代之的，是一聲絕望的悲鳴。

變故就在這時出現。

意識彌留之際，一股溫暖但又不容反抗的力量，將常亦乘拉了回去。

他整個人彷彿墜入海底，身體不知漂浮在何方，周遭的景象似曾相識。

世間傳說人死之前，腦海中會出現走馬燈般的光景，藉此回顧或漫長或短暫的一生。但常亦乘望向四周，卻發現那都是他們沿臺階而上時，目睹的長乘的回憶。

恍惚中，他意識到這是符文和黑霧交融的瞬間，他得以窺探到的乾坤陣中的全貌。巍然屹立的不周山，放眼望去卻是滿目瘡痍。

而就在那片瘡痍之中，有一處藏得最深的祕境，之前並未被他們察覺。

常亦乘目光中漫上了一層詫異之色。

——他看到了自己。

那是許多他本人都淡忘了的畫面。

他在大雪紛飛的夜晚推門而入，小心翼翼地將半路摘的花放在長乘桌前。

他坐在僻靜的山崖間，一遍又一遍地擦拭短刀，忽然感覺到什麼，轉頭望過來時，唇角揚起微笑的弧度。

他沿著崎嶇的山路往下走，身影越來越遠，就快和遠處的山脈融為一體，目送他離開的人都遲遲沒有收回視線。

漸漸的，那些畫面又消失了。

一面鏡子出現在黑暗中，映出長乘坐在窗邊的身影。

『共生陣有鬆動的跡象。』他在跟一個人說話，『我需要回一趟不周山。』

『……您打算何時動身？』

與他交談的人沒有露臉，常亦乘卻認得那個聲音。

是紀卓風。

長乘沒有馬上回答，目光虛無地不知落到哪裡，靜了許久才說：『再等幾日。』

交談聲低了下去，直到紀卓風離開時，掩上房門的聲音響起，長乘才自嘲般地笑了笑。

他側過臉，看向鏡中的自己，輕聲說：『明明哄他下山了，為何還要等他回來，就想要在最後再見上一面嗎？』

房間裡久久沒人出聲。

末了，是他的一句自言自語，給出了答案：『終究是捨不得啊。』

意識回歸身體的那一刻，常亦乘眼中的驚詫還沒來得及消逝。

一滴眼淚落在他臉上，帶著微涼的溫度。

他抬起眼，看見紀洵的眉頭緊鎖，好像沒意識到自己哭了，也沒意識到男人已經醒來，還在源源不斷地使出黑霧救他。

常亦乘無奈地嘆了聲氣，用手肘撐起身，另一隻手按住紀洵的後頸，迫使對方低下頭來，方便他用嘴唇親吻紀洵臉上的淚痕。

「還說你不愛我？」開口之時，語氣裡滿是心疼，「你把它藏起來，打算自欺欺人到什麼時候？」

⊙

紀景揚整個人都疑惑到不行。

他們這一架打得聲勢浩大，把山下的靈也吸引了過來。

他跟紀老太太又不是不知疲累的永動機，在天道的人海……哦不，靈海戰術不斷包圍之下，好幾次他都以為自己要被活活累死了。

結果在他又一次不支倒地時，黑霧瀰漫的漩渦中間，突然響起紀洵悲愴的嘶喊。

當時紀景揚的腦子裡「嗡」的一聲，心想完了，八成是常亦乘出事了。

他頓時顧不上其他的，強撐著爬起來，跌跌撞撞地往漩渦那邊跑去，想著不管怎樣都要把紀洵帶出來。誰知還沒來得及靠近，整座不周山就天塌地陷般地震動了起來。

紀景揚的第一反應，是山要塌了。可緊接著，包括山腳下的火車站在內，所有他們沿途看到過的、屬於紀洵的回憶，全部化作飛馳的光影，朝漩渦中心湧去。

像歷經千萬年歲月洗禮的前塵過往，在這一刻盡數歸還。

與此同時，和他們纏鬥多時的信徒也瞬間炸裂，化作巨蟒般大小的無數煞氣，撞向頭頂的天空。剛才還金鼓連天的山巔，眨眼間變得空曠無比。

紀景揚和不遠處的紀秋硯面面相覷，誰也不知道發生了什麼事。

要說陣中代表回憶的幻象被收回，倒可以理解成是紀洵恢復了記憶，可那些受天道指揮的信徒竄游到天上……

紀景揚抬頭往上看。他出入過許多次乾坤陣，不論陣主是誰，乾坤陣的天空差不多都長一個樣。沒有日月星辰，永遠昏沉壓抑。

可不知是不是錯覺，他又覺得此刻眼中的天空，增添了一種漆黑斑駁的質感，很像一塊石碑倒扣在那裡。

就在兩人躊躇不定的時候，刮起漩渦的風忽然停了，濃稠如墨的黑霧被收攏到一人身上。紀景揚剛開始沒認出那人是誰，還是先看見跪坐在地上的紀洵才反應過來，那應該是常亦乘。

他從沒見過紀洵放出那麼多黑霧。好像恨不得把身體裡全部的靈力都掏出來，哪怕之後力竭而亡也不在乎，只是一心一意地想把那人從生死邊緣救回來。

紀秋硯緩緩上前幾步，似乎想說什麼。

紀景揚趕過去攔住老太太，示意她別過去打擾，自己心中卻是百感交集。

『你死了，他會難過。』

不久之前，常亦乘才對他說過這句話。

紀景揚垂在身側的手指握緊，很想反問一句，那你又是怎麼想的，你但凡能睜開眼睛再看一眼，就不會忍心讓紀洵露出這麼難過的表情。

所幸下一秒，倒在地上的人動了。常亦乘周身裹著濃重的霧氣，像剛從地獄裡爬出來的惡鬼般駭人。可他輕輕扣住紀洵後頸的動作，看起來又有種說不出的溫柔。

許多年後，紀景揚提起這件事時，都忍不住感嘆一句：「當時我就感覺不太妙。」

可惜在事情發生的剎那，精疲力盡的他腦子慢了一拍，沒來得及戳瞎雙眼，更沒來得及提醒紀秋硯非禮勿視。

然後他們倆就看見，常亦乘吻了紀洵。

我靠。

紀景揚忽然對自己身上染血的花襯衫產生了莫大的興趣，立刻低頭觀察，神情專注得彷彿在研究一件剛出土的文物。可惜他的眼角餘光，還是不幸瞥見了紀秋硯顫抖不已的手指。

關鍵時刻，紀景揚的心中迸發出身為哥哥的責任感。他拋下長幼尊卑的禮節，英勇無畏地衝過去，按住老太太的肩膀把人往後轉：「您您您息怒，我弟弟是個成年人……成年靈？啊算了，總之，親一下而已，您別生氣。」

「你給我鬆手。」紀秋硯冷喝一聲，臉色鐵青，「還有，他是我弟弟。」

紀景揚：「？」

我真傻，真的。

他瞠目結舌地鬆開手，愣愣地想，我雖然知道紀洵在紀家輪迴了千年，他還跟老太太一起坐過火車，兩人之前肯定是認識的關係，可我不知道他在老太太那裡，原來也是個弟弟。

一時之間，紀景揚分不清楚。到底是他們的弟弟當著他們的面被人親了來得震撼，還是他跟當家的擁有同一個弟弟更叫人混亂。

紀景揚的心態崩了，他盤腿背對著眾人坐下，大腦一片空白。

幾秒過後，紀秋硯也默默轉過身，語氣憤然：「我早就懷疑常亦乘不是個好東西，果然沒看錯。」

紀景揚：「……」

◎

紀洵根本沒發現，他的哥哥姊姊正在經歷怎樣的心靈衝擊。

神識不穩時恢復記憶的感覺並不好受，導致他始終恍惚，只依稀記得自己並沒有受傷，卻不知為何痛徹心扉。

手上有個既熟悉又陌生的印記。流動的符文從指尖蔓延到手背，在模糊的視線中閃爍著金光，讓他從混沌的怒火中恢復了一點意識，終於想起今夕何年。

但清心陣不該在他身上。

紀洵下意識低頭，微涼的淚水從眼眶中滴落，打溼了常亦乘滿是血污的眼尾。他安靜地望向雙目緊閉的男人，腦海中遲遲不願想起那個忌諱的字眼。

直到那雙眼睛緩緩睜開，紀洵也沒回過神來。

他就那麼看著。

看著常亦乘渙散的眼神有了焦點，看著常亦乘醒來時，第一次不是條件反射地抽刀廝殺，而是慢慢湊了過來。

蒼白的嘴唇吻過來時，是十分冰涼的觸感。

就像在提醒他，只差一點，他就真的再也見不到這個人了。

千百年的輪迴裡，每次死後都會想起，每次寄生又會再度忘記的人。

中間隔了太多個冬去春來，紀洵曾經以為，他藏在乾坤陣中宛如心魔般的過往，或許不過是他孤身行走於漫長的時光裡，不知不覺眷戀起紅塵，才妄想出來的一個幻象。世間可能根本沒有叫常亦乘的人存在。

但是當他真正想起來的時候，伸出去的手就怎麼都不願意放開了。

紀洵摸到他被鮮血浸透的胸膛時，竟分辨不出那些猙獰的傷口究竟是被天道所傷，還是被他用黑霧擊穿的。

「為什麼不躲開？」紀洵低聲問，「你明明能躲開，為什麼？」

常亦乘靜了幾秒才說：「躲開了，還怎麼靠近你。」

不過是受了點傷，哪裡抵得過這麼多年來，紀洵替他擔下的痛苦。

紀洵艱難地喘了口氣，他不知該如何回應這句話，但有些話，他迫不及待地想說出來：

「我想過去找你，可是我掙脫不開。每次死掉，都會回到這個乾坤陣內。」

在天道說出紀洵每次回來都要殺它的時候，常亦乘就猜到了緣由。然而猜到是一回事，聽紀洵親口說出來，卻是另一回事。

名為長乘的神靈，在每一世死亡後，意識都並非渾渾噩噩地飄蕩在虛空，而是不受控制地被拉扯回乾坤陣中。

回來後，他會想起自己是誰。

他同樣也會發現，用來封印心魔的乾坤陣，進了不該進的人。

天道和它變幻出來的信徒不斷再生，如同一場無窮無盡的夢魘，但他不能解開乾坤陣。這裡既是囚禁他的牢籠，又是守護他的城池。乾坤陣一旦消散，靈力殘缺的他恐怕撐不到下一次寄生。

生死反覆的過程無異於無法解脫的煎熬，可身體裡那股來歷不明的躁動，總能指引他找到藏得最深的祕境。他總會在那裡停留許久，靠著那些點點滴滴的回憶，等到又一次寄生的降臨，並且選擇在離開之前再度遺忘。

正如從前他時常離開雪山，獨自來到空無一人的乾坤陣，生生將七情六欲剝離出來一樣。那個過程固然難熬，不過時間久了，也就習慣了。

常亦乘的聲音嘶啞：「是為了共生陣？」

因為要看守共生陣，所以不敢放縱自己沉淪於七情六欲之中？

令他意外的是，紀洵搖了搖頭，開口的語速有些遲緩：「我怕……怕下不了手。」

不管是多麼強大的靈，總會有灰飛煙滅的一天。

那時紀洵已經隱約察覺出，常亦乘應該也不是人。雖然靈的壽命長短不定，但他始終擔心，萬一自己壽命終結的那天來臨，被他撿回來的小孩該怎麼辦。

他親眼見證過武羅被煞氣纏身的結果，倘若他不在了，常亦乘極有可能會步上武羅的後塵。按照理智的做法，到時候他應該提前殺了常亦乘，以絕後患。因此他絕不能對常亦乘產生多餘的感情，即便有了，也必須逼迫自己全部忘記。

這些話說出來，紀洵自己聽了都覺得心寒。

不料常亦乘垂下眼，盯著紀洵抿緊的唇角看了一會兒，驀地低笑一聲：「當真是自欺欺人。」

紀洵詫異地望著他。

「神靈大人公正明慧，應該知道怎樣做，才會對蒼生最有利。」

「神靈大人」四個字，聽起來莫名有幾分戲謔的意味，聽得紀洵神經一顫。

常亦乘在他耳邊呢喃低語：「若是真的要永絕後患，何不早點殺了我，一了百了。」

說著，他湊得更近，幾乎放浪地舔了下紀洵的耳垂。在青年側臉躲避的時候，他輕聲笑道：「承認吧，不管忘記多少次，你都下不了手。」

紀洵的呼吸聲紊亂地響起，不想承認，卻又無從反駁。

或許從很早以前開始……

他心中的天平就已經傾斜了。

自以為割捨掉冗雜的情感，還能做回毫無私心的神靈，的確是他一廂情願的自我欺瞞。

他早已行差踏錯，萬劫不復。

見他咬緊嘴唇不肯說話，常亦乘冰冷的皮膚漸漸燃燒起滾燙的溫度。

以前沒看出來，這人其實也挺倔強的。讓人很想把他逼到極限，聽他一聲疊一聲地失神求饒。

常亦乘的眼中掠過一道危險的眸光，片刻過後，又被他自己強行壓了下去。撬開紀洵那張嘴的機會多的是，現在周圍有閒雜人等，不急於這一時半刻。

「你跟紀卓風提過，共生陣有鬆動的跡象。」常亦乘撿起落在地上的無量，將短刀重新握在手裡，「跟天道有關？」

紀洵還沒緩過來，愣了片刻才點了下頭。

常亦乘：「天道的真身，在這個乾坤陣裡嗎？」

「在。」

紀洵站起身，手中的黑玉書卷現形，只是一個呼吸的剎那，黑霧便吞噬了整座不周山。

遠處的紀景揚和紀秋硯嚇了一跳，再轉頭望向四周時，竟發現不周山消失了。四人此刻站在一片寬廣無垠的湖泊之中。

這才是紀洵當初布下的乾坤陣本來的樣貌，乾淨明澈，即便被昏沉的天空籠罩著，也能感受到和煦溫暖的靈力。

紀洵淡淡地抬起眼，目光望向蒼穹之時，霧氣升騰而上，撕開了頭頂那片偽裝。

一隻血絲密布的眼睛正藏於巨大的石碑中，森冷地俯視湖面。

第七章
神在看著呢

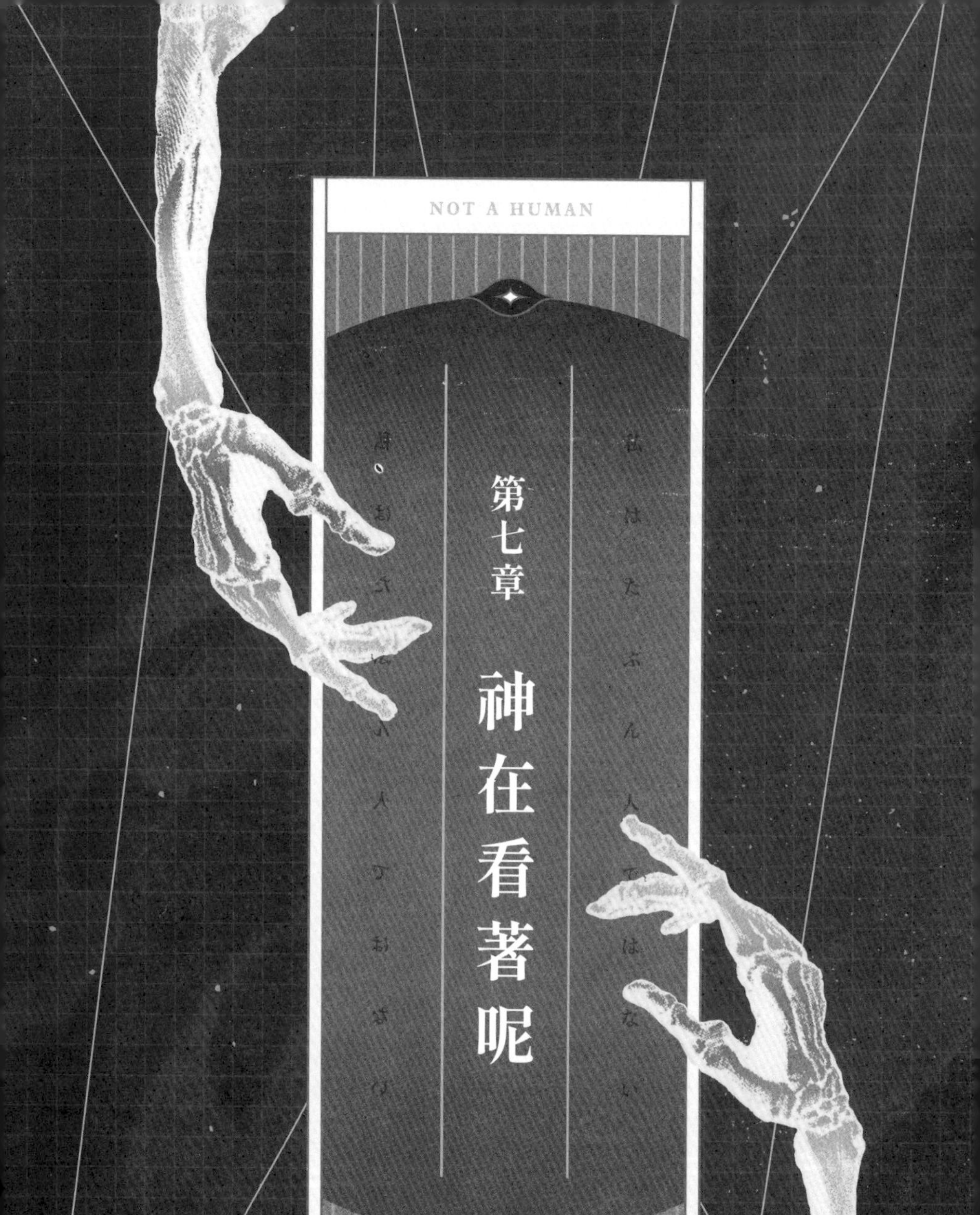

倒扣的石碑並不平整，碑身上有大而密集的文字。

文字粗略一看只覺得顏色略淺，細看之下才發現，竟是一張張人臉組成了繁複的筆劃。

千年來收集的不計其數的信徒，被天道當作紀念品洋洋自得地彰顯出來，彷彿在向眾人炫耀，曾經平平無奇的一塊石碑，也能成為眾人敬仰的神。

「它自己不覺得噁心嗎？」紀景揚小聲吐槽，「天道的審美也太差了吧。」

那一張張人臉在碑身上抽搐扭動，個個露出醉生夢死的痴傻笑容，光看一張臉會覺得滑稽，但是當數以萬計的傻笑混雜在一起，鬼氣森森的氣氛就布滿了整個空間。

紀秋硯沒興趣評價天道的審美：「百年前行凶的靈師沒這麼多。」

那場浩劫裡，人人自顧不暇，很難辨別出其他靈師到底是死於殺人奪靈，還是天道責罰，只能等到局勢穩定後，再統計出那幾年裡，一共損失了四千多位靈師。

哪怕囫圇算上被害的靈師，跟天道身上的人臉相比，這個數字也根本不值一提。

「看來剩下的都是普通人。」紀秋硯皺眉，「它究竟在世間挑起過多少禍端，又有多少人為此無辜喪命？」

天道是靠信仰成長的靈，起初它力量微弱，只能吸納普通人做信徒。年復一年地成長起來後，就把主意打到了靈師頭上。等到殺人奪靈的浩劫一過，觀山三家靈師無意中幫它布好香爐陣，就更是高枕無憂地坐收信仰。

一想到觀山被愚弄了百年，紀秋硯的手臂就像爬滿了密密麻麻的螞蟻，讓她止不住地厭惡。

而紀洵亦在審視天道醜陋的模樣。無數段重疊交織的記憶裡，他想起自己第一次發現乾坤陣有外人入侵的時候，天道身上還沒有這麼多張臉，彼時它也沒有自稱為天道。

天道是何時替自己取好這個名字的，紀洵並不清楚。他只記得，慢慢地，隨著他每一回死亡重返陣中，撕開那層偽裝的天空後，就會發現越來越多的人臉。

可惜他始終殺不了天道。一旦離開寄生的軀殼，他就跟壽命將至的靈一樣虛弱，能保住自己的性命已屬不易，只能眼看著天道日漸猖狂，卻無能為力。

要不是天道一年前放出常亦乘和紀卓風，他還不能以「活著」的狀態回到這裡。

從表面上看來，天道的行為似乎幫了紀洵，但細加思考，就會發現其中濃濃的殺意。

如果找到紀卓風時，紀洵不顧善靈的性命，強行收回靈力，那麼等待他的，就是天道毫不留情的致命一擊。以紀洵當時殘缺不全的記憶，他連天道是誰、在哪裡都不知道，又談何與之周旋防備，結果不用說，肯定會死得不明不白。

紀洵輕輕地笑了笑：「好險，差點上當了。」

話音剛落，碑身上的臉就騷動了起來。天道稚氣的聲音從一張張嘴裡傳出，聽起來像千萬個人齊聲開口。

「長乘，你太讓我失望了。」

巨大的聲響自高處落下，猶如一記驚雷炸開。天道說話的語氣裡帶著怒意，繼續道：「身為神靈，你不僅心甘情願被一個小鬼拖累，居然還愛上了他！」

紀洵：「……」

不是，你當眾幫我出櫃是什麼意思！

他趕緊朝身後看了一眼，發現紀景揚與紀秋硯正欲言又止地望著他，頓時略有點心虛地轉回腦袋，整個人如芒刺在背。

偏偏「小鬼」本人絲毫不慌，反而感慨一句：「你看，連它都知道你愛我。」

紀洵面無表情：「閉嘴吧你。」

常亦乘愉快地笑了聲，目光掃過紀洵被他舔過的耳垂，發現那抹淡淡的紅色由始至終都沒消退過。

「早知如此，當初我就該一併將你除去。」天道的眼睛紅得滴血，「你不配繼續活在世上。」

這話常亦乘不愛聽，他掀起眼皮，冷聲問：「就憑你，以為自己當初傷得了他？」

巨大的獨眼猛地往外一鼓，被人揭穿真相的憤怒如同一柄利劍，直朝向常亦乘。

它討厭這個人。

從常亦乘在棺材裡出生的那一刻，它就察覺到了，纏繞在武羅屍體內的詛咒遺傳到了一個嬰兒身上。只是它從未想到，不久後的將來，那個嬰兒會在關鍵時刻破壞它的計畫。

若非如此，它也不至於白白耽誤千年。

更讓它生氣的是，常亦乘說中了，當初它確實傷害不了長乘。

它好不容易將詛咒施加到武羅身上，以為可以藉此一舉殺光所有神靈，想不到長乘的靈力比想像中更為強盛，幫助他在神靈混戰中活了下來。

天道能夠施咒，長乘擅於淨化。兩者的能力互為矛盾，可惜那時它的能力遠在長乘之下，無法再將用在武羅身上的詛咒如法炮製。它只能蟄伏下來，靜靜觀察，等待機會。

「我觀察你那麼久。」天道停頓了一會兒，再開口時，用了小孩向大人抱怨的語氣，「世間的神靈就只剩下你一個，你竟然從不對共生陣動心。」

紀洵感到無言：「我為什麼要對一個陣法動心。」

天道不能理解：「毀了共生陣，世間的靈師就供你隨意驅使，你難道不想成為這個世界的神嗎？」

紀洵：「……確實不想。」

天道彷彿聽到了荒唐的笑話，哈哈大笑。

稚嫩童聲飄蕩在空氣中，聽得久了，反倒像萬鬼嚎哭般讓人毛骨悚然。

「所以說，你們神靈都是傻子。」天道血紅的眼睛陡然一轉，「你們太蠢了，白白把世界讓給人類主宰。可是我跟你們不一樣，總有一天，我會讓所有人都跪下來膜拜我。」

面對如此偉大的志向，紀洵的心中毫無波動。

被千萬人敬仰，久居於雲端俯視眾生，聽上去確實十分威風，可是那又如何？

無論善惡，靈終有一死，不可能像世人幻想的神明那樣得到永生。

到頭來，終其一生不過是在替自己編造一個謊言。

何況就算有永生，紀洵也不認為那是多麼值得期待的事。眼看著身邊的舊識一個個離去，只留自己孤獨地緬懷過往，類似的經歷他體驗過太多，仔細想來，反倒不如身為紀洵的這一世活得快樂。

紀洵憐憫地掃了天道一眼：「話說回來，你連真正的不周山都回不去，算什麼神？」

大概是他這句話太扎心，眨眼間，碑身上的臉全部都變得面目猙獰。瘋狂湧動的人臉在石碑上震顫不止，碎裂的石塊簌簌落地，砸在湖心，蕩開濃稠的煞氣。

紀洵動了動手指，以黑霧驅散了那些零星煞氣。

天道憤怒到極致，連聲音都變得暗啞起來：「誰說我不能？」

「就憑我千年來靈力不全卻安然無恙，我就斷定你回不去。」紀洵輕蔑地笑了一聲，「不周山是共生陣的陣眼所在，你剛成為靈時，想必就動過它的主意吧？」

他往前踏出幾步，站得離頭頂那隻眼睛更近。紀洵繼續道：「你毀不掉它，因此才想借助我們的靈力，對嗎？但是你沒想到，做了那麼多，卻只換來了更糟糕的結果。」

「才不是！」天道怒吼著否認。

紀洵的聲音很輕，卻以一字一句不斷地刺痛天道。

「你分明生於不周山，現在是不是連山門都打不開了？

「你到處召集信徒，以為自己變強了就能回去。可是一千年了，不周山的山門可曾再向你敞開過一次？

「所以你沒辦法了。」紀洵說，指向常亦乘，「你只能打傷他，把紀卓風放出來，想讓我恢復靈力，幫助你打開山門。」

從始至終紀洵都不相信，天道會因為他愛上常亦乘就失望。

天道真正失望的，是他沒有殺了紀卓風拿回靈力，導致它無法利用長乘完整的力量。

越來越多的煞氣從天道的眼珠中滲出，乾坤陣中的溫度急速降低。緊接著，只聽天道大叫一聲，湖泊四周驟然矗立起幾塊高聳的石碑。

紀洵的雙手倏地抬起，周身黑霧散開，沒等石碑上的人臉落地成影，就將它們盡數絞殺。

天道徹底憤怒了：「是你！一定是你在不周山設下了陷阱！」

紀洵笑了一下，輕輕搖頭：「是不是我，你最清楚。」

話音未落，天道就愣住了。

是啊，它應該最清楚不過。當年它眼見殺不了長乘，便躲回不周山，一邊思考殺死長乘的方法，一邊自己再度嘗試破解共生陣。

又一次失敗過後，共生陣中的動靜引起了長乘的注意。長乘不知道紀卓風早已被天道蠱惑，告訴對方自己不久後要回一趟不周山。從紀卓風那裡得知消息時，天道忐忑不已。

所幸紀卓風告訴它，雷池陣真正的用法已經試出來了。

於是長乘還沒來得及動身，就被雷池陣所傷，變成了只能寄生於死嬰的廢物。

自它誕生之日起，長乘就再也沒回過不周山。

不是他。可那會是誰？

一本黑玉書卷從紀洵手中現形，細碎流光將湖泊照出粼粼波光，交織出的黑霧彷彿天羅地網，朝向石碑張開。紀洵淡聲開口：「還沒想通嗎？共生陣是由其他神靈的性命所鑄成的，它們生前的意識，才是支撐起共生陣的根源。」

天道自以為能瞞天過海，卻不知自己的一舉一動，早已被陣法知曉。

「如果世間真有天道，就只會是為了天下蒼生而捨棄性命的它們。」

霧氣中的黑色越來越少，到了最後，全部蛻變成奪目的金光。

「至於你，不過就是塊破石頭而已。」紀洵的眼中映出明亮清潤的顏色，語氣冷漠，「作惡千年，也該死了。」

「破石頭」三個字，像一記響亮的耳光，甩到了天道的臉上。

它誕生於靈力最為充足的不周山，神智初開就能觸類旁通，促成神靈自相殘殺、挑起人間紛爭不止。千年來一樁樁的事件，哪次不是得心應手，將所有人玩弄於股掌之上，若非如此，它也不會自詡為神。

到頭來，卻被形容成一文不值的破石頭。

天道的眼珠鼓得快翻出眼眶，隔著半空中瀰散開來的流金霧氣，直直地瞪著紀洵。

它改變主意了。既然回不去不周山，姑且就讓共生陣留著吧。

反正假以時日，它照樣有機會再布下一個香爐陣，到了那時，天下靈師盡數歸它掌控，普通人更是全無抵抗之力，如此威風，又與神明何異？

那麼現在……它只有一個念頭。

「今天該死的是你。」天道怒極反笑，奶聲奶氣地問，「你該不會忘了吧？我手裡還有其他棋子哦。」

無數張人臉驟然剝落，煞氣從碑身內湧了出來，陰邪煞氣來勢洶洶地湧向常亦乘。紀洵早有準備，他的手指收攏，往回一扯，流動的霧氣擋在了常亦乘的面前。

兩股看似縹緲的力量碰撞，竟是一聲金石相擊的巨響！

湖心如爆炸般地震顫不息，被擋住的煞氣橫掃而出，砸穿湖水，激起滔天巨浪。巨浪嘶吼著奔向四周，所過之處，皆會被陰冷氣息凝結出驚悚的薄冰，又轉瞬炸裂。

碎裂的冰屑落地之時，常亦乘捂住胸口悶哼一聲。紀洵幫他擋下了洶湧的煞氣，卻攔不住他體內的詛咒感應到天道的心意，它們便躍躍欲試地躁動了起來。

天道放聲大笑：「你已經沒有清心陣啦！你覺得自己還能忍得了多久？很想殺人吧？刀不是在你手裡嗎？像武羅那樣殺光他們呀！」

遍布全身的黑色印記藏在血肉之下，猛烈發作，常亦乘的額頭痛出淋漓汗水，握刀的指骨泛起蒼白的顏色，臉上卻沒有任何多餘的表情。

要不是清心陣的轉移沒那麼簡單，紀洵恨不得直接剝掉手背上的皮膚。他見過常亦乘詛咒發作的模樣，更見過武羅失去理智的結局，無比清楚時間一久，光靠理智強撐根本無濟於事。

「撐住，很快就……」

紀洵的話還沒說完，就被天道打斷：「長乘，你不害怕嗎？等你專心對付我的時候，他會不會一發瘋，」它的眼珠朝不遠處瞥去，「就先朝那兩個人動手呀？」

天道充滿暗示的提醒，險些讓常亦乘繃緊的神經斷裂。

他突然轉過頭，不自覺漫上戾氣的雙眼通紅一片。

紀景揚猝不及防地撞上他的視線，喉頭不禁一緊，脫口而出的卻是：「怕什麼，動手就動手唄，我又不是沒被你打過，一回生二回熟，來！」

紀秋硯：「……」

她用「紀家怎會有這種白痴」的微妙眼神看了紀景揚一眼，收回視線之時，淡聲喊出了紀洵的名字。

「把他交給我們，一時半刻之內，不會兩敗俱傷。」紀秋硯的語氣篤定，「做你該做的事。」

以他們的實力相加，的確能暫時抵擋住失控的常亦乘。

但不知為何，天道聽完她的話，笑聲卻大得蓋過了陣中暴怒的巨浪。

「好呀，那大家就分頭行動嘍。」

它極為贊同那幾人的決定，讓人懷疑它如果能長出雙臂，現在恐怕都要拍手歡呼了。

然而緊接著，天道的話鋒一轉。「不過呢，我手裡的棋子也不止他一顆。

「你們要不要猜猜看，我在外面還有多少個活著的信徒？他們的神被欺負了，信徒們會不會很生氣呀？」

紀洵的目光忽寒，攥緊霧氣的骨節捏出了響聲。

天道整個往下一壓，渾濁的獨眼幾乎快撞到交錯的霧氣上了。

「長乘，有好多人又要死了哦。你選擇保護這個小鬼，還是現在就出去拯救蒼生？」

◎

早上八點，距離門曲最近的特案組辦事處。

李辭坐上輪椅，打開休息室的房門時，被走廊另一端的晨光照得瞇了下眼，睫毛隨之闔下，蓋過他眼底的烏青。

門曲的殺人案跨越三十年，過程又太令人匪夷所思，昨晚光是讓附近的特案組成員理清來龍去脈，就讓他熬到了凌晨三點多才睡。

以往特案組的規矩，是抓到與靈相關的犯人就連夜押送到觀山。這次的特案組地理位置偏僻，加上涉案人員太多，路途周轉還不知道會發生什麼意外，雙方商量過後，只能先把這好幾十個門曲人拘留在原地，等待支援。

李辭才剛清醒過來，就準備去關押犯人的房間，看有沒有其他辦法，至少先讓這群人脫離天道的控制。

審訊室內，其他人都在。幾個特案組成員累了一宿，正趴在桌上補眠，反倒是一把年紀的謝作齋還醒著。

李辭抱歉地朝老爺子笑了一下：「不好意思，麻煩您熬夜了。」

「客氣什麼，我的身體比你硬朗多了。」謝作齋示意他過去，「天快亮的時候，他們進了乾坤陣。」

「他們」指的便是紀洵一行人。

李辭看了停在窗邊的雀鷹一眼：「謝星顏看見了？」

謝作齋點點頭。謝星顏的雀鷹一路跟隨他們到了門曲，兩批人分頭行動的時候，考慮到紀洵那邊才是重點，就讓這隻半公尺多長的雀鷹，去跟蹤了半夜十二點到達門曲的火車。

在李辭還沒去休息時，火車內的怪異情況便經由雀鷹的眼睛傳遞給了謝星顏，再由留在晉州的女孩用手機轉告給了他們。

「你去休息後，火車又開了幾小時。」謝作齋說，「直到太陽升起的前一秒，火車駛入了隧道。」

然後，雀鷹就失去了目標。

李辭拿出手機查看今天的日出時間，發現紀洵他們進陣還不到一個小時。他不知道乾坤陣的陣主就是紀洵本人，只能順理成章地懷疑，裡面大概是天道的老巢。

「既然是天道，恐怕就沒那麼容易能解決。」李辭把手機放到桌上，目光掃過屋內擠得密密麻麻的門曲人：「您昨晚想到辦法了嗎？」

「說來慚愧，毫無頭緒。」謝作齋赧然道。

李辭搖了搖頭，並不認為謝作齋需要為此感到慚愧。畢竟每個靈師擅長的範圍不同，比如和謝作齋共生的善靈，基本上是精通大範圍攻擊的好手，他不善於應付這種洗腦的事件也很正常。更何況，在門曲那家旅館的時候，謝作齋用一把古琴模樣的靈鎮住了門曲居民，阻止靈師和普通人混戰，已經幫了大忙。

只可惜，這總歸不是長久之計。

李辭斂起唇邊的笑意，琥珀色的瞳孔在陽光下，顏色顯得更淺了。

要使用凝神一瞥嗎？

冒險的念頭才剛升起，他就猛然咳嗽幾聲，驚醒了旁邊幾位特案組成員。

「現在幾點了？」成員甲迷迷糊糊地坐直，邊看時間邊說，「哎喲，都這個時間了。我得問問來支援的人還有多久才會到了。」

成員乙則伸了個懶腰，指著全場唯一沒被完全洗腦的旅館老闆：「這個人晚點也要一起送去觀山嗎？」

兩位靈師還沒來得及回答，昏睡半晚的旅館老闆就幽幽地抬起頭。看清自己在哪裡後，昨天跌宕起伏的經歷也閃現回她的腦海內。她驚恐地打了個寒顫，想站起來說些什麼，卻發現自己被手銬銬在了椅子上，動彈不得。

她愣了一下，問：「我沒殺人！該交待的都交待了，你們還要多久才會放我回去？」

成員乙拍拍桌子：「妳安靜一點。事實沒查清楚之前，妳都不能走。」

旅館老闆不服氣了：「警察先生，你們不能這樣亂抓人啊！」

她不知道特案組是幹什麼的，只覺得負責抓人的就是員警。她瞪大眼睛說：「現在是法治社會，你們這樣，我是可以投訴你們的！」

「妳還知道是法治社會？」成員乙怒道，「妳的鄰居一個個殺人的時候，怎麼就沒見到妳來報警呢？」

旅館老闆的氣勢頓時小了下去，嘀咕道：「關我什麼事。三十多年了，我手上一條人命都沒有，你們也不能把我關起來。」

絮絮叨叨的抱怨，在李辭頭腦中點亮一線天光。他倏地轉頭：「門曲今年死過人嗎？」

相關的資料都擺放在桌上，成員乙經他一問，也意識到有哪裡不對勁，連忙翻找起資料，片刻後，回答說：「還沒有。」

一個人都沒死。

其實這也很正常，門曲夜不出戶的規矩早就傳播開來了，其他不清楚內情的人也不想平白觸霉頭，漸漸都養成了晚上避開門曲的習慣。無人可殺，自然不會有死亡報告。

但是，他們真的無人可殺嗎？

旁邊的謝作齋也反應過來了。他微微一愣後，說：「她怎麼還活著。」

需要清除的異端，起初是夜晚出門的人，到了後來，變成了不肯同流合污的人。

這一切，都是眼前的中年婦女親口交待的。

如今門曲的其他人都成了天道的信徒，當地手上唯一還沒沾血的，就只剩下她了。可她不僅活了三十幾年，連在遲遲沒有「開張」的今年，也依舊安然無恙地生活在門曲，難道是信徒們顧念舊情，不忍心下手了嗎？

不可能。這群人早就失去理智了。

李辭的心臟漏跳了一拍，正要不顧身體，使用凝神一瞥洞穿真相時，剛才還在碎念的旅館老闆就忽然渾身一震。

一雙無形的手扼住了她的脖子，把她硬生生從椅子上拖拽起來。手銬勒緊她枯瘦的手腕，在強力的拉扯下磨破了她的皮膚。可她彷彿感覺不到疼痛似的，頭骨「喀嚓喀嚓」地作響，推搡著她的五官，組合出一個驚悚的笑容。

「**嘻嘻**。」中年女人的喉嚨裡，傳出孩子般天真的聲音，「**神就在天上，看著呢**。」

隨著她的話音響起，被謝作齋控制住的門曲人如同聽見神明的號召般，竟在這一刻掙脫了束縛。他們齊齊露出笑容，用別無二致的童聲附和道：「神就在天上，看著呢。」

李辭看著令人毛骨悚然的一幕，想起了一個傳聞。

民間有一種養蠱的說法，把各類毒蟲放在同一個容器裡，讓它們自相殘殺。其中的蠱王看起來不一定是最凶猛的，但一定是活到最後的那一個。

當蠱王殺死所有的毒蟲後，蠱毒便也大功告成。

不曾殺人卻活到如今的旅館老闆……

李辭來不及細想，已和謝作齋同時出手，可終究還是晚了一步。

下一秒，旅館老闆放聲長嘯。她身後數十個門曲人的脖子，應聲而斷。

滿室血霧崩裂的瞬間，李辭的雙眸亮起涅白光斑。

開弓沒有回頭箭，凝神一瞥但凡發動，就是以生命快速流逝做為代價。他搖晃著勉強撐住輪椅扶手，顧不上完全亂了節奏的心跳，定睛看向骨骼扭曲的旅館老闆。

凝神一瞥，能看出一個人藏得最深的祕密。

即便旅館老闆本人都不知情，她身上的祕密也逃不過李辭的眼睛。

一段無人知曉的過往，乍然浮現。

那應該是三十多年前的往事。畫面中出現的旅館老闆很年輕，她走在山間小路上，手裡拎著一個竹筐，裡面裝著些零散的山產，似乎正從自己家往當時的火車站工地走去。

途中經過一個黑黝黝的洞穴時，她好奇地往裡面張望了幾眼。

忽然，她直挺挺地僵住了。

有風從潮溼的洞穴裡吹來，像一道無聲的呼喚，將她鬼使神差地引了進去。

洞穴不深，沒走幾步，李辭就看見一塊被隨意丟棄在角落的石碑。那塊從工地上挖出來，又被文物專家鑒定為沒有研究價值的石碑。年輕女人神色恍惚，直愣愣地跪了下去。

下一刻，自她的頭頂開始，皮膚開始一寸寸地剝離開來。

奇怪的是，她臉上並沒有出現痛苦的跡象，剝開的皮膚也沒有流血，彷彿與身體分離開來的，只是她的靈魂而已。

當她全身的皮膚褪到腳底之時，石碑化作虛影，融入了她的身體。

剝落的皮膚又一寸挨著一寸地長了回去，頭頂縫隙合攏的剎那，女人清醒了過來。她打了個寒顫，露出不知為何自己會進入洞穴的驚恐表情，連滾帶爬地逃了出去。

第二天，家家戶戶門外又出現了紅線。

女人聽著丈夫和其他人聊起紅線與石碑，默不作聲地放下手邊的工作，朝門外走去。那時正是餐館員工的休息時間，沒人關心她的去向，也沒人看見她一步步地走回了洞穴。

旅館老闆告訴紀洵他們的資訊沒錯。由於怪異紅線而人心惶惶時，幾個膽大的年輕人找到洞穴後，確實遇到了一個古怪的東西。

他們看見了與石碑融為一體的她。

不知是因為洞內光線昏暗，還是年輕人們太過戰戰兢兢，他們始終沒能認出，那個周身泛起暗沉石灰色的人，就是在工地餐館幫忙的門曲同鄉人。

她用天道的聲音宣稱，那些不守規矩的人，是需要根除的異端。

神的指令，就這樣一層一層地傳遞給了門曲的居民。

可此時讓李辭背後一寒的，並不是門曲亂象的源頭出自哪裡，而是他還看見了，旅館老闆的心臟周圍，有一條若隱若現的深色細線。

細線穿透她的身體，不知蔓延向何處，卻又始終繃得很直，如同遠方有什麼東西正在與她拉扯相連，再經由這條細線把消息傳遞出去。

驀然間，李辭的瞳孔猛地一縮，眼神恢復正常。凝神看到的畫面並非像電影那樣逐幀播放，而是全部飛快湧入他的腦海，再由他過目不忘的本事記住。

前後不過兩、三秒的時間，特案組成員「怎麼回事」的驚呼才剛響起，李辭的衣衫卻已被冷汗浸溼。他的臉色比死人還要慘白，眼前一片漆黑。

「香爐陣。」他眼神失焦地抓住身邊一個人，氣若遊絲，「天道做了兩手準備……人、找人……」

話還沒說完，李辭便抽搐著昏死了過去。

被他胡亂抓住的特案組成員一頭霧水，所幸謝作齋愣了幾秒，便恍然大悟。

老人家一邊召出靈，控制住長嘯不止的旅館老闆，一邊三步並作兩步地撲到窗邊，朝雀鷹大吼：「通知觀山，趕快找人！」

相隔甚遠的晉州市，謝星顏通過雀鷹同步知曉了那邊的異變。

她的腦子轉得很快，馬上就從李辭留下的隻言片語中，提取出了最關鍵的資訊。

香爐陣。

門曲意為「天堂之下」，和當初天道用來控制靈師的香爐陣中，受香火膜拜的位置重疊。

那麼接下來，依照山脈的走勢……

謝家發現常亦乘的沼澤、布袋翁被困的望鳴山、新娘頻繁離奇失蹤的嶺莊。還有三家靈師所在的濟川、晉州和舟海。

這是一個以普通人的信仰為核心的陣法，如果李辭看到的祕密沒錯，那麼這六個地方，就都隱藏著和旅館老闆相同的人。

接下來，他們將殺死被天道蠱惑的信徒。

謝星顏一下子從床上跳了起來，萬分崩潰：「瘋了吧，大海撈針，這要怎麼找啊！」

崩潰歸崩潰，她敏捷的動作卻沒有絲毫遲疑。女孩直接推開房間窗戶，從二樓一躍而下，輕巧地落在家中花園，然後推開與一樓客廳相連的玻璃門，衝向了正在享用早餐的父母：「爺爺傳來的消息，快點告訴觀山和特案組，大家馬上出去找說話聲音像小孩子一樣的人！」

同一時間。

常亦乘被發現的雪山腳下，一位年邁的牧民剛走出羊圈，身體便開始劇烈顫抖。

旁邊的人納悶地問：「你抖什麼抖啊？」

「**神就在天上**，」老人嬌聲嬌氣地笑著，「**看著呢**。」

「啊？」

數百公尺處外，一頂帳篷傳出慘烈的尖叫聲，一個滿臉是血的牧民跑了出來，驚恐萬分地指向裡面兩個脖頸斷裂的人，說不出一句話來。

天道的暗示還未停止。

幾分鐘後，望嗚鎮的派出所裡，正在接受員警詢問的年輕人突然站了起來。

面對員警的訓斥，他歪過頭傻笑開口：「**神就在天上，看著呢**。」

「你給我坐下，裝神弄鬼地做什麼。」員警以為這人意圖反抗，還想再說什麼，就聽見派出所裡的電話響個不停，同事們錯愕的聲音也此起彼伏地傳來。

他不得不開門詢問：「發生了什麼事？」

「我們接到好幾通報案電話，」同事回道，「說有人的脖子爆炸了。」

「……爆炸了？」

員警重複著這句話，深感莫名其妙。他第一個反應就是想起國際新聞裡看過的人體炸彈，但轉念一想，望嗚鎮這種小地方，應該不至於會發生大規模的恐怖攻擊。

然後他一轉頭，就看見審訊室的年輕人掙脫手銬，朝他撲了過來。

一種無法抵擋的力量侵入了他的頭腦，讓他的意識也變得昏沉起來。迷糊之中，他感覺身體變得輕盈了許多，被感召的快樂充斥五臟六腑，讓他忍不住咯咯發笑。

同事驚詫不已：「你在笑什麼？」

他抬起頭，愉快地回答：「**神就在天上，看著呢**。」

暗示如同病毒般，迅速地蔓延開來。

乾坤陣內，天道的眼睛陡然放大，四周瀰漫的煞氣也加深了不少。

「啊，來啦來啦。」它身上不時浮現出新的人臉，得意洋洋地說，「看見了嗎，又有信徒來到神的身邊了哦。」

紀洵深吸一口氣，猜到了新的人臉是從何而來的。

他注視著天道的眼睛：「這些都是普通人，對你來說沒有多大的作用。」

「但神不會拒絕信仰祂的子民。你看，我多麼仁慈呀，不如把這個世界交給我吧，我會一視同仁地對待所有人的！

「還是說，你想救他們呢？」天道笑了起來，話鋒一轉，「觀山的靈師應該正忙得焦頭爛額的吧，其實你是有辦法能幫忙的哦。」

紀洵皺緊眉頭，指尖微顫。

他的確有辦法幫忙，就像他在嶺莊鋪開霧氣，感知到周遭的一切那樣，只要他現在離開乾坤陣，竭盡全力地去感知外面的異常，就能從天道手中救下許多無辜的人。

可是……

「把它交給我。」

低啞的男聲伴隨著沉重的呼吸，在他身邊響起。

「你帶他們兩個出去，」常亦乘的半邊身體泛起了豹斑，尖利牙齒咬穿了嘴唇，讓鮮血染紅了他的下顎，「有其他人在，會礙事。」

紀洵下意識地搖頭，知道常亦乘所說的「礙事」，是指乾坤陣內還有別人，會被在失控之下的他誤傷。除非這裡只剩下常亦乘和天道，他才能徹底放開手腳，將自己變作沒有理智、只會殺戮的兵器。

但誰能保證結局的走向？

常亦乘用力喘了口氣，將快要控制不住的手指伸進口袋裡，摸到一張用膠帶重新黏好的紅紙。紙上的黑字清清楚楚：『禮同掌判，合二姓為良緣』。

是嶺莊的書生自盡前，留給他的一紙婚書。

「給你了。」他低聲說著，把婚書塞到了紀洵的手裡。

從始至終他都沒有看過紀洵一眼。不是不想看，只是害怕臨別前的最後一眼，會擊垮他的決心，讓他改變主意。

好不容易才明白對方的心意，他其實很捨不得。可縱使有萬般不捨，他也不希望紀洵在此時躊躇難斷。

常亦乘抽走手指時，黑色的印記已經完全在他的皮膚上顯現。理智岌岌可危，瘋狂迫在眉睫。

常亦乘無所謂地低笑一聲，抬手舉起短刀，指向天道。

「走吧，別救我。」

狂風吹散了他的聲音，卻攔不住他踏著巨浪、一躍而起的身影。

與此同時，陰沉煞氣如潑墨般地從碑身上灑落下來，將如出鞘利刃般殺向石碑的人完全罩在了裡面。煞氣太濃，金色霧氣一時竟穿不透它。

可就在湖心裂開一條大縫時，寒冽刀光劈開了一張剛要成形的人臉，天道的慘叫聲隨之響起，震得乾坤陣內四周巨顫。

常亦乘在煞氣包圍下，狂浪大笑。他保留人形的半張臉幾乎看不出原本的模樣，覆蓋過皮膚的黑色印記收束勒緊，在他臉上劃出猙獰的傷口。

「原來你也知道疼。」

常亦乘不避不讓，迎著殺意洶湧的煞氣衝過去，碰撞的巨力震得他身體猛地往後一倒，還沒等到下一股煞氣襲來，他轉身反手又砍出一刀。

「鬼鬼祟祟地躲了這麼久，難道從來沒想過……」

來不及閃躲的煞氣撞上他的腳踝，骨頭碎裂的聲響根本無法引起他的注意。常亦乘抓住天道堅如磐石的眼簾，腰腹借力往上的同時，將無量插入了那隻血絲縱橫的眼睛。

「害人之前，要先做好被殺的準備。」

天道一輩子沒被人傷到過真身，劇痛瓦解了它身為神的尊嚴，刺激得它像個真正的小孩那樣放肆哭喊：「我要殺了你！」

無數煞氣剎那間收縮成一把長劍，高懸於空中，對準常亦乘飛馳落下。

常亦乘的耳邊響起了獵獵風聲，若是冷靜的時候，他應該能分辨出那是一擊殺招，正確的選擇是盡量躲開。但他腦海中混沌一片，非但沒躲，反而手腕用力，將短刀往天道眼中又送入了幾寸。

眼中滾出的煞氣纏住了他的手腕，吞噬掉他的血肉，露出森然的枯骨。

長劍眨眼即至。

常亦乘掀起眼皮，冷冷注視著死亡的來臨，忽然有點後悔。

還是該看他一眼的，從今往後，也許就見不到了。

磅礡金光就在此時闖入他的視野，屬於紀洵的霧氣四散，將乾坤陣內映照得好似白晝。

「不許我再扔下你，你就好意思扔下我？」

一道溫和的聲音不知從哪裡傳來，細聽之下，還帶著克制的顫抖。

「誰教你這麼雙標的？」

聲音傳入耳中，常亦乘卻已經聽不懂其中的含義。

他扔下誰了？

記憶中的模糊身影與眼前的人影重疊，依稀有幾分熟悉，可他想不起來。

灼燒的怒火咬緊神經，滾燙地吞沒了所有理智。常亦乘的目光冰冷，再度望向來人時，眼中白翳染上了一層凶神惡煞的狂氣。

殺、殺、殺……

與生俱來的詛咒牢牢捆住了他的神智，竟硬生生將握刀的手從天道眼中拔出，縱身砍向了紀洵。

鋒利的刀刃貼近胸膛的瞬間，紀洵側身避過，匆忙中掃了胸口綻裂的布料一眼，若不是常亦乘被腐蝕成枯骨的手指握不緊刀，這一刀估計會把他砍成兩半。

常亦乘一擊不成，反身挾著濃濃的殺意又要再砍。電光石火之間，一縷霧氣看準時機繞住他的手腕，紀洵的眉頭緊皺：「傷成這樣還要打，就不會偷個懶？你在觀山不是很會摸魚嗎？」

責備的語氣裡既有滿滿的心疼，也有溫潤的安撫。

常亦乘猛地愣了幾秒，接著，腦海中就有一道小孩的聲音不斷在催促他「殺了他」。他眸光一暗，重新長出些許血肉的右手一鬆，直接換成左手拿刀往前突刺。

兩人隔得太近，紀洵無處可躲。他閉上眼，等待自己送給對方的短刀捅進身體，但短暫的一個呼吸過後，預想中的疼痛卻沒有出現。

一個強勁的力道按住他的肩膀，把他撞到了石碑邊緣。

速度和重力加在一起，撞得紀洵後背發麻，他詫異地睜開眼，映入眼簾的，是常亦乘憤怒與困惑交織的表情。

男人青筋爆起的手臂，將刀尖抵在他的腰腹處，每一秒都可能落下，又每一秒都在僵持。

混沌中，他忘記了人類的語言，喉結急促滾動，唇齒交錯能發出的，卻是野獸般的低鳴，和如同玉石交錯的聲響。

紀洵整顆心都軟了下來。明明常亦乘一個字都沒說，他卻依舊能讀懂男人眼中的疑問。

你是誰？

我為什麼下不了手？

紀洵嘆了口氣：「我是收了你婚書的人。」

帶笑的溫柔低語散在呼嘯而至的狂風裡。

風中有一把巨劍，正伴隨著天道歡快的笑聲，衝開霧氣的重重包圍。

紀洵斂起笑意，一手輕輕遮住常亦乘通紅的雙眼，另一隻手五指翻飛，金光中浮起的黑玉書卷驟然碎裂。那是由長乘靈力化作的結晶，與紀洵本人的意識無異。

書頁紛紛揚揚，飛向巨大陰暗的碑身。

所到之處，石屑四濺，巨劍下墜的速度卻並未減緩。

「可惜你只有一半的靈力。」天道縱聲大笑，「拆了書卷也攔不住我，臨死之前給我好好懺悔吧！」

濃烈的煞氣不斷吞占金霧的領域，落到碑身上的書頁頃刻間便捲起了邊，像被火苗舔舐般的紙張越縮越小。

紀洵汗如雨下，唇間有血沫嗆出。哪怕只靠半數靈力，他也有和天道一戰之力。可寄生的終歸是個凡人的身體，靈力衝撞之下，竟隱隱有了不堪重負的徵兆。

乾脆耗盡全力拚死一搏，死就死吧，又不是沒死過。紀洵腦海中浮現出玉石俱焚的念頭，如果運氣好，說不定再隔個幾十上百年，就又能寄生到死胎身上。

那時他肯定不叫現在這個名字了，但只要常亦乘還活著，總有一天，他會找到他的吧。

就是有些來不及完成的心願，要委屈自己撿來的小孩再多等很多年了。

眼看五臟六腑都要被震碎的時候，一盞白釉青花燈飛了出來。

燈中燭火通明，燈火照亮了它身後數十隻模樣不一的善靈，其中最顯眼的，當屬紀洵看過太多次的枯榮。

「當我們是死人嗎？」紀秋硯嘶啞的聲音從湖中傳來，染上了她這個年齡該有的蒼老痕跡，遙遠而陌生，「現世的靈師還在呢。」

紀洵的視線穿過凌亂光影往下望去，只見紀秋硯滿頭白髮飛舞，身體卻如扎進地底的青竹堅韌不移。

身為年輕人，紀景揚的模樣反而比老太太狼狽不少。他整個人幾乎是趴跪在地上的，一邊吐血，一邊還很不正經地往半空比了個「耶」。

何必呢。

紀洵心有不忍，以他們的力量，對上天道完全就是以卵擊石，枯榮禪杖的斷裂聲和善靈重傷跌落聲雜糅在一起，落在他耳邊，聲聲震耳欲聾。

「別再亂發瘋了，乖乖待著。」紀洵用少許霧氣，嚴絲合縫地將常亦乘保護起來，「你把婚書交給我是什麼意思？話還沒說清楚，回頭再問你。」

他鬆開常亦乘，轉身面對天道龐大的身軀時，眼中映入了繚亂的光。

那既是瀰漫的戰鬥硝煙，也是無數人求生的訊號。

紀洵的雙腳踩在虛空中，目光淡淡掃過分散在碑身四處的書頁，頭腦昏昏沉沉的，十分難受，指尖也很難再放出更多的靈力。

但是，足夠了。

煞氣形成的巨劍被善靈撕開一道裂痕時，紀洵的雙眼忽地一亮。

下一瞬，薄而修長的雙手掐指成訣。狂風將他的衣襬吹得鼓起，如一面旌旗飛揚展開。

「不自量力的東西，都給我滾開！」

天道被它眼中弱小得足以忽略的善靈騷擾得煩不勝煩，迸射出煞氣，將它們盡數擊退，剛想調轉火力攻擊紀洵，體內就像被無數隻螞蟻啃咬了一般，傳來密密麻麻的疼痛。

它倉皇地用眼睛觀察自己，發現從不知何時開始，絲絲霧氣居然經由書頁，深深扎進了碑身之中。

直到此時，天道才意識到……

它好像感受不到信徒的供奉了。

「別怕，替你做了個小手術而已。」紀洵的唇角揚起堪稱親切的笑容，「沒跟你提過嗎，我的理想是做一名獸醫。」

話音剛落，紀洵分開雙手，用力往後一扯！

千萬縷霧氣絞緊石碑，從內往外「轟」的一聲，將整個碑身分解成無數碎塊。

童聲帶著淒厲的哭腔：「你殺不了我，就這點本事，你殺不了我！」

也許吧。

紀洵無所謂地垂下手，但「小手術」至此切斷天道與信徒的關聯，留下來的爛攤子就好解決很多了。

靈師也好，常亦乘也行，他們如果想殺一隻重傷的靈，應該不成問題。

紀洵的眼皮半闔下來，眼角餘光瞥見乾坤陣的景象開始有了閃爍的重影。

這是乾坤陣即將打開的跡象。只不過這一次，不是出自陣主的意願，而是他靈力耗盡，再也支撐不住的表現。

身體輕飄飄地往下墜落，呼出的空氣遲遲回不到肺腑。對於這種感覺，紀洵並不陌生。

多年以來，每一次死亡降臨的時候，他都有過類似的體驗。

他看見常亦乘愣愣地望向自己，看見殘缺的石塊瘋狂地砸向自己，看見與他同生共死的霧氣本能地匯聚在一起，流映成輝，燦若星河，彷彿還想替他擋住天道歇斯底里的敵意。

可惜他連一根手指都抬不動。

眼皮快要合攏的剎那，常亦乘俯身跳了下來。

紀洵笑了笑，不認為常亦乘能像今生初見時那樣抓住他，畢竟這人自己都傷得不輕。

衝開石塊圍剿的時候，還沒來得及治好的傷口流淌出鮮血，在男人身邊蕩開宛如紅蓮的印記。

緊接著，風雲突變。

圍繞在常亦乘身周的紅蓮陡然暴增，下一秒，陣中血光沖天！

天崩地裂般的劇烈搖晃中，紀景揚真正明白了什麼叫「神仙打架，凡人遭殃」。他當場摔倒在地，雙眼無神地看向上空，喃喃道：「……這都什麼玩意兒。」

如果李辭在場，一定會認出那些紅蓮。他們在嶺莊與武羅的屍身大戰時，他就親眼見過新娘腳下、由血霧織就而出的詭異美景。

天道的怒意也在此時停住了。意料之外的驚喜讓它收回發洩的石塊，散落在各處的獨眼碎肉全都閃耀著喜悅的光芒。

對啊，常亦乘是武羅的孩子，他身上也該擁有神靈的力量。

即使微弱了些，可再加上長乘的靈力，豈不是就能幫它打開不周山的山門了？

千百年來，它終於切身體會到，什麼叫欣喜若狂。

它果然是命中注定要成為神的靈。

這群反抗它的螻蟻居然陰差陽錯地幫了它的大忙。曾經破壞不了共生陣，全是因為那時的它還太過弱小，可今時不同往日，它早已不再是當年的自己了。

馬上就能達成夙願了。

獨眼碎肉翻滾朝上，天道按捺住尖叫的衝動。它已經看見真正的不周山了，它終於能讓所有人跪在自己腳下膜拜它了。

然而下一瞬，不周山垮塌的那側山峰飄起了皚皚白雪。

雪花簌簌飛揚，捲起徹骨寒風，將天道碎落的石塊逐一絞得粉碎。

許許多多上古神靈的聲音，透過凜冽寒風傳進它的耳中：『**一靈集兩重靈力打開山門，世間必有禍端，吾等雖死，亦願再戰一程。**』

「不……」天道萬萬沒想到，等待在這裡的會是共生陣的剿滅意識，「我不是，我不是禍端……」

我是神啊。它恐懼又貪心地想。

遺憾的是，共生陣沒讓它把畢生的貪念訴之於口，寒風將它最後的軀體凍成冰粒，落到傳說中能通往天界的臺階上，應聲消散。

同一時刻，千里之外。

各地的觀山靈師和特案組成員皆是一愣，發現他們好不容易才控制住的信徒，一個接一個地清醒了過來。信徒們神情震驚，淚如泉湧。

「神不在了。」他們或是獨自低語，或是面面相覷。

一時間，無論何處，皆是天光大亮。

第八章 紅線

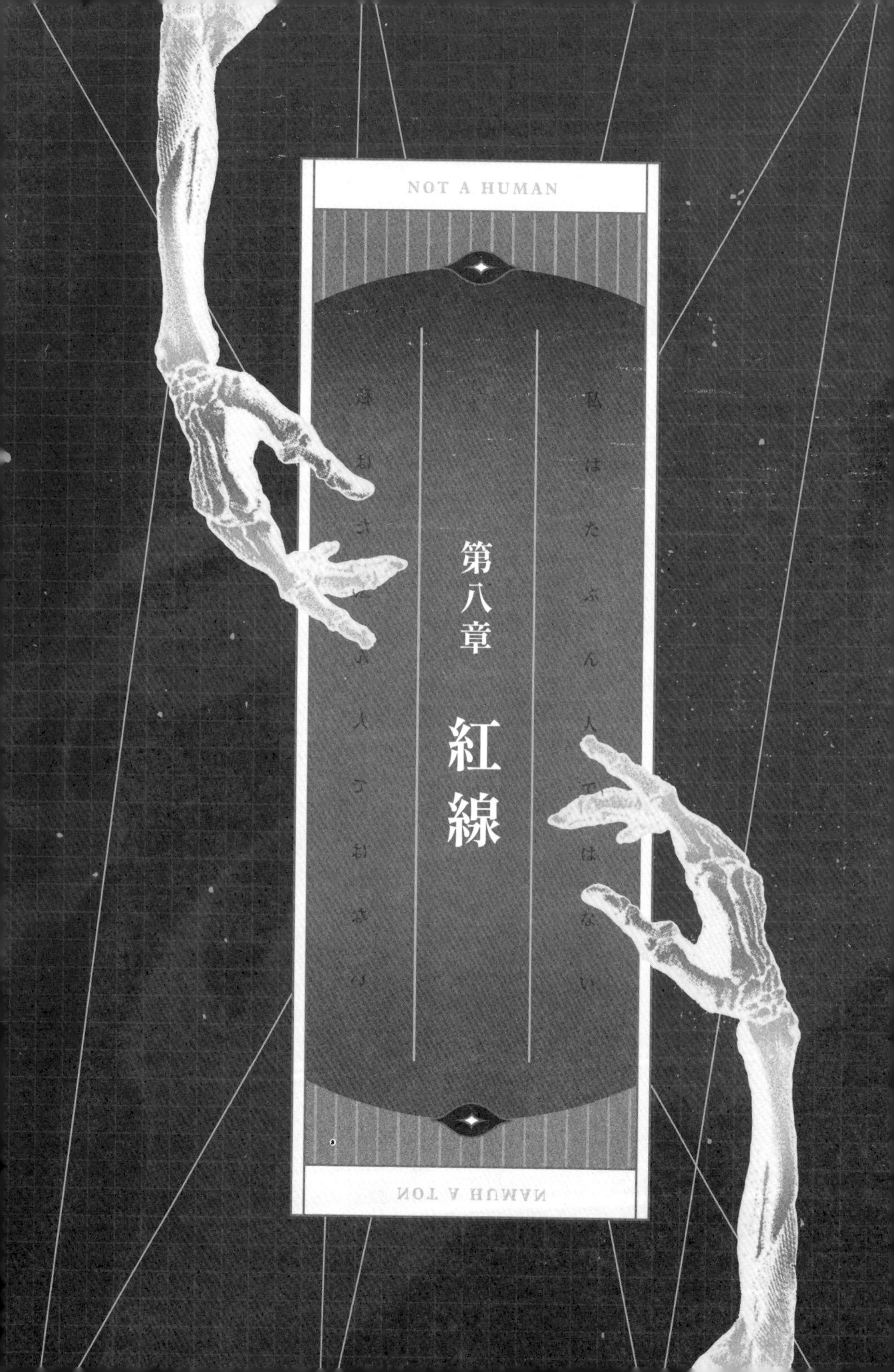

接下來的一週，特案組忙得焦頭爛額。

受天道波及的人群和範圍太廣，用以往那些公關手段也根本堵不住悠悠眾口，最後只能真假參半，將這起事件定義為邪教作亂。

這招雖然從客觀角度上讓大眾避免知道靈的存在，但帶來的影響依舊很大。畢竟除了事發後才被影響的人以外，每個地方被「蠱王」殺死的信徒，個個身上都背著至少一條人命，順藤摸瓜地查下去，許多陳年未解的舊案真相也漸漸浮出水面。

光是配合公家機關查案，特案組就已經夠忙了。偏偏上頭派人了解過事情原委後，被天道策劃多年的陰謀嚇得不輕，認為觀山和特案組現在的合作方式必須立刻改善，要把觀山和特案組合併成一個部門，以更系統化的方式接受國家的協助與監管。

「簡單來說，我們公司完蛋了。所有靈師以後都將會成為受國家編制的公務人員。」

病房內，紀景揚將這幾天的新聞原封不動地告訴了李辭。

李辭難得沒記住這一大堆話，只是偶爾眨眨眼睛，打量坐在病床邊的男人。

紀景揚此刻的尊容，不能說是鼻青臉腫，只能說是面目全非。要不是他身上還穿著標誌性的花襯衫，李辭醒來的第一眼就會用靈把他打出去。

紀景揚被他看得渾身鬱悶：「我知道現在是我人生中的顏值低谷，但我也是有自尊心的好嗎，你那要笑不笑的眼神能不能收斂一點？」

「我盡量。」李辭把目光轉到旁邊的輸液軟管上，「其他人呢？」

紀景揚：「你還有精力關心別人呢。放心吧，誰都比你有出息多了，你在醫院裡昏睡了七天，跟你在一塊的謝當家早就生龍活虎地回晉州了。至於老太太嘛……」

紀秋硯的情況有點複雜。

她在乾坤陣中受的傷不比紀景揚輕，後來也經歷過幾次搶救，生命跡象才逐漸平穩。不過她的身體素質還是比病懨懨的李辭好很多，前天就可以自己下床走路了。

但複雜的是，她的臉上長出了皺紋。

李辭詫異地側過臉：「她變老了？」

「嗯。我跟她現在也算是過命的交情了，所以她向我透露了一點內情。她跟你的情況，其實都是因為很多年前，她為了查殺人奪靈的事，害得自己跟李當家都被反噬了。」

可就在天道死後，紀秋硯身上的反噬現象開始減輕。

紀景揚：「所以我們懷疑那個反噬也是天道搞的鬼，它就是不想讓靈師去查殺人奪靈的真相。」說完，他欣慰地拍拍李辭的肩膀，「如果沒猜錯的話，恭喜你。」

李辭愣了片刻，虛握了幾下手指。還是沒什麼力氣，但跟從前幾次重傷後醒來的狀態相比，又稍微好了一些。至少今早他睜開眼做完檢查，還有精力躺在這裡聽紀景揚說話。

淡淡的喜悅從他琥珀色的瞳孔中亮起，李辭輕聲笑了一下。

紀景揚也為他感到高興，可惜剛咧開嘴想笑，臉邊的傷口就疼得嘴角一抽。他狼狽地「嘶」了聲，摀住臉說：「雖然你的腿大概很難恢復，但肯定能比從前好，而且你的孩子生出來也會很健康。」

李辭無言地掃他一眼，「我不會有孩子。」

「為什麼啊？」紀景揚不解。

沉默幾秒後，他瞳孔地震地盯著李辭：「不會吧，天道也太下三濫了吧！唉，算了，沒事。大家都是男人，都是要面子的，你不想說就別說。」

「……」李辭不太想問紀景揚腦補了什麼，反正看著他那副傻樣就來氣，索性閉上眼：「我要睡了，幫我關燈。」

大白天的光線這麼好，哪來的燈好關。

紀景揚越想，越自認為洞穿了真相，才導致李辭羞恥不已。他嘆了一口氣，站起身把病房的百葉窗合攏了些，又坐回來默默在心中同情好友的悲慘遭遇。

房間裡安靜了下來，只有兩人的呼吸聲慢慢合一。

許久過後，李辭才緩聲開口：「你沒提到紀洵和常亦乘，他們人呢？」

紀景揚偽裝出來的輕鬆，瞬間被這句話打回原形。

「不知道。」他好像在嫌原本柔和的陽光刺眼似的，用手臂擋了擋眼睛，「天道剛死，共生陣就把我和老太太扔了出來。」

山門關閉了。

不周山的雪還在飄落。

挺直入雲的松樹下，有個人坐在那裡。

他不知坐了多久，髮頂和肩頭都堆了一層厚厚的積雪，時不時顫動的睫毛每動一次，落下的冰霜就觸碰到皮膚的溫度，融化成淡淡的水痕，像淚水從他熬得通紅的眼中滴落。

冰天雪地的環境，對常亦乘而言並不陌生。

他這輩子最快樂也最痛苦的回憶，都掩埋在厚雪之下，經久不散。回憶裡，無論寒風如何料峭如刀鋒刮過，他總能等到一個人微笑著走過來，牽住他的手。

這一次，他還能等到嗎？

忽然，常亦乘動了動。他伸出冰冷的手掌，撫上面前沉睡不醒的人的額頭，試探到滾燙的溫度。

紀洵並沒有看到天道死亡的一幕，在那之前，他就徹底暈了過去。

山門關閉後，常亦乘抱著紀洵，在漫無邊際的不周山走了很久，才找到一處能稍微遮擋風雪的地方。他把紀洵放在樹下，自己則鎮守在風口，替紀洵擋住了凜冽的寒風。

起初幾天，紀洵的身體比雪還要冷。後來總算有了溫度，卻又是無休止的高燒不退。

他身上始終籠罩著一層朦朧的影子，影子時濃時淡，有時像長乘馬上就要脫離這具軀殼，有時又像被凡俗的牽掛留住了，不願離開。

但就連那抹影子，都是雙目緊閉的狀態。

常亦乘的手順著紀洵的額頭往下摸到他的胸膛，好幾分鐘過去，掌心才感受到心臟輕輕跳動了一下，然後就歸於靜寂，再等幾分鐘又跳一次。

如此反覆，如同一場永生永世的凌遲，翻攪著常亦乘的心臟。

他往前靠近了一些，嘴唇抵在紀洵的耳邊：「再不醒來，我就要死了。」開口時用了威脅的語氣。

須臾過後，又帶著隱忍的哀求：「我們拜過堂，你也收下了婚書，不能反悔。」

低啞的哽咽換不來任何回應。

常亦乘盯著他看了一會兒，苦笑一聲，收回視線，望向不周山的天空。

共生陣中的神識再也沒有了動靜，彷彿天地不悲不喜，只任由他孤獨地坐在這裡，等到他們都變成一抹塵埃，再用風雪將他們捲走。

靈的壽命很長，常亦乘想，等到他隕滅的那天，他也許就能忘了紀洵。

可他不想忘。

一片雪花飄到他的手上，常亦乘垂眸，目光掃過在火車上被紀洵咬過的地方，傷口早在他瀕死的時候就被紀洵用霧氣治好了，但被心愛之人咬住的觸感還殘留在那裡。

常亦乘低下頭，唇齒遵循記憶中的觸感，在同一個位置上咬了下去。

鮮血溢出的時候，他把手遞到紀洵面前：「我受傷了，你不願意幫我治好嗎？」

紀洵漂亮蒼白的臉孔被汩汩流淌的鮮血染紅，常亦乘愣了愣，像不小心弄髒了世間最珍貴的寶物般，慌忙地回過神來，幫他擦拭乾淨。

擦完過後，常亦乘終究沒忍住，低嘆了一聲：「騙子。」

說不愛他，是謊言。

說等事情解決了，要找個時間一起出去玩，也是謊言。

「可是我不怪你。」常亦乘的聲音越來越低，最後幾乎快要聽不見了，「只要你醒過來就好，我不怪你。」

此後，一切便歸於寂靜。

困在不周山的日子越來越長，常亦乘漸漸數不清時間的流逝了。

可能是幾天，可能是半年，也可能外面的滄海桑田早已變了模樣。

漫長的等待讓人格外焦慮。

明明天道已經死了，束縛他的詛咒也消失了，可好幾次常亦乘都會產生錯覺，以為自己早就瘋了，他坐在這裡守著的，不過是一具屍體，和一個不願醒來的夢境而已。

某一天，雪終於停了。

常亦乘從睡夢中醒來，抬起眼的下一刻，嚇得心臟驟停。

紀洵身上那層影子不見了。

風雪沒能凍僵常亦乘的身體，這一眼卻足以讓他全身冰涼，愣在原地久久。他根本不敢像平時那樣，用手去試探紀洵的鼻息。

直至躺在地上的人睫毛顫了顫，險些被打散的三魂七魄才回歸了他的身體。

紀洵醒得很慢，又過了很久才總算睜開眼睛。

兩人的目光在空氣中碰在一起，誰都沒有說話。

常亦乘用行動代替了所有多餘的言語，瘋了一般踉蹌著撲過去，沒等紀洵坐起來，直接把人按在地上，氣息混亂而灼熱，不容反抗地撬開那張柔軟的嘴唇。

這些日子他過得有多煎熬，都被他用最親密且放肆的方式，傳遞了過去。

紀洵被他吻得喘不過氣，或者說那根本不能稱作是吻，而是一場暢快淋漓的發洩。貪欲與執念都在這一刻釋放了出來，任由他控制不住地掙扎，衣衫都變得凌亂了也不肯放過他。

這人果然屬狗吧。

紀洵的腦海裡閃過一句吐槽，緊接著就被潮水般湧來的心疼覆蓋了過去。

這些日子以來，他神識不清，昏昏沉沉。

可是每隔一段時間，他都能聽見有人在跟他說話。

威脅跟哀求一字不落地傳入他的耳中，還有千年前那個小鎮裡看見的元宵節燈會，和常亦乘小心翼翼地帶回去，卻沒來得及送給他的禮物，全都被他聽見了。

他聽了多久，就難過了多久。無數次生死徘徊的邊緣，冥冥之中的本能都拖住了他離開的步伐，告訴他，他現在不能死。

不是他以為的，再過數年重生後，又一次重逢那麼簡單。常亦乘已經等了太久，如果自己醒不過來，那縱使沒有天道的詛咒，他也是真的會瘋掉。

紀洵閉上眼，手臂環過男人的後背，回吻了過去。

喧囂的風靜了下來。

無論共生陣還是天下蒼生，都在此刻被他們忘卻在腦後。

天地之間，只有一對戀人的影子，還在交纏廝磨。

◎

「不周山的入口在山巔上。」

紀洵低下頭，數著臺階一步步地往上走，不太好意思去看身旁的常亦乘，活像一刻鐘前回吻得格外熱烈的不是他。

衝動了，紀洵暗自扼腕。剛清醒時被激烈的情緒沖昏了頭腦，沒料到自己的行為，一下子把常亦乘壓抑得太久的火徹底點燃了。

紀洵默默解開髮圈，把凌亂的頭髮重新綁好，才繼續說：「既然你覺醒了武羅的力量，等一下我跟你配合，就能打開山門。」

常亦乘不知在想什麼，沒吭一聲。

「聽見了嗎？」紀洵一時疏忽，忍不住抬頭，剩下的話就被卡回喉嚨裡了。

常亦乘似乎對他的耳垂很感興趣，見他停下腳步，就將手伸過來碰了一下。微涼的皮膚比金屬材質的耳環更有存在感，剛碰到，紀洵就渾身一顫。彷彿常亦乘不是用手摸，而是用舌頭在舔。

「你的耳朵好紅。」

男人頗具侵略性的目光，毫不掩飾地沿著他側臉的輪廓掃蕩，忽地笑了一聲，「被我親成這樣的？」

紀洵：「……」你那是咬，謝謝。

可真要糾結於常亦乘剛才具體對他做了什麼，會因此羞憤而亡的，估計會是紀洵本人。他不由得加快腳步，轉移話題：「總之你是新手，剛開始或許不太順利，不用急，慢慢來，我會負責配合你。」

剛說完，紀洵就覺得這句話裡有歧義，不得不強調：「我是說用靈力打開山門。」

「嗯？」常亦乘看他一眼，回過神來，「你以為，我會理解成別的事？」

紀洵深吸一口氣，嘴硬地回答：「沒有。」

可惜常亦乘不肯放過他，追問道：「我們剛才不夠順利嗎？還是說，我親得你不舒服？」

他說話向來直接，到底是誠懇提問還是故意逗弄也很難分辨。反正在心虛的某人聽來，怎麼想都是不懷好意。

於是紀洵面無表情地點頭：「是啊，技術爛死了，跟狗一樣只知道啃。」

常亦乘愣了愣，徹底沒了聲音。得益於他的沉默，剩下一段臺階總算可以順利走完。

山巔被皚皚白雪覆蓋，地面的形狀看不清楚。但紀洵對不周山的熟悉程度不亞於天道，從背朝臺階方向的乾位開始，各個方向該走幾步，他都記得絲毫不差。

很快，雪地留下了一片錯綜複雜的腳印。

紀洵再往前踏出一步，確定好位置：「過來吧，就是這裡。」

常亦乘隔得遠遠地站著，眉頭緊鎖，眼睛裡藏著一股隨時要撲過來咬人的躁勁。

……不會是被之前那句評價氣到了吧？

紀洵清清嗓子，小聲說：「別生氣了，其實也沒那麼爛。」

「嘖。」常亦乘冷哼一聲，慢慢走過來，「上次在火車站，你也這樣說。」

愣了幾秒，紀洵才回想起來，他確實說過類似的話。

『脾氣挺暴躁的，一上來就咬，咬完就跑，像一條狗似的。』

那時常亦乘被他模棱兩可的態度刺激到了，把他按在樓梯間折騰半天，後來被紀景揚問起脖子上的傷是怎麼回事時，他就親口說出了上面那句話。

可能這就是命運吧，歷史總是驚人得相似。

紀洵莫名有點想笑，可是又不想再度刺激對方，想了想，便語氣誠懇地說：「如果跟上次比較起來，這次也……還算不錯。」

常亦乘在他面前站定，眉眼低垂：「又騙我？」

「我好歹是個正經的大學生，」身高的差異迫使紀洵稍抬起眼，視線對上不久前被他吻過的薄唇時，聲音突然就輕了下去，「別把我形容成職業騙子行不行。」

很奇怪，他沒有過這樣的體驗。明明是用眼睛注視，卻撩撥起了其他的感官。只是近距離對視一秒，他就能想起與常亦乘擁緊接吻時的滋味。

急促的呼吸，炙熱的溫度，還有靈魂一陣接一陣的顫慄。

皮膚白的壞處在此刻彰顯無遺。隨著他的眼神飄忽，望向別處，脖頸就迅速染上了一層薄紅，幾乎要蓋過皮膚上幾處凌亂的痕跡。

身處冰天雪地的不周山，紀洵卻感覺自己像被扔進了炎熱的沙灘。來自頭頂的視線帶著烈日的溫度，每移動一寸，他的神經就被燙地顫抖一次。

再這樣下去，他恐怕會成為史上首位自燃的靈。

趕在自燃之前，紀洵一咬牙，強行冷著臉說：「行了，別囉嗦了，外面還不知道是什麼情況呢。」

常亦乘愉快地低笑一聲：「好，我下次溫柔一點。」

「把手伸出來，調動靈力。」紀洵假裝沒聽見，裝出神靈教導晚輩的架勢，緩聲說，「想像面前有一扇門，輕輕按上去。」

常亦乘問：「不用放血？」

他記得山門打開時，周身浮現的紅蓮是從血霧演變而成的。

紀洵：「你母親不是那麼血腥的做派。」

就像紀洵能變出霧氣，武羅一族靈力具象化後的表現，就是紅蓮綻放。

以往常亦乘之所以用不了這招，一來是受天道的詛咒壓制，二來是他自己根本不知道這件事。如今神靈之力已經在他體內覺醒，只要心念一動，就能收放自如。

常亦乘秉心靜氣，按照紀洵的引導集中靈力。

片刻過去，他掌心浮現出一朵紅蓮的印記。

起初只是含苞待放，但沒過多久，花瓣就徐徐舒展開來。艷麗的紅蓮自他手中升騰而起，與他周身鋒利冷硬的氣質並不違和，反而別有一番詭譎的美感。

紀洵忍不住多看了幾眼，然後才伸手準備配合。

幾秒過去，無事發生。

常亦乘：「我沒做對？」

紀洵收回手，疑惑地看了看，得出答案：「應該是我剛醒來，太虛弱了。」

漂浮的紅蓮頃刻間消散。常亦乘的聲音發緊：「用不了靈力？」

「別緊張，只是暫時的。」紀洵無奈地笑道，「還好是在不周山。」

不周山能被挑選成布下共生陣的場所，正是由於此處的靈氣足夠充沛。雖然陰差陽錯地誕生了像天道那樣的惡靈，但不幸中的萬幸是，紀洵在這裡休養一陣子就能恢復。

聽他說完，常亦乘鬆了一口氣：「需要多久？」

紀洵：「幾天就夠了。只不過有點麻煩，我需要出來一下。」

「嗯？」

「就是像昏迷的時候那樣，」紀洵遲疑半拍，「你已經見過了，不是嗎？」

常亦乘恍然大悟。原來那些日子裡他看見的虛影，並不全是因為紀洵生命垂危，其中竟還有以真身現形，更能養靈的原因。可他不懂紀洵在遲疑什麼。

面對他不解的眼神，紀洵解釋道：「以前共生陣還沒出現的時候，這個地方就等於神靈們的療養院？反正大家只要受了重傷就都會過來。但靈力不穩，很多時候會影響到外表，使之也不穩定。」

靈的外表，與其自身的靈力強弱息息相關。一條小蛇剛生出神智時，也許看上去很不起眼，然而等它變得強大之後，它的外形也會隨之化作一條巨蟒。

常亦乘：「你擔心自己出來後，不會是我熟悉的樣子？」

紀洵點了下頭。

常亦乘搖頭：「不要緊。」

畢竟紀洵昏迷後出現的那抹影子，他已經看了太多天，跟他記憶中的長乘沒有任何區別。就算長乘還有什麼不為人知的形象，常亦乘也無所謂。他清楚自己愛的是誰，哪怕對方變得扭曲醜陋，都無法動搖他的愛意。

「行吧。」紀洵應了一聲，理理衣襬坐下，閉上了眼睛。

下一秒，常亦乘就愣在了原地。

此時紀洵是清醒的狀態，因此虛影浮現出來後，和他人類的身體離得不遠，大概只有幾毫米的距離，看起來不像影子，更像是紀洵當著他的面變了個模樣，一點都不古怪。換作沒見過紀洵的人來，或許還會以為他本來就是長這個樣子。

可常亦乘卻能看得出區別。眼前這人的五官輪廓沒那麼清晰，骨骼線條更顯柔和，連眼睛的形狀都稍微變圓了一點。

紀洵緩緩睜眼，一看常亦乘的表情就知道翻車了。

他略微忐忑地問：「我看起來，有多大？」

「十四、十五歲。」常亦乘如實回答。

還好還好，紀洵懸起的心臟落了回去，沒有變成小孩的模樣，不算丟臉。

誰知他剛慶幸沒幾秒，常亦乘就蹲下身來，很感興趣似地打量了他一會兒，說：「好像個子也變矮了。」

紀洵哽了一下，心想不可能吧，他是出來調養，又不是練了縮骨功，怎麼可能連人類的身體都變矮了。

就在他低頭檢查腿長的時候，一隻手輕輕揉了下他的髮頂。

「……你幹嘛。」紀洵往旁邊躲開，納悶地眨了下眼。

常亦乘：「原來你小時候長這樣。」

紀洵反駁：「我這時候已經四千多歲了。」

「誰信。」常亦乘往前靠近了些，抬起他的下巴。

虛影與身體被迫同時仰起臉，紀洵有些不服氣地瞪回去。可惜臉嫩了一點，根本沒有昔日尊貴神靈的氣勢，反倒像凡間那種玉樹臨風的漂亮少年。

常亦乘凝視他許久，才低聲感慨：「終於見到你以前的樣子，扯平了。」

紀洵很想吐槽，這算哪門子的扯平。他可是一路見證常亦乘如何從五、六歲的小可憐，長成高大冷漠的青年。相比之下，常亦乘今天不過看到了他幾千年前的模樣而已，也不知道在高興什麼。

彷彿聽見他的心聲，常亦乘說：「你這樣，看上去很好欺負。」

哦，原來是在高興這個嗎？

紀洵無言地又瞪了他一眼，戰術性地往後仰：「我警告你別亂來，共生陣正看著呢。」

「不會亂來的。」常亦乘鬆開手，話裡有幾分遺憾的意味，「怕把你欺負哭了。」

「？」紀洵不懂，他四千多歲時也算是名氣不小的靈了，怎麼會被常亦乘形容得這麼弱不禁風。

不過這麼一說，倒是讓他想起了一件舊事。

很久以前，上古神靈們決定以身鑄陣時，把剩下的幾位一起叫來，囑咐他們留下來看守共生陣。那是他第一次和武羅見面。

武羅當時不知道他是誰，見到的第一眼就調笑說：『哪來的靈，長成這副模樣，出去不怕被惡靈生吞活剝嗎？』

思及於此，紀洵領悟了。他幽幽掃了常亦乘一眼：「你跟你母親，眼光都不太好。」

常亦乘不置可否地笑了聲。

兩人閒聊的時間裡，不周山的靈氣也在悄無聲息地包裹了過來。

幾個小時過去，紀洵試著動了下手指，還是釋放不出霧氣，但骨節中的阻塞感已經減輕了許多。與此同時，落在常亦乘眼中的虛影也微妙地成長了少許。

面前的景象像一份意外的饋贈，帶著他親眼目睹長乘是如何一點一點地長大，變成後來光風霽月的風姿。也是在此刻，常亦乘才意識到，他對長乘的過去知之甚少。

靜了一會兒，他緩聲開口：「能說給我聽嗎？」

「嗯？」

「認識我以前，你是什麼樣子？」

紀洵沒有馬上回答，而是先愣了幾秒。從來沒有誰問過他類似的問題，無論靈或者人，似乎都默認他生來便是如此，以護佑天下為己任，既不求回報，也不為蒼生悲喜。

「怎麼會問這個？」紀洵不解地反問道，「認識你以前我在紀家住了很久，那時候我是什麼樣子，你應該聽他們提過才對。」

常亦乘確實聽過不少。師兄師姐們很喜歡討論獨居在雪山別處的「紀相言」，說他神祕莫測，說他矜貴清高，又說他溫和卻不失風雅。

各種片面的形容組合在一起，既是他，又不是他。

事實上，即便身為曾經最熟知於他的人，常亦乘也能感覺到，恢復記憶後的「紀洵」和「紀相言」也有一點微妙的區別。此刻坐在面前的人，相比從前要更生動一些，好像扔掉了某種包袱，終於可以灑脫地回歸本性。

常亦乘靜靜地注視著他，許久後才說：「你從一開始，就是像紀相言那樣？」

紀洵：「你覺得呢？」

「不是。」常亦乘果斷地回答。

紀洵笑了起來：「猜得還真準。」

那是太久以前的過往了，如今驟然回想起來，會給人一種回顧童年的羞恥感。可常亦乘願意了解，紀洵也願意講給他聽。

紀洵摸了下自己的耳環：「我剛出世時，其實滿花裡胡哨的。」以一句自嘲為開場白，屬於長乘的過往徐徐展開。

眾所周知，天生天養的靈，其習性與他們誕生的場所有著莫大的關聯。

例如布袋翁生於戰場，見多了殺戮帶來的慘狀，就生出了悲天憫人的慈悲心腸。

天道生於不周山，與世間最強大的力量離得最近，又知曉神靈引導靈師循規蹈矩的事情，漸漸就有了統轄蒼生的成神之心。

而孕育長乘的那塊寶地，景色秀麗，盛產美玉。

長乘的外貌似人，卻不用像人一樣從嬰兒慢慢長起。反正從他有記憶開始，差不多就是七、八歲小孩的模樣。

那裡鮮少有其他生物出沒，長乘待著無聊，只好撿玉石來玩。一般人眼中價值連城的寶物，到他手裡就跟河灘邊的鵝卵石差不多，不夠好看的隨手扔掉，好看的就留下來打磨成喜歡的形狀。

後來有一隻惡靈闖進山來，被他重傷後倉皇逃竄，他一路追蹤下了山，解決掉那隻惡靈後，才驚訝地發現山下是完全不同的世界。

小時候的長乘好奇心很強，他偷偷躲在村子裡，仿照人類小孩的打扮，為自己變出一套衣衫，自以為偽裝得天衣無縫，可以混進小孩堆裡玩耍，誰知一出去，就被村裡的大人團團圍住了。

原因很簡單。他那副細皮嫩肉的模樣，就不像村裡小孩該有的樣子。

所幸村民沒有惡意，以為他是被精怪從城裡抓來的，主動提出將他送回去的主意。

進城的一路，長乘才知道，自己剛剛解決掉的惡靈，原來就是村民們口中所說的精怪。那隻惡靈在附近作惡多時，不知害得多少人家破人亡，包括同行的大嬸，就有個孩子被惡靈吃掉了。

大嬸提起夭折的孩子，眼淚直流。長乘不知道該怎麼安慰她，隱約覺得這種時候應該送點能讓大嬸高興的東西。於是在眾目睽睽之下，他掏出了一大把晶瑩無瑕的玉石。

毫不誇張地說，周圍的人眼睛都瞪直了。大嬸更是嚇得把眼淚都憋了回去，連聲勸他快收起來，還說等見到他的父母，必定要好好問問，如此貴重的東西怎麼能讓一個小孩拿著。

長乘懵懂地聽著，大概明白了這些小玩意兒很值錢。可錢是什麼，他卻理解不了，又不好意思多問，怕顯得自己過於蠢笨。

進城後，市井的繁華很快就吸引了他的注意力。其實按照後來的眼光，那座城池實際上相當簡陋，但對當時的長乘來說，這卻是他生平見過最熱鬧的地方。

他有心想獨自逛逛，乾脆隨便指了個方向，說自己家在那邊。送他過來的村民們猶豫了一下，見他態度堅定，就只囑咐了幾句便準備離去。

臨別前，長乘送了他們一人一塊玉石。那時候他讀不懂眾人眼中的驚喜，也不知道那小小一塊玉石，足夠換來一家老小半輩子的衣食無憂。

他被山下的世界徹底吸引住了，在城中逗留了大半個月才回去。

回去後，他做了一件至今想起來都有些好笑的事。

「我學著城裡那些人的打扮，」紀洵往身上指了一圈，「替自己做了很多首飾。」

上古時期製作工藝有限，首飾的樣式也很簡單，他稍加琢磨就學會製作方法了，而且他比普通人土豪多了，脖子上能掛幾條項鍊就掛幾條，玉石能選多大顆就選多大顆。做完這些以後仍嫌不夠，還挑了一塊質地最好的頂在腦袋上。

正如他自己評價的那樣，花裡胡哨到了極致。

常亦乘沒想到紀洵還有那樣審美堪憂的過去，愣了一下，才忍著笑問：「然後呢？」

紀洵嘆氣：「然後就去丟人現眼了。」

第二次下山，長乘沒再從村子裡路過，而是直接進了城去。

剛進去時，每個看見他的人都嚇得瞠目結舌。他那時十分得意，完全沒發現別人看他的目光，用現在的話來說就是「我靠，哪裡來的智障」。

不過隨著圍觀的人越來越多，他終於意識到不對勁了。情急之下，他扔掉那些首飾，落荒而逃，好長一段時間都不敢再出去露面。

等他再度按捺不住好奇心下山時，世間早已過去了十餘年。

昔日的村落荒無人煙，繁華的城池也淪為了廢墟。

他不知道那些人去了哪裡，只能站在河邊，看著奔流不息的河水出神。明明這一次，他小心翼翼地正確模仿出了凡人的裝扮，卻再也沒有人過來看了。

那是長乘生平頭一次體會到，什麼叫做孤獨。

他在河邊站了很久，才看見一個乞丐模樣的小孩偷偷摸摸地從地底爬出來。小乞丐告訴他，幾年前的某個深夜，有隻怪物從天而降，是它噴出的火焰吞噬了整座城池，將周圍的村落都燒成了焦土。

『怪物還會再來。』小乞丐把剛從河裡抓到的魚遞給他，『你拿去，快藏好。』

長乘沒有接下，而是問清了怪物的長相，轉身離去。

三個月後，在又一座城池即將覆滅之前，長乘殺死了那隻以縱火取樂的惡靈。

惡靈死前問他：『你是靈，為何要幫他們？』

『他們沒做錯事。』長乘這麼回答對方。

無論是好心送他回家的村民，還是城中圍著他大笑的人，他們都沒有做錯任何事，不應該在一夜之間葬身火海。

從那一天起，長乘依稀明白了自己應該做什麼。

他依舊對世間充滿好奇，便開始周遊各地，遇到有惡靈作祟就出手解決。要是太平無事，就在當地住上十天半個月。有時候興致來了，還會跟人類小孩一起嬉戲打鬧。

期間偶爾遇到其他善靈，都會換來一句「你不太像靈」的評價。長乘不認為這有哪裡不好，縱使後來他發現人也有善惡之分，但算來算去，還是對他心存善意的占了多數。

改變他的，是數百年後的一件小事。

那時他途經一個村子，聽說有位老人每晚都做噩夢，夢裡全是過世的親人向他索命，老人本來年紀就大，再被接連嚇了大半個月，眼看就快不行了。

起初長乘以為是老人平時作惡多端，才導致心裡有鬼。但一查之後才發現，原來是他家屋梁上有隻能入夢的靈在搗亂。那隻靈不算惡靈，就是生性調皮、喜歡嚇人，加上老人體虛，更容易侵入，才成為了它戲弄的目標。

長乘勸走了那隻靈，也治好了奄奄一息的老人。

剛開始進展得很順利，老人沒過兩天就清醒了過來，到處跟人說他醫術高明，引得周圍的人都紛紛趕來，不是說這家有人生重病，就是說那家有人受傷，反正都是來求他幫忙的。

長乘反正沒事，便一一應允，暫住在老人家中替人看病。只不過他不想暴露自己的身分，治療時都會避開旁人，還會用霧氣讓對方熟睡後，才開始下一步動作。

意外發生在半年後。

有幾個小孩在他治病時推開了門，他們看見了濃濃黑霧包裹在病人身上，而那些詭譎的霧氣正是從長乘手中流轉而出的。古怪的一幕嚇得他們驚慌失措，放聲尖叫。

叫聲引來了村民，小孩們齊齊指向長乘，說他是個妖怪。而偏偏運氣不好，當天夜裡，那個曾被噩夢纏身的老人去世了，壽終正寢而已。但放在眾人眼中，則成為了長乘心懷不軌的鐵證。

被村民們舉著火把趕出村子的時候，他踩過田邊的野草，依稀想起今天帶頭開門的那個小孩。小孩前兩天跟他說，等春天到了，草叢裡會長出好看的花，還說到時候要采一束花送給他。結果花沒等到，他自己倒是先被驅逐了。

「那時我才明白，其他善靈說我『不太像靈』是什麼意思。」紀洵淡淡地笑了一下：「和人走得太近，卻忘了自己根本不是人。在普通人看來，我和傳說中的妖怪也沒有分別。」

從那以後，他就過上了離群索居的生活，變成了別人眼中疏離清冷的神靈。

靜了片刻，常亦乘問：「那你當初，為什麼願意親近我？」

「什麼親近啊，說得好像我早有預謀一樣。」紀洵「嘖」了一聲，抬眼望著他想了想，說，「可能是因為……剛到紀家的你，跟那時候的我有點像。」

分明沒有惡意，卻身不由己地招來憎恨。

常亦乘：「現在還難過嗎？」

紀洵搖頭：「早就想開了。我活了這麼久，要是連這些小事都耿耿於懷，那不得活生生把自己氣死。」

這句話不是騙人的，他確實想開了。但對於剛知道這件事的常亦乘而言，卻不是三言兩語就能抵消掉的鬱結。

常亦乘垂下眼，視線掃過紀洵唇邊釋然的笑意，緩聲說：「把眼睛閉上。」

「？」

「……閉上。」

紀洵無言地闔上雙眼，心想，常亦乘肯定是要親他。他雖然沒談過戀愛，但相關的招式還是知道不少，網友們不是常說嗎，男朋友不開心怎麼辦，當然是親一親就會好啦。

親就親吧，哪怕有點老套，但只要常亦乘如他之前保證的那樣溫柔一點，那也不錯。

紀洵半是忐忑、半是期待地做好了準備，誰知常亦乘反而不知在猶豫什麼，半天都沒有動靜。

完了，這人該不會……是不知道該怎麼溫柔地接吻？

紀洵心裡「咯噔」一聲，正想算了，要不然還是由我來吧，就忽然感覺有人靠了過來。

常亦乘含住了他的唇瓣，像是極力克制咬下來的衝動，輕且緩慢地吮著。和預想中的一樣生澀，可又比想像中的更加溫柔。

紀洵的神經一顫，心臟跳得彷彿快要蹦出體外。他萬萬沒想到，原來戾氣十足的人溫柔起來，竟是如此地讓人心潮澎湃。

一個淺嘗輒止的吻結束，紀洵還不太能回過神來。他慢慢掀開眼皮：「你……」

剩下的話戛然而止。

眼前是男人白淨瘦削的手掌，掌心一朵妖豔的紅蓮，隨著他的呼吸起伏綻放開來。

常亦乘看著他，低聲說：「他們沒送的花，由我來給你。」

從前在雪山時，常亦乘也曾送過花。不過那時他沒有太多特別的想法，只是一種更為純粹的習慣，想把自己見到的、覺得有意思的東西，一股腦地往紀相言的住所搬。有時是開在陡峭懸崖上的花，有時是色澤艷麗的小鳥或昆蟲，有時甚至是在比試中打敗師兄贏來的靈器。

每回收到常亦乘的禮物，紀洵都哭笑不得。花還好說，找個白瓷瓶子裝起來，放在屋裡也能當作一件擺飾。鳥啊昆蟲之類的，他是真的沒有這方面的愛好，只能等常亦乘走後，再悄悄將其放生。至於靈器，對他而言用處也不大。

不過常亦乘從小就很執拗，紀洵不肯收的禮物，他便認定是那靈器不夠好，拿回去也不愛惜。過幾日再問起來，就不知道被扔到哪裡去了，敗家程度讓其他紀家弟子氣得牙癢癢。

其實後來常亦乘再長大一些，一度後悔過當初那樣毫無章法地亂送禮物。畢竟收禮的人，似乎沒有表現出對那些小玩意兒的喜愛。

所以這時的他看著紀洵，語氣有些忐忑：「喜歡嗎？」

紀洵笑了起來。他試探著碰了下紅蓮的邊緣，由靈力化作的花瓣往外一捲，裹住了他的指尖，像被人輕輕握進掌心，傳遞出曖昧的溫暖觸感。

這大概是他漫長的一生中，見過最漂亮也最喜歡的花了。出現的時機恰好，不偏不倚地開在了他的心口上。

「喜歡啊。」

紀洵輕聲回答的同時，微低下頭，動了動手指。

身體還未完全恢復，只能釋放出一絲微弱的霧氣。霧氣的顏色很淺，映在雪地裡近似於透明，緩緩纏上常亦乘指骨的下一刻，就被紅蓮的輝光染上了一層濃郁的顏色。

如同一條紅線，悄然勾住了彼此的手。

◎

三天後，兩人打開了不周山的山門。

離開前，紀洵回頭深深地凝視了一眼。

不周山寂靜無聲，頂峰極其罕見地有天光灑落，將山間的一草一木照出清晰的影子，彷彿長眠於共生陣中的諸位神靈，在向世間最後一位神靈告別。

一陣微風拂來，山門處蕩起迷離波紋。

再一眨眼，面前出現了一片廣袤無邊的森林，共生陣的祕密再次被藏在了密林深處。

恍惚中，紀洵想起上一回造訪的時候，那時他身邊站著四位舊友，大家依照古時的習俗，向陣中神靈躬身長拜了很久。這一次他身邊的人換成了常亦乘，但該有的禮節還是不能忘。

他拱手持於身前，朝著山門的方向彎下了腰。

常亦乘根本不知道還有這種規矩，見到眼前的一幕，便也上前幾步行禮。不過這個動作他做起來不如紀洵風雅，動作過於俐落，反倒像是剛跟人過完招，下一句就要說「承讓」了。

紀洵直起身：「其實你不必跟著做。」

「嗯？」

「神靈們走前，沒有要求後世的靈必須參拜。」紀洵邊往山下走，邊說，「只是我們幾個覺得，需要感謝他們當初主動提出讓我們留下來。」

包括長乘與武羅在內，在共生陣落成之前，他們都屬於神靈中最為幼小的幾位。倘若那些年長的神靈稍有私心，強行命令他們以身殉陣，他們根本就沒有違抗的餘地。

上古神靈的善意，不止留給了人類，也留給了他們。

常亦乘：「那我更應該行禮。」

「謝謝他們讓我活到幾千年後，遇見了你？」紀洵笑著問。

「不止。」常亦乘回道，「也要多謝他們，沒在我親你的時候，跳出來把我扔下不周山。」

紀洵：「……」

他抿抿嘴角，很想現在就為他科普一下共生陣到底是怎麼回事。

神靈們留在陣中的神識，說白了就跟武羅當年留在書生身上的靈力、以及他曾經留在常亦乘身上的清心陣類似，遇到關鍵的時候就會發生作用。但這並不代表他們還能知曉陣中發生的其他小事。

然而或許是心虛作祟。紀洵剛要開口，突然就遲疑了半拍。

共生陣……應該……是不知道的吧？

可是……自從他醒來後，他們倆在不周山度過的這幾天，仔細想想，也是很不要臉地在如此神聖的地方接吻了好幾次……這真的能算是小事嗎？紀洵莫名變得不確定了起來。

有時候人就是如此矛盾，明知道理論上不可能，但又忍不住想「萬一呢」。

要是萬一真的變成了現實，那簡直就是一場前無古人、後無來者的大型社死現場。

受到腦海中荒唐的念頭影響，接下來的一路紀洵都沒什麼說話，偶爾不小心抬眼看見常亦乘的嘴唇，還會下意識地神經一顫。

常亦乘不知道他在想什麼，只從他微妙的神情裡察覺出異常：「怎麼了？」

「你還好意思問。」紀洵鬱悶地回道，「好端端的胡說些什麼，害我現在特別害怕，要是以後再有誰發現了共生陣的祕密，會不會發現陣法式樣上多出一行字，說『長乘在此作亂，荒淫無度』呢？」

想想真是一張老臉都丟盡了。

常亦乘沉默幾秒，才出聲糾正：「先作亂的人是我。」

問題的重點在這裡嗎？紀洵睨他一眼，正想吐槽回去，就聽見常亦乘繼續說：「何況真正荒淫的事，我還沒做呢。」

「？」

紀洵的腳下一個踉蹌，不敢接話了。他清清嗓子，很沒出息地轉移話題：「說起來，你記得我們在不周山上待了多久嗎？」

常亦乘搖了搖頭。

「我也不太清楚。」紀洵皺眉，「手機沒電看不了日期。該不會已經過去了……」

話還沒說完，前方不遠處出現的人影就否定了他的擔憂。

蒼綠重疊的樹影間，紀景揚的花襯衫格外顯眼。

而在他身後，好幾個或眼熟或陌生的靈師，還在忙著指揮各自的善靈四處尋找他們的蹤跡。這群人也不知在山上搜尋了多少天，個個步履蹣跚，蓬頭垢面。

紀洵停下腳步，靜默片刻，感慨般地笑了一下：「你看，有人來接我們回家。」

常亦乘順著紀洵的視線朝遠處望去，愣了愣神。

可能就是在這個瞬間，他忽然意識到，人類這種複雜難測的生物，的確值得那麼多靈去守護。

「嗯。」常亦乘很淺地笑了笑，「是該回去了。」

終章　教導無方

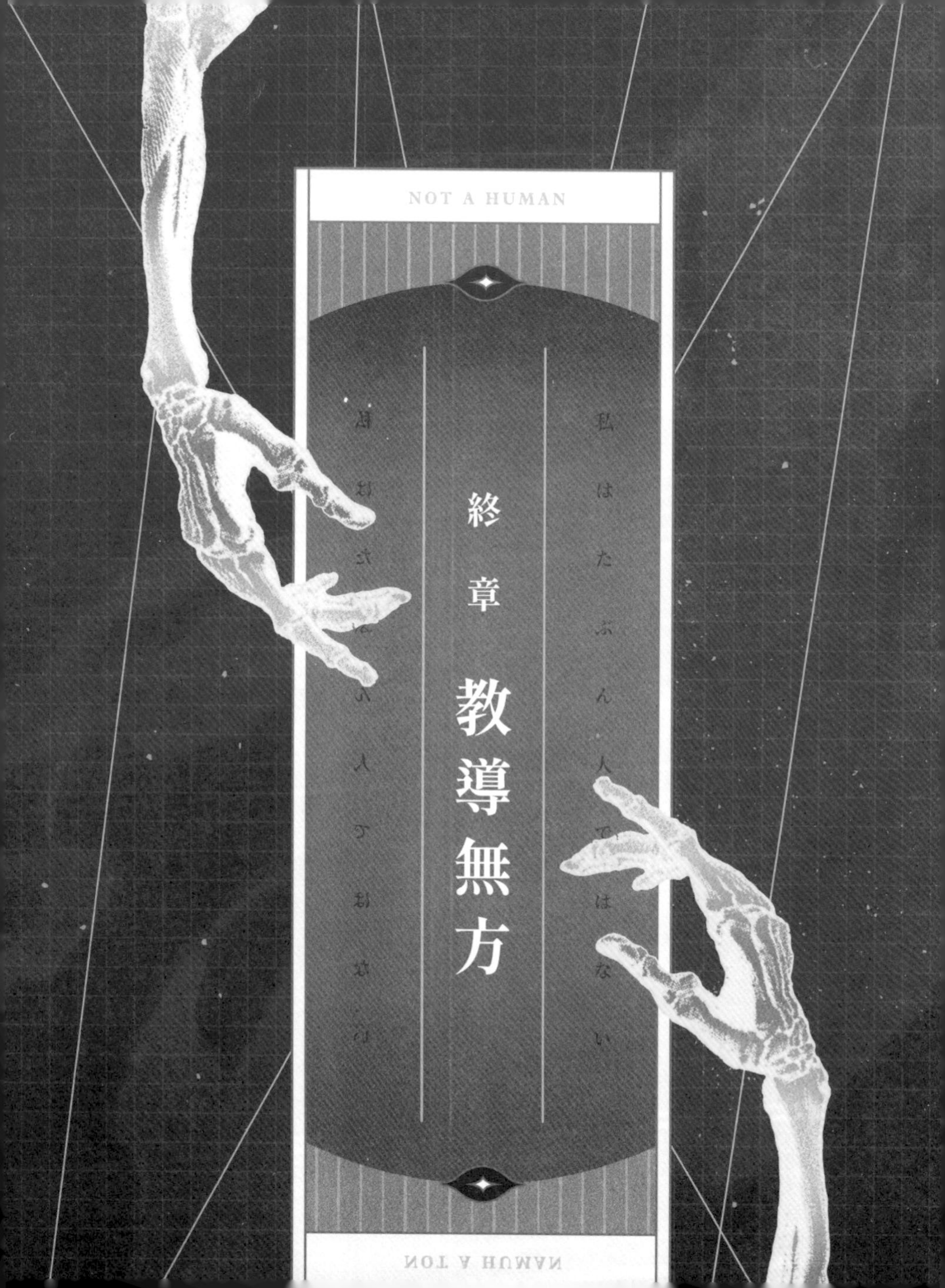

再次回歸人類的世界，紀洵有種恍若隔世的感覺，特別是看到紀景揚那張熟悉的臉，更讓他在心中生起無限的感動。可惜他的感動沒能持續太久。

紀洵也是後來才知道，他和常亦乘在不周山內停留了將近兩個月，靈師們那邊稍微安定下來後，就聯合特案組馬上派人回門曲來尋找他們。

做為他名義上的哥哥，紀景揚在李辭清醒的當天晚上，就踏上了出發尋親的路。

算下來，這群人至少在群山間搜尋了一個半月。因此一見到他們，所有人先是欣喜若狂地歡呼起來，歡呼過後，身體和心靈的雙重疲憊就洶湧而至。

那場面真的像變戲法似的，前一秒還在熱淚盈眶，後一秒便收回與自己共生的靈，集體轉身：「累死了，收工收工。」

然後一回到門曲火車站外面那家旅館，眾人如鳥獸散，紛紛回到各自的房間，大門一關，開始補眠。連紀景揚都只多說了一句：「等我醒了請你們吃飯。」

紀洵站在大廳的櫃檯邊，和常亦乘面面相覷。過了好半天，兩人才不約而同地啞然失笑。

「這下該怎麼辦？」紀洵無奈地揉揉眉心，「要不然，我們也、回房間？」

不知是不是專門安排的，前陣子他跟常亦乘短暫待過的那個房間還空著。紀洵從櫃檯找到房卡，推門進去後，發現他們的行李還整齊地擺放在牆邊，彷彿大家都默默地認為他們總有一天還會回來。

以他們如今身為靈的狀態，吃飯睡覺這些瑣事是屬於可有可無的行為，可看見房間裡這張床，兩人對視一眼，遲來地露出了劫後餘生的表情。

不睏，但經歷過生死徘徊後，他們確實需要靜下來休息一下。

紀洵走進浴室洗了個澡，出來後倒在床上，腦袋剛碰到枕頭就沉沉地睡去。

這一覺他睡得無比安穩。要不是早上感覺呼吸有點困難，他恐怕能一覺睡到明天下午。

睜開眼時，紀洵借著窗外朦朧的晨光，看清了造成他呼吸困難的元凶——常亦乘以單手撐在他身側，正低著頭，一下一下地吻著他的嘴唇。

「……你是上癮了嗎？」紀洵揚起頭，與男人交換過纏綿的呼吸，「睡覺的時候都不消停？」

常亦乘漆黑的雙眸目光灼人，連帶著嗓音也有些沙啞：「你睡在身邊，我忍不了。」

說來也怪，從前那麼多年都隱忍地克制過來了，如今竟連幾小時都嫌難熬。

紀洵抬眼與他對視少頃，笑容逐漸從唇邊蔓延到眼底。

他眼尾那兩顆淺痣在昏暗的光線下很不明顯，常亦乘卻被他的笑容蠱惑著，俯下身時快時慢地舔舐著他的淚痣。

紀洵被舔得蜷縮起手指，抓緊了床單，氣息不穩地說：「別在這裡亂來。」

「嗯，我知道。」常亦乘得寸進尺地壓在他身上，轉而折磨起他的耳廓，像在故意逗弄似的，低聲說，「捨不得讓他們聽見你的聲音。」

紀洵腦子裡「嗡」的一聲，炸得他暈乎乎的。根據眼下的情況來看，對方指的是什麼聲音，答案完全是呼之欲出。

他沒好氣地側過臉，咬了下常亦乘的肩膀，故作凶狠：「意思是說，我還應該謝謝你了？」

「嘶。」常亦乘低吟一聲，語氣變了個調，「別咬。」

一整個就是易燃易爆的危險未爆彈。

紀洵這下子是真的不敢動嘴了，只能拿出哄大型犬的職業素養，輕緩地揉了揉男人的後腦杓。等他那股躁動的情緒稍微平緩了些，紀洵才小聲問道：「現在幾點了？」

安撫的手段似乎很受用，常亦乘的腦袋在他脖頸間蹭了幾下：「不知道。」

話音剛落，外面就響起了敲門聲。

美好的溫存時光被打斷，令常亦乘不爽地皺緊了眉頭，直到敲門聲第二次響起，他才很不情願地從紀洵身上爬起來去開門。

大概是他的臉色太難看，門外的紀景揚愣了愣，腦子一熱，問道：「這麼久才開門，我沒打擾到你們的好事吧？」

「……」

紀洵倏地坐起來，趕在常亦乘說話前跳下床，撲到門邊，「沒有！」

「真的假的？」紀景揚面露狐疑，尾音上揚。

紀洵被他看得越發心虛，慌忙地理了下凌亂的領口，強行提問：「一大早的，找我們有什麼事？」

他變了，真的變了，紀景揚暗自唏噓。從什麼時候開始，他的好弟弟說話時都會自動把常亦乘包括進去，用「我們」來指代他們倆密不可分的關係。

唉，惆悵。

紀景揚嘆了口氣，才說：「哦，本來在昨天就該說的。特案局的局長讓我找到你們後，問一下你們有沒有興趣進特案局。」

直到此時，紀洵才知道觀山與特案組重組的消息。但很快的，他不假思索地拒絕道：「我還是更希望……」

「做個獸醫。」紀景揚心領神會地接話，「以前我不懂你幹嘛對當獸醫那麼執著，不過現在我理解了，你做了那麼久的神靈，再為愛發電也該感到厭倦了，休息一段時間也好。」

紀洵正要說話，紀景揚又嘆了一口氣。「但是弟弟啊，你有沒有聽過一句話，特別適合說給你這種沒接受過社會毒打的天真大學生聽。」

「啊？」

紀景揚義正詞嚴：「求職的盡頭是國考。」

「……」紀洵的內心一片荒蕪，若非顧念紀景揚找他們找了一個多月，他肯定會當場把門拍到這個人臉上。

令他萬萬沒有想到的是，常亦乘竟在這時候開口了。

「我願意去。」他這句話說得平靜，好像只是在談論今天的天氣不錯。

紀洵和紀景揚同時轉頭，驚訝地望著他，就差把「你不是對保護人類沒興趣嗎」一行大字寫在額頭上了。紀景揚十分意外：「你確定？」

「嗯。」常亦乘的回應依舊平靜，他的視線掃過紀洵詫異的雙眼，緩聲說：「那些不屬於你的責任，我想替你分擔掉。」

⊙

就為了常亦乘這句話，回濟川的途中，紀洵反省了一路。

紀景揚調侃他不願意再為愛發電，他可以當作是一句玩笑話，聽過就算了。但常亦乘要替他分擔所謂的責任，他就不能視若無睹了。

到底是哪裡出了問題？

紀洵想不明白，他認為兩人重逢以來，自己應該沒有表現出對守護蒼生的厭倦。

之所以還打算做獸醫，主要是因為他算是比較特殊的靈，光看紀老太太在靈師面前對他畢恭畢敬的態度，就可以預想到進了特案局以後，肯定會讓其他人做起事來束手束腳。與其那樣，還不如另立門戶，反正要是真出了什麼麻煩事，他也會願意出面幫忙。就是不知道哪裡出了差錯，才引來了常亦乘的誤會。

由此可見，戀人之間不能總沉迷於親親抱抱，關於未來的規劃也需要及時交流才對。

紀洵覺得自己無形中領悟了一點戀愛技巧，決定回家後再跟常亦乘好好談談。

誰知剛出機場，一輛黑色商務車就停在他們面前。

開車的是紀家的某位靈師，他搖下車窗後說：「老太太想見您。」

「她在哪裡？」紀洵問。

靈師回道：「老宅。」

紀家老宅位於濟川市中心附近。

房子是上個世紀初留下來的老洋樓，前後各帶上百平方公尺的花園。站在院牆外看過去，會給人一種神祕的深宅大院的印象。

紀洵很少會來這裡，以往每逢過年上門拜訪，就越發體會到自己在紀家有多不招人待見，連帶著對這棟老宅的觀感也不太好。

可今天下車後，他看了門前灑滿夕陽餘暉的榕樹一會兒，卻意識到這棟老宅其實是一座牢籠，百餘年來，紀秋硯都固執地將自己關在了裡面。

沿著門廊走進去，屋裡開著燈，將一抹佝僂的影子映在了老式花窗上。

紀洵的腳步驟停，他轉頭望向常亦乘。常亦乘明白他在驚訝什麼，便輕輕在他後背推了一把：「去吧，我在這裡等你。」

穿過門廳時，紀洵邁向客廳的腳步有些遲緩。還身在門曲的時候，他就得知了紀秋硯開始變老的消息，可是當明顯呈現出老態的身影映入眼底時，他終歸還是難受了起來。

濟川這幾日天氣熱，紀秋硯卻還在旗袍外搭了件米杏色的勾花開襟外套，坐在深色的沙發上，將她的身形襯得更加纖瘦。

聽見逐漸靠近的腳步聲，她揚起頭，眼尾的皺紋擠作一團：「你來了。」

很尋常的一句招呼，彷彿紀洵不是剛從生死邊緣回來，而是從世紀家園出發，到她這裡來喝個茶聊聊天而已。

紀洵的喉嚨有些哽住了，所以只回應了一聲「嗯」。

「坐吧。」紀秋硯指了指矮茶几上的點心，「我叫他們買了些你小時候愛吃的，就是不知道還合不合你的胃口。」

紀洵自己都記不太清，上一世他愛吃什麼。

紀秋硯見他沒有動作，便遞了一塊棗花酥過來：「從前你身體差，想吃這些我都會攔著你。現在好了，要多少阿姊都能給你。」

「謝謝。」紀洵說完，才察覺自己的語氣稍顯生疏。

紀秋硯瞥他一眼：「瞧你這副樣子，我有那麼老？」

看著眼前這張臉，不管怎麼誇她不顯老，都是太過明顯的違心奉承。紀洵沒說話，只是心不在焉地嘗著棗花酥，視線掃過點心盤旁邊的幾張廣告紙。列印在銅板紙上的廣告寫著老年培訓課程的資訊，從排版設計來看，應該是走高級精緻路線的那種。但它出現在紀秋硯的家裡，還是顯得有些突兀。

紀秋硯注意到他的視線，說道：「正好，你幫我看看，我該學哪一樣比較好？」

紀洵一愣，問：「妳想報名？」

「是啊。」紀秋硯拿起廣告單，邊翻閱邊說，「我一個老太太，總該好好享受晚年生活。不然我能做什麼？難不成要窩在家裡生悶氣，罵有人臭不要臉地把我弟弟搶走了？」

「……」

紀洵下意識望向門廳，「臭不要臉」的某人正站在那裡，聽見老太太罵他也不惱，一臉「隨便妳怎麼說，反正妳弟弟我是搶定了」的坦然模樣。反倒是紀洵有點尷尬，像早戀被姊姊抓包了似的，讓他欲蓋彌彰地低下了頭。

不過經由這番話，他也聽出了別的意思。從前的觀山已不復存在，追尋百年的答案也得到了結果，在一切塵埃落定的時候，紀秋硯也終於放下了。

她不再是德高望重的紀當家。而是想在餘生裡，依照自己喜好而活的一個人。

隨著這個念頭升起，紀洵心中的惆悵也一點一點地淡去。他吃掉那塊棗花酥，拿紙巾把手擦乾淨，湊過去了一些，向紀秋硯問道：「這些課程裡，妳喜歡哪一樣？」

紀秋硯說：「武術。」

紀洵哽了一下，忍不住吐槽：「以妳的實戰水準，報武術班不是去上門踢館嗎。」

「所以才叫你過來，」紀秋硯鬱悶道，「我覺得這也好那也好，拿不定主意。」

紀洵看著她擰緊的眉心，依稀感覺這一幕似曾相識。

一個久遠的畫面浮現在他的腦海中。那應該是紀秋硯才十二、三歲的時候，她坐在老家的屋子裡，愁眉苦臉地聽家裡請來的老師長篇大論，批評她字寫得難看，不僅沒有大家閨秀的樣子，而且寫得還不如她年幼的弟弟。

『做靈師何必寫一手好字。』後來紀秋硯還向他抱怨，『惡靈又不是見我的字寫得好，就會磕頭認錯。』

上一世的紀洵不解地問：『阿姊，他罵妳罵得好凶，妳怎麼不罵回去呢？』

紀秋硯皺眉，偷偷往窗外望去：『瞧他那副斯斯文文的樣子，我怕我把他罵哭了。』

說完，她的唇邊揚起了含蓄的笑意。如今想來，那便是含苞待放的少女心事，可惜來不及等到它盛放，便被亂世的風雨從枝頭上打落。

紀洵伸手指了一下：「要不然就學書法好了。」

紀秋硯愣了片刻，眼珠子一轉地瞪過來，昔日嬌蠻少女的風采立時回到了她的臉上：「你這是在故意取笑我，是不是？」

「沒有。」紀洵彎起眼，「我哪敢取笑阿姊。」

久違的稱呼從他口中喊出，讓屋內的空氣也瞬間凝固。

許久過後，紀秋硯輕聲笑了笑。她的笑聲帶著老人特有的沙啞音調，可相比以往，卻要暢快許多。

反噬消散，歲月在她臉上留下了真實的痕跡，但又悄無聲息的，讓她做回了真正的紀秋硯。對她而言，年輕的容顏不再，其實是一件好事。

紀秋硯把廣告單放回矮桌：「我已經聽說了。他為了你，願意去特案局。」

消息還滿靈通的，可見紀當家的影響力還在。

「我活了一百多年，今後還能活多久，誰也說不清。可是只有現在，我才是最輕鬆也最快樂的。」紀秋硯拉過紀洵的手，像小時候那樣拍拍他的手背：「但你的未來還很長，阿姊希望你也能活得輕鬆一些。哪怕時間短也不要緊，你該體會一次什麼叫自由自在。」

紀洵反握住她的手指：「……好。」

姊弟交心的溫情氛圍，在下一刻被紀秋硯親自破壞。

她冷哼一聲：「算他識相，能替你考慮到這些，否則我管他是什麼來頭，都不會允許他靠近你半步。還有，他要是敢欺負你，你儘管來告訴阿姊，我拚了這條命也絕不會放過他。」

「那妳恐怕沒那個機會。」

身後傳來的冷淡男聲，促使紀洵連忙轉頭。

常亦乘不知何時靠在了兩個房間交界的門邊，冷眼看著老太太：「他是我最重要的人，我不會欺負他，也不需要妳拚命。」

紀秋硯毫不示弱：「是嗎。那上回他脖子上的傷，是誰咬的？」

紀洵：「……」不是，你們鬥嘴就鬥嘴，提這件事幹嘛。

他惱羞成怒，猛地一拍桌子：「加起來都一千多歲的人了，能不能別這麼幼稚！」

既然神靈大人都發話了，靈和靈師也就都閉嘴了。只不過兩人的眼神還在持續交鋒，看得紀洵很想找個地洞鑽進去。

完全想不通，他明明是個靈，為什麼還要夾在男朋友和阿姊之間，做個居中調和的倒楣蛋。

紀洵還不知道，他和常亦乘在乾坤陣中接吻的一幕，都被他的哥哥姊姊盡收眼底。特別是紀秋硯，她看到那個畫面時，滿心都是自家白菜被狗啃了的憤怒。

他只知道再待下去，這兩人如果一言不合打起來，新成立的特案局可能就要出動了。

看來此地不宜久留，思及於此，紀洵趕緊起身告別。臨走前，紀秋硯把桌上剩下的點心一併裝好，囑咐他帶回去吃。

離開老宅後，紀洵鬆了一口氣。他把點心盒子遞給常亦乘：「都是些甜的，你拿去吧。」

常亦乘沒有接過：「她不信任我。」

「還真氣啊。」紀洵哭笑不得，「你比她大那麼多歲，就不能讓著她一點？況且要不是她，我還真沒想到你去特案局，是希望我能自由一些。」

常亦乘垂眸：「所以你原本是怎麼想的？」

還能怎麼想呢，不就是以為自己哪裡疏忽了，表現出消極怠工的意圖，誤導常亦乘以為他不想管這個世界了。

聽完紀洵的解釋，常亦乘沉默了許久。直到臨近的捷運站近在眼前，才開口說：「你不會那樣。」

「你又知道了。」紀洵笑著說，「萬一我就是嫌麻煩了呢？」

常亦乘搖頭：「那你就不是你了。」

這句話說得比較晦澀，紀洵卻放緩腳步，默默在心裡回味了一番。

常亦乘理解他，並且接受他永遠不可能放下責任的想法。不需要他在戀人與蒼生間為難地做出選擇，而是堅定地讓他相信，從今以後，有人會陪他走完這條漫長的路。

從某種角度來說，這才是給了他真正的自由。

◎

紀洵想起有個快遞沒有取，已經是幾天後的事了。

他跟常亦乘的手機在乾坤陣裡徹底報廢，回到濟川的隔天上午，他們就出門去買了新的手機，同樣型號同樣顏色，很有幾分情侶款的味道。

當然，買手機的錢是紀洵付的。常亦乘從前在觀山業績感人，賺的錢除了日常開銷，就全拿去付了七〇一室的房租——暫且不提房子租來他就沒有正經地住過多久的冤大頭行為，反正綜上所述，他手頭沒錢。

紀秋硯不知從哪聽說了這件事，一通電話打過來，語重心長地勸導紀洵。

重點就是一句話：請停止養小白臉的行為。

紀洵聽完哭笑不得：「只是買個手機而已，不要說得我好像送了一套房一樣。而且他不是馬上就要去特案局了嗎，就當作是送他一件入職禮物，這樣也不行？」

提起特案局，紀秋硯就嘆了口氣。

紀洵一聽似乎出了狀況，就從常亦乘的懷抱中掙脫出來，走進廚房關上門，問道：「怎麼了？」

『特案局還在考慮。』紀秋硯回道。

今時不同往日。新成立的特案局管得很嚴，像以前那樣經由謝當家介紹就能進入觀山的情況，已經一去不復返。

其實哪怕不提常亦乘神靈後代的身分，光憑他過人的身手，就絕對是特案局需要的人才。但關鍵在於他過去有屢次毆打靈師的黑歷史。

本來特案局的想法，是如果紀洵肯來，那麼今後就由他們兩人搭檔。可現在紀洵一心從醫，特案局裡缺少能管住常亦乘的人，他們就忍不住顧慮了起來。

紀洵無奈地問：「你們沒幫忙解釋他以前是被天道詛咒了？而且當初我能管得住他，也是因為清心陣的作用，跟我關係不大。」

紀秋硯冷冷地回道：『跟你關係不大？你問問常亦乘，這句話他承認嗎？』

「……唔。」

『特案局專門跟其他靈師諮詢過了，都說他只聽你的話。』

紀洵扭頭望向客廳裡的男人，覺得哪有他們說的那麼嚴重。常亦乘現在性格很健全，不過就是私底下太喜歡肢體接觸了點，在外面話又太少了點，加上大家對他誤會太深，才會導致特案局認定他就是個問題青年。

可是千年來詛咒加身，最痛苦的明明是他自己。

想到這裡，紀洵就不開心了。他轉身將手撐在檯面上，壓低聲音：「阿姊，幫我跟特案局說一聲。他們再在那邊挑三揀四的，我就不放人了。」

『什麼意思？』紀秋硯問。

紀洵：「特案組的工作很危險，他們還對常亦乘有所戒備，世界上沒有這樣的道理。」

沉默幾秒，紀秋硯問：『你這是在、護短？』

這就叫護短了嗎？

紀洵：「更護短的話還沒說。他是我親自養大的，憑什麼讓別人來隨便猜忌，我不希望他受委屈。反正就一句話，要就要，不要就滾。」

『……』

紀秋硯的心情萬分複雜。她對紀洵的印象，除了上一世的弟弟，就是這一世性格溫和的晚輩。但無論哪個，他都不會像此刻這樣表達出如此暴躁的情緒，好像藏得很深的逆鱗被人拔了出來似的。

片刻過後，紀秋硯無奈地笑了笑：『好，我會替你轉告。』

剛結束通話，常亦乘就走了進來。他伸手把紀洵整個人攬進了懷中，順便還躬身低頭，把下巴抵在他的肩上，很低地笑了一聲。

近在耳側的低笑使紀洵一愣，「你都聽見了？」

常亦乘的語氣十分愉快：「嗯，一字不落。」

紀洵感到無言：「你還挺高興的？」

「神靈大人為了我，跟別人生氣了。」常亦乘在他頸側蹭了蹭，「怎麼辦，一想到是因為我，我就好興奮。」

紀洵不太明白這有什麼可興奮的。他還在嘗試理解「生氣」和「興奮」之間的因果關係，一隻萬惡的手就探進他的衣襬，沿著他薄韌的肌理一路探尋。

紀洵的神經猛跳，一聲輕喘被他硬生生地忍了回去。

不得不說，在如何與戀人肢體接觸方面，常亦乘堪稱無師自通的高手。他彷彿腦子裡裝了個雷達，專門用來偵查紀洵最敏感的部位，知道長著薄繭的指腹要用怎樣的力度擦過，才能讓懷裡的人顫抖得最厲害。

只可惜關鍵時刻，紀洵的手機鬧鐘突然響了起來。

常亦乘皺眉：「別管。」

「不能不管。」紀洵推開他，端著氣義正詞嚴道，「休息時間結束，我該去做正事了。」

所謂的正事，就是令人深惡痛絕的論文。紀洵「失蹤」了一個多月，論文導師不知發了多少次飆，前兩天剛連絡上就破口大罵「不想畢業就直說」，聽那個語氣，要不是看在紀洵大學四年成績全優的分上，估計是真的想讓他延畢一年。

眼看常亦乘神情不滿，紀洵安撫般地吻了下他的唇角：「只剩最後一點了，今天改完正式提交，就可以安心地等待答辯。確實不能再耽誤下去了。」

說完，為了防止常亦乘無法領悟現代教育常識，還補充了一句：「畢竟不能按時畢業的話，我就找不到工作了。」

常亦乘不知聽沒聽懂，只是「嘖」了一聲：「遲早會跟你算帳。」

紀洵笑了一下，回到電腦前摒棄雜念，專注地投入到論文當中。

陽光一格一格地爬過窗框，時間無聲地流逝。直到常亦乘接起一通電話，他才抽空問道：「是誰打給你的？」

「特案局。」常亦乘說，「他們讓我過去一趟，說想當面面談。」

常亦乘離開後半小時，紀洵終於結束了他的論文大業。

把按照規定格式改好的檔案發送給教授後，他站起來伸了個懶腰，有心想問問常亦乘那邊的進展，又怕耽誤到他們的談話。於是思來想去，他決定先下樓去一趟超市。

誰知還沒走出社區大門，一位眼熟的保全就叫住他：「你是第五棟七〇二室的租客吧？有個快遞你一直沒有拿，還放在警衛室呢，你有空就去取一下吧。」

紀洵花了快半分鐘，才想起出發去門曲前，他替常亦乘買過一個頸環。

從超市買完東西回來，紀洵順便去了一趟警衛室，當警衛把紙箱從桌下拿出來時，他愣了幾秒，腦海中冒出「紙箱怎麼比預料中的還要大」的念頭。

但念頭也就一閃而過，紀洵沒有多想，回到家時，看見常亦乘已經回來了。

「跟他們談得怎麼樣？」紀洵放下東西問。

常亦乘回道：「下週一入職。」

「這麼順利？」紀洵詫異地挑了下眉，「你們聊了什麼？」

其實也沒有聊什麼太複雜的內容，大多數時間是特案局負責解釋他們之所以有所顧慮，是擔心常亦乘可能會接受不了正規部門繁雜的約束，然後花了一個多小時，向他強調特案局的紀律性與服從性。

簡而言之，就是說明特案局的職能特殊，詢問他能不能服從安排行動。

常亦乘回答得很直接：『能。』

『我可以多問一句嗎？』參與溝通的某位隊長好奇道，『您身為不用和靈師共生的靈，為什麼願意聽從安排？』

常亦乘：『我需要一份工作。』

『啊？』對方臉上出現了瞬間的空白，估計活了大半輩子，還沒遇到過有如此真誠的求職之心的靈。

常亦乘頓了頓，說：『紀洵或許不能按時畢業，也找不到工作，我需要賺錢養他。』

『……』

眾人的心中一片荒蕪，不能畢業、沒有工作，這是你們靈該擔憂的事嗎？還有你為什麼要養他啊？是我們想像的那樣嗎，能不能詳細說說？

而聽他複述完事情經過的紀洵，默默地揉了揉眉心，十幾秒後，才艱難地開口：「誰說我不能畢業的？」

「你自己說的。」常亦乘回道。

「……我那是假設！」

紀洵終於明白，對於一個沒接受過現代教育的靈來說，畢業論文這種東西還是太過抽象了。可是一想到從今往後特案局的那些人提起他，會出現「找不到工作的留級生」的荒唐印象，他就感覺自己一世英明都毀於一旦了。

上古神靈哪忍得了這個。紀洵深吸一口氣，冷著臉說：「我需要靜一靜。」

說完，便在常亦乘困惑的目光注視下回到臥室，反鎖上門，陷入沉思。

就是很氣，但是又很想笑。

也不知道是不是他最近太執著於論文，才讓常亦乘誤以為他已經前途渺茫，而且還當著那麼多人的臉，口口聲聲地說要賺錢養他。

這跟高調出櫃有什麼差別？

紀洵把臉埋進掌心，發誓道：「我這輩子都不會踏進特案局半步。」

就在這時，外面響起了叩門聲。

紀洵一邊默念「我聽不見」，一邊拍拍臉頰，想讓臉上由於羞惱而泛紅的顏色消退。

大概是見他沒有動靜，片刻過後，門鎖被直接擰斷的聲音傳了過來。

紀洵麻木地垂下眼。他就知道，人類社會的門鎖根本擋不住常亦乘。

「你……」

頭頂傳來男人低沉的嗓音，紀洵盯著眼前出現的兩條筆直的長腿，說：「跟你開玩笑的，我沒有生氣。只不過剛開始就這麼高調，多少有點超出我的意料。」

常亦乘靜默半拍：「所以，你害羞了？」

紀洵：「唔，沒到那個程度。」

「那到什麼程度，你才會害羞？」常亦乘問，「用上它們的時候？」

紀洵：「？」

他疑惑地抬起頭，看清常亦乘手中打開的快遞紙箱時，整個人當場愣住。

如果沒看錯的話，裡面那個黑色的頸環，確實是他從網路上買來的。

可是頸環旁邊擺放的手銬……

紀洵的心中警鈴大作，連忙掏出手機確認，結果剛打開購物軟體，就發現賣家一個多月前傳來了一大段密密麻麻的訊息。大意就是說，為了感謝支持，店家特意贈送了一個新品，希望他以後經常光顧，文字最後還俏皮地來了一句「滿意的話記得打五星好評哦」。

哦，哦你個鬼。

事到如今，紀洵當然明白，他當初好不容易萬中選一的商品，到底還是出了點微妙的差錯。退出介面時，他的聲音有點顫抖：「我必須解釋一下，它的商品介紹寫得很正經。」

常亦乘看了他一眼：「是嗎。」

下一刻，冰涼的金屬觸感貼上了他的手腕。

「那你想不想試試看，」帶著蠱惑意味的低語籠罩住紀洵的身周，「它究竟有多正經？」

紀洵咽了口唾沫，眉眼低垂，沒有說話，猶如一次無聲的邀請。

強勢的力道將他往後推倒，後背碰到床墊的瞬間，隨之響起了兩聲「喀噠」輕響。手銬輕晃幾下，映射出穿透窗簾的陽光，陽光纏繞過床頭的欄杆，束縛住了紀洵瘦削的雙手手腕。

常亦乘漆黑的眼眸中有暗潮湧動，一聲低啞的嘆息過後，他俯身壓了下來。

臨近黃昏，夕陽的餘暉橫斜灑落。那是一種極暖的色調，在紀洵頸側掃過微微泛紅的光影。常亦乘追逐著光影的痕跡，一寸一寸地吻上去。起初吻得又急又重，如啃咬似的，激起紀洵下意識的掙扎。後來他學乖了，呼吸綿長而溫熱地落下來，將萬般愛意盡訴於其中。

取而代之的，是目光每分鐘都比上一分鐘更為灼熱，如同室內不斷攀升的溫度般，燙得能把紀洵所有的神經都融化掉。

紀洵不太敢跟他對視。常亦乘長著一張不太好相處的臉，眉眼鋒利，眸光冷淡的時候會讓人聯想起被刀刃貼近動脈的恐懼。可當他的眸光染上了欲望的溫度時，恐懼就會從靈魂深處被勾出來，變成另一種情緒，如電流般貫穿全身。

紀洵半闔下眼，睫毛密長地交錯出濃濃的陰影。

「看著我。」常亦乘捏住他的下巴，強迫他抬起頭來，「我說了要跟你算帳，別想躲。」

紀洵徒勞地側過臉，想在即將缺氧的危險氛圍裡獲取到新鮮的空氣，但立刻就有人堵住了他的呼吸，在他的唇齒間肆意掃蕩。

一個吻結束時，夕陽徹底墜入了夜幕之中，房間的光線變得昏暗，造成一種會讓人以為自己進入了乾坤陣的錯覺。而由錯覺延伸開來的認知，便是無論在這裡如何放縱，都不會有人來打擾放下所有顧慮的他們。

紀洵的耳垂泛起一層緋紅色，不自覺地咬緊下唇，皺了皺眉。

常亦乘含住了他的喉結：「在想什麼？」

紀洵沒辦法回答，他害怕一開口自己就會發出奇怪的聲音，會讓呼吸更加錯亂幾分。

常亦乘笑著，伸手碰了下欄杆上的手銬：「我知道，它鎖不住你。」

紀洵泛起水霧的雙眼突然睜大。不過是一副普通的手銬而已，怎麼可能鎖得住身為神靈的他。他如果不願意，完全能輕鬆掙脫所有的束縛。

短短一句話，戳穿了紀洵偽裝的殼。這等同於一場明目張膽的宣告，讓他清楚地意識到，這一切都是他心甘情願的結果。

觀察著他的反應，常亦乘的眼底掠過一道複雜的情緒。

從門曲回到濟川已經好幾天了，就因為那個破論文，好幾次臨門一腳都不幸被打斷。就在幾小時前，他還站在廚房裡惡狠狠地警告紀洵，說「遲早要跟你算帳」。

結果真到了現在，又不忍心算得太過火。

從前的預料沒有出錯，某些時候神靈大人的嘴真的是倔得不得了，明明目光都開始散亂了，還是裝模作樣地不肯出聲。

就跟紀洵有好長一段時間都不肯承認他愛他一樣。

但也沒辦法。看著這樣的紀洵，他沒辦法像曾經想的那樣，生生把紀洵逼到崩潰，再讓他陷入沉淪。

疾風驟雨的攻勢在下一秒緩了下來，常亦乘一生的耐心恐怕都用在了這一刻。他低著頭，溫柔吻過紀洵眼尾的動作帶了點哄人的意思，最後停在他的耳邊，低聲安撫道：「沒事，你可以叫我的名字。」

近在耳側的安撫猶如咒語響起，擊潰了紀洵所剩無幾的理智。

「常亦乘。」

終於張開嘴唇的時候，他的嗓音很輕，稍不留神就會錯過。

可常亦乘還是聽見了。

他以溫柔得近似於虔誠的親吻，回答了神靈的呼喚。

◎

第二天清晨，朝陽初升，在窗簾上織出絢麗的光影。

紀洵緩緩睜開眼，意識還沒回籠，就先望向那片迷人的斑斕出了一會兒神，許久後才準備像平時那樣起床。可惜起身到一半，就很不爭氣地倒了回去。

他在心裡怒罵了好幾句，懷疑自己當年真的是撿了一條狗回來。

罵著罵著一轉頭，他看見常亦乘正端坐於床的另一邊，專注地看著他。

「……」有什麼好看的！

紀洵的心頭升起一把無名火，想開口說點什麼，結果第一個字還沒說出口，就發現自己的嗓子其實不太適合出聲。

「要喝水嗎？」見他醒了，常亦乘體貼地問了一句。

紀洵搖了搖頭。按照習慣，這時候他應該用霧氣來緩解不適，但他莫名地不想示弱，可偏偏霧氣已經遵循本能釋放出來了。抱著一種來都來了的想法，他掃了常亦乘身上的舊傷一眼，全是千年來在乾坤陣裡留下的傷痕，一道疊著一道，刻進了他的心裡。

沉思幾秒，紀洵抬抬手指，索性將霧氣盡數往男人那邊散了過去。

常亦乘愣了愣，意識到他在做什麼後，搖頭說：「不用，這些傷早就好了。」

紀洵眉頭擰緊，好不容易吐出兩個字：「難看。」

嘴上說得萬分嫌棄，眼神卻根本騙不了人，滿滿的心疼藏也藏不住。甚至有好半天的，紀洵都在鬱悶地琢磨一件事。

他用霧氣救過常亦乘，按理來說，陳年舊傷也早該治好了才對，可為什麼這人身上那些深淺不一的傷痕都沒能徹底復原？難道這也跟普通人美容祛疤一樣，還要按時去醫院報到，治上好幾個療程才行？還是說純粹是因為時間間隔太久，注定沒辦法消除了？

就在他萬分疑惑的時候，指間散出的霧氣忽然拐了個彎，湧向常亦乘左邊的肩膀。

兩人不約而同地愣了片刻。

左肩處有個新的傷口，傷得不重，初步判斷形成時間應該是在幾小時前。

想起傷口的來源，紀洵的心跳漏了一拍，匆忙抬眼時不小心撞上常亦乘的視線，從對方眼中看出了點彼此心知肚明的笑意。

他默默扭過頭，做賊心虛地收回了霧氣。大概是他閃躲得太明顯，常亦乘捕捉到他倉促地將手藏進被子的動作，幾秒後終究沒忍住，唇角愉快地勾了起來。

「還有臉笑。」紀洵不顧嗓音嘶啞，惱怒地訓斥道，「你禮貌嗎！」

常亦乘湊近了些，微笑著親了他一下：「是我無禮，全怪神靈大人教導無方。」

「……」

紀洵好半天都沒出聲。什麼叫真正的反咬一口，他今天算是見識到了。

安靜半晌，紀洵咬牙下了床，撿起地上被遺忘整晚的頸環扔過去：「雖然你不需要清心陣了，不過以後還是戴上吧。」

「嗯？」

紀洵瞪他一眼：「拴緊一點，免得以後又亂來。」

◎

雖然發誓不踏進特案局半步，但大半個月後，紀洵還是去了趟特案局。

這幾天他交完論文坐等畢業，閒著沒事的時候，想起自己曾在乾坤陣中替天道做了個「小手術」，意識到類似的手段也可以用在紀卓風和那些善靈身上。不用斷開他們之間的寄生關係，只要用靈力把已經成為容器的紀卓風再改造一下，就能既保證善靈不死，又讓他們能夠自由活動。

特案局對他的到來大為歡迎，還專門派了一位大隊長負責接待。

好巧不巧，這位隊長就是前陣子問常亦乘為什麼願意聽從安排的那位。一見面，他就殷切地與紀洵握手：「我們詢問過那些善靈的意見。他們都願意加入特案組，只可惜不能離開紀卓風太遠，才一直沒有妥善的處理方式。」

紀洵點頭：「以後應該沒問題了。」

「太好了，我先替它們謝謝您！」

見對方臉上浮現出誠懇的笑意，紀洵也笑了一下，以表謙虛。

本來是非常友好的交談氣氛，如果這位好奇的隊長沒有多問一句的話。

他說：「您看起來心情不錯，難道是可以按時畢業了？那您找到工作了嗎？」

紀洵的眼皮猛地跳了跳。乾脆還是徹底跟特案局劃清界限吧，他再次發誓。

「跟這個沒關係。」紀洵斂起笑容，冷酷道，「還有，提醒你一下。」

「？」

「以後少聽常亦乘胡說八道，靈的事情也少打聽。」

對方打了個哆嗦：「……哦，不好意思。」

與此同時，特案局停車場。

紀景揚把車停好，解開安全帶時看了身旁神色冷淡的黑衣男人一眼：「我從好幾天前就想問了。」

常亦乘側過臉：「嗯？」

「你那個詛咒，不是解除了嗎？」紀景揚用眼神示意著，「怎麼又把頸環戴上了。」

「他送的。」

不用特意點明，紀景揚也猜到「他」指的是紀洵：「他沒事送你這個幹嘛。」

常亦乘抬手，指腹摩挲過皮製的頸環，片刻後低笑一聲：「留個紀念。」

「啊？」

紀景揚想不明白，但他大為震撼。畢竟在他的邏輯裡，頸環是為了遮掩清心陣，而清心陣之所以出現，就要怪天道的詛咒在傷害常亦乘。不管從哪個角度想，都不是什麼美好的過往，他們居然還有閒情逸致搞個新頸環來紀念？難道這就是靈和人的差別嗎？

學到了。

警告完特案局大隊長，就在紀洵打算起身告辭的時候，一隻眼熟的靈慢慢踱到了他的面前。

「布袋翁？」紀洵認出了眼前的老人。

布袋翁鬆垮的嘴角，揚起一個稍顯靦腆的笑容：「老朽有個不情之請，能否拜託恩公？」

紀洵：「你說。」

自從隨紀卓風被遷到特案局後，布袋翁小範圍地觀察過周遭的環境，大致了解了特案局是個什麼性質的組織，也願意加入特案局。只不過他有個心儀的職位，不知道能不能順利競爭上崗。所以，他想拜託紀洵幫忙美言幾句。

為了達到目的，布袋翁還鋪墊了一番：「昔日在望鳴山，您問老朽想不想看看如今的太平盛世，您還記得嗎？」

紀洵「嗯」了一聲。

布袋翁：「老朽近來在特案局四處觀察，發現有個地方視野極好，一眼就能望見人來人往的街道，若是能在那裡……」

「工作」兩個字還沒說出來，在旁邊偷聽的特案局隊長就打斷道：「視野這麼好，您該不會是看上我們局長的辦公室了？」

「不是。」布袋翁趕緊否認，「老朽說的是大門旁邊的那個房子。」

紀洵簡單回憶了一下，艱難地發問：「你是說，警衛室？」

布袋翁渾濁的眼裡飽含期待：「行嗎？」

紀洵揉揉眉心：「……不會有人跟你搶著當警衛吧。」

「誰說的！」一個門神模樣的靈竄了出來，很不服氣，「那是我的位置才對！」

話音未落，又有十來個靈爭先恐後地表示，自己願意做一名愛崗敬業的好警衛。

吵到最後誰也不服誰，急得特案局隊長當場拍桌，表示所有崗位統一公平競爭，嚴禁套關係走後門，才暫時中止了一場喧鬧。

離開關押著紀卓風的監獄時，紀洵心有點累，直到看見常亦乘等候在鐵門那頭的身影，才總算露出了一個微笑。

常亦乘按下電梯按鈕：「剛才裡面在吵什麼？」

紀洵聳聳肩，把關於警衛室的激烈競爭複述了一遍：「我們靈可能真的要完蛋了。」

「神靈想做獸醫，」常亦乘看他一眼，「他們就不能當警衛？」

紀洵當場哽住，想不出辯駁的話。

幾分鐘後，兩人來到一樓，剛走出電梯，迎面而來的穿堂風就將院中的花香送了過來。

紀洵抬起眼，朝外望去。

入夏了，陽光卻並不刺眼。近處的大院沉浸在一片綠意之中，微風撥弄著樹影，發出令人安心的沙沙聲。

視線再往遠眺，正如布袋翁所說，特案局外的街道人來人往。

幾個身穿夏裝的小孩蹦蹦跳跳地歡笑而過，全然不知他們經過的建築代表什麼，只是大聲嚷嚷著要去買新進貨的玩具，彷彿世間所有的煩惱都在離他們而去。

再開口時，紀洵的聲音更溫和了幾分：「還真是，太平盛世。」

常亦乘與他並肩而立：「這就是你想看到的世界嗎？」

「嗯。」紀洵笑了笑，「從很早以前就想看了。」

接著，他貌似隨意地塞了顆糖給常亦乘：「走吧，我肚子餓了，先去吃飯。」

兩人的交談聲越來越遠，漸漸融進了風中。

輕風一路跟隨著他們的身影，不小心撞見了美好的一幕。當他們走到無人的角落時，個子更高的男人攬過身邊青年的肩，緩慢地低下頭來。

他們在風裡交換了一個纏綿的吻。

——《我可能不是人03》完

番外一 養狗日常

今年的夏天來勢洶洶，蟬鳴不止。

答辯結束當天，紀洵如願以償地找到了一份獸醫的工作。

寵物醫院位於世紀家園和特案局中間，是棟街角顯眼的三層商鋪，從診間的窗戶往外看，能望見旁邊街心花園的一棵青松。沒有惡靈作祟的時候，常亦乘會像從前那樣，站在青松下等紀洵回家。

他接男朋友下班時總是很有耐心，不打電話也不傳訊息，只是往紀洵方便看見的地方一站，就沉默地守在那裡。

等到紀洵忙完出來，常亦乘沒什麼表情的臉上會露出一個淡淡的笑容，走向紀洵的步伐也邁得比平時更大一些。然後見面的第一件事，就是伸手要今天的糖。

次數一多，「新來的紀醫生有個黏人男朋友」的傳聞，便在寵物醫院裡不脛而走。

之所以還是傳聞，全是因為紀醫生雖然長得好看、性格溫和，可是又有點讓人說不上的清冷疏離感，讓人不太好意思像對待其他同事那樣，當面跟他八卦。

但人類的好奇心是擋不住的。這天晚上，和紀洵一起上夜班的陳醫生就按捺不住他的求知欲了。紀洵正在低頭拆開傍晚剛收到的快遞箱，紙箱裡裝著幾盒網購的巧克力。他拆開包裝，按照口味將其分門別類，起身準備將它們放進員工用的冰箱時，才總算留意到同事寫滿關注的眼神。

紀洵誤會了陳醫生的意思，以為對方是在覬覦自己的零食，猶豫了半拍，說：「不好意思，這個不能給你。」

「……」陳醫生說不清楚，「被誤會成想吃零食」和「而人家居然不肯給」哪個更讓他受挫，乾脆把心一橫，好奇地問：「又是留來投餵你那個帥哥朋友的？」

紀洵打開冰箱門的動作一頓：「你見過他？」

陳醫生：「他隔三差五地來接你下班，不少人都見過了，大家都說你們兩個看起來關係很好。」

紀洵點了下頭，一邊把巧克力放進冰箱冷藏室，一邊感到有些意外。畢竟常亦乘從來沒踏進過寵物醫院半步，他還以為對方不會那麼早就被別人記住。

但記住就記住了吧，紀洵也沒打算遮遮掩掩。關上冰箱門，紀洵坐回值班室的沙發，抱起病歷簿一下一下地敲著：「關係好是應該的，他是我男朋友。」

陳醫生一愣，沒想到這麼簡單就把話套出來了。他默默替醫院裡某幾個暗戀紀洵的醫生護士掬了把淚，問：「他是做哪一行的？」

紀洵斟酌片刻：「員警。」

這不算撒謊，只是特案局負責抓捕的不是人而已。

陳醫生意外地挑了下眉，心想真看不出來。倒不是他對員警有必須正義凜然的刻板印象，而是因為常亦乘實在是長得太過顯眼，每次只要站在街心花園那棵青松下，醫院的前檯就會第一時間看見他，然後迅速進入八卦模式。這樣英俊出眾的員警，平時肯定做不了盯梢的工作，太容易被犯罪分子發現了。

陳醫生還不知道自己腦補的方向出現了偏差，接著又問：「那你們認識多久了？」

紀洵敲鍵盤的手指停了下來。他用一種微妙的眼神望向陳醫生，心想說出來嚇死你，我們認識一千多年了。

靜了幾秒，紀洵才輕聲回道：「半年多。」

大概是錯覺吧，陳醫生總懷疑這不是真話，但剛才紀洵看他的那一眼，又讓他下意識地認為自己觸及到了什麼不該問的問題。難道是表現得太沒界線，讓紀洵感覺被冒犯了？

經過一番自我反省，陳醫生轉移話題，閒聊了幾句住院觀察的病患情況，趁著暫時沒有寵物夜間急診，開始閉目琢磨起明天的手術方案。

可沒過多久，他覺得不太對勁。好像有誰在看他。

陳醫生睜開眼，發現紀洵不知何時已經寫完了病例，正望著天花板發呆。他把醫院統一的白大褂攏緊了些，開口時嗓子發緊：「空調是不是壞了，好像有點冷。」

紀洵看向顯示二十八度的空調：「是有點。」

「起來動一動吧。」陳醫生說，「正好去住院部看看情況。」

他們就職的這家寵物醫院規模不小，三樓整個被裝修成小動物們的住院部，晚上不僅會有值班護士負責照顧，對於重點病患，值班醫生還要定時查看情況。

從值班室經過一樓前檯時，陳醫生鬼使神差地瞟了掛在牆上的日曆一眼。

這一眼，就讓他不寒而慄。

七月十五日，中元節。

燈火通明的一樓大廳，在他眼中頓時蒙上了一層可怕的濾鏡。

陳醫生向來膽小，心中不斷默念著「白天不做虧心事，半夜不怕鬼敲門」，亦步亦趨地跟在紀洵身後進了電梯，到三樓後剛要出去，就嚇得猛地退了回來。

「燈、燈燈……」他一把抓住紀洵的手臂，結結巴巴地指著外面。

三樓住院部的燈熄滅了，外面一片漆黑。

紀洵：「跳電了？」

「哦，是這樣啊。」陳醫生鬆了一口氣，剛要探出腦袋，一想又覺得不對，「值班的護士去哪了？」

如果真的只是跳電，三樓怎麼會這麼安靜。

不，說安靜也不太對。黑暗中，鐵籠打開的碰撞聲，動物呼吸的咕嚕聲，還有牠們行走時撞到治療儀器的嘈雜聲，都正從一門之隔的住院部裡傳來。

就在這時，一個黑影突然撞上住院部的門。

砰！

陳醫生只看見兩隻幽綠的眼睛盯著自己，嚇得尖叫一聲，緊接著兩眼一翻，暈了過去。

紀洵低頭看著癱倒在地的同事，抿了下唇。

嚇暈了也好，省得浪費唇舌來解釋這不是跳電，也不是鬧鬼，而是有靈在搗亂。

他把陳醫生拖出電梯的時候，剛才撞上玻璃門的那隻邊境牧羊犬已經機智地打開了門。

這是條被車撞瘸了腿的邊牧，已經恢復得差不多了，明天就能出院。

此刻牠歡快地跑出來，身後跟著十幾隻住院的小貓小狗，路過紀洵身邊時還朝他友好地「汪」了一聲，然後驕傲地抖擻著毛髮，帶領小動物們準備上演一場醫院大逃亡。

紀洵揉揉眉心，放出霧氣，把一群小傢伙全部套住。在一片「汪汪」和「喵喵」的抗議聲中，蹲下身來問帶頭的邊牧：「是誰放你們出來的？」

這條邊牧是條老實狗，眼珠子很配合地往上一轉。

紀洵指著頭頂的天花板：「它在裡面？」

邊牧「嗷嗚」幾聲，很快就被旁邊送來絕育的三花貓一爪子打斷。

紀洵無奈地勾起唇角，挨個將牠們送回養病的鐵籠內。確認過倒在住院部的兩名護士安全無虞後，在三樓停留片刻，留意到有行黏稠的血跡沿著鐵籠蔓延到牆上，最後消失在了天花板的通風管道處。

手機在此時震了一下。常亦乘：『出去抓個惡靈，晚點再來接你。』

紀洵：『不急，我這邊也有狀況。』

常亦乘：『需要由我來嗎？』

紀洵：『暫時不用，注意安全。買了新的巧克力，等一下給你。』

剛傳完訊息給男朋友，紀洵將手機塞回口袋，再次抬眼看向通風管道時，無名指的黑玉戒指也分出一縷霧氣探了進去。

霧氣聽從他的心意，找到了躲藏在裡面的靈。紀洵修長的手指纏緊霧氣，往回拉扯，一團黑乎乎的影子從管道中飛出來，落進了他的懷裡。

下一秒，紀洵當場愣住。

本來想著牆上有血，以為是什麼凶狠的惡靈，可眼前這隻溼漉漉的玩意兒怎麼看，都只是一條黑色的小狗。小狗的個頭不大，卻凶得不得了，落在他懷中還不服氣地撲騰著小短腿，張嘴露出尖利的牙齒想撲上去咬他。

紀洵不費吹灰之力，輕鬆擋開它的攻擊，忽然覺得這一幕十分眼熟。

許多年前，攀爬上山壁的小孩也是這樣。明明虛弱得快要死了，還握緊一把破爛的小刀想襲擊他。

紀洵拎起小狗的後頸，仔細看了看：「嘖，凶巴巴的，長得還真像。」

早上七點，紀洵從冰箱裡拿出幾顆巧克力，告別了剛剛甦醒的陳醫生，抱著一個快遞紙箱走出了寵物醫院的大門。

清晨的陽光灑滿街道，紀洵瞇了瞇眼，看見常亦乘正從那棵青松下朝他走來。

等男朋友來到面前了，他和往常一樣先把巧克力遞過去，然後稍微把紙箱掀開一道隙縫，示意常亦乘往裡面看。

常亦乘垂眸：「……狗？」

「確切來說，是靈。」紀洵闔上紙箱，將裡面那隻張牙舞爪的小傢伙關住，「我翻過資料了，應該是年初死在醫院的一隻流浪狗，運氣好變成了靈。」

這小傢伙平時不知躲在哪裡，反正肯定是憤世嫉俗的性格，跟外面的野貓野狗打過不少架，害得自己渾身是傷，昨晚還悄悄潛入醫院，打算放走被關在鐵籠裡的病患。

要不是昨晚紀洵剛好值夜班，就它這麼一鬧，說不定反而會害了那些小動物。

不算惡靈，但肯定缺乏管教。紀洵思來想去，打算先把它帶回家，教它一點做靈的規矩再說。

聽他說完，常亦乘的心情有些微妙地不爽，可又說不清不爽的點究竟在哪裡，只能不置可否地點了下頭，拿出車鑰匙，朝不遠處的臨時停車位按了一下。

出於工作和生活需要，常亦乘最近考了駕照，也買了輛車。每次接紀洵回家時，就順便擔當起司機的責任。

今天和平時一樣，等紀洵坐進副駕駛座後，他轉著方向盤，準備將車掉頭開出去，眼角餘光便掃到一隻狗爪抓破了紙箱。幸好紀洵躲得夠快，否則這一爪子下去，少說也要見血。

小狗一擊不成，便「吭哧吭哧」地把紙箱咬開一個大洞，鑽出毛茸茸的腦袋，自以為凶殘地齜牙亂叫，但實際上怎麼看都像是在虛張聲勢。

紀洵輕聲笑了起來：「你看它，像不像你小時候的樣子？」

常亦乘本來就看這隻狗不順眼，聽見戀人這麼評價後，頓時擰了下眉，眼神冷冷地掃過露在紙箱外的狗頭。

奶奶裝凶的叫聲戛然而止。小狗慢慢轉過頭，對上常亦乘不善的視線，一瞬間福至心靈。誰說只有人才懂得識時務？事實上，由狗變作的靈也會。

它忍不住打了個寒顫，再往紙箱外鑽出了點，眼巴巴地看著紀洵，似乎是思考了一番，便伸出舌頭舔了下他的指尖。

紀洵啞然失笑：「怎麼突然變乖了。」

小狗還不會說人話，但獸類的本能告訴它，現在應該如何表現。

於是它再接再厲，圓滾滾的身體整個鑽出紙箱，小心翼翼地扒住紀洵的手臂爬到他身上，將自己蜷成一團，乖乖躺了下來。溫馴得彷彿剛才還像條狂犬般亂叫的根本不是它。

常亦乘的目光越發冰冷。

紀洵：「……你別這樣，會嚇到它的。」

不說還好，一說，小狗更加黏人地抱緊了紀洵。

常亦乘面無表情地捏了捏指骨。

這隻狗，不能留。

回到世紀家園，小狗是被常亦乘單手拎下車的。不至於傷到它，但動作絕對稱不上溫柔，導致紀洵走在旁邊，總覺得它每根狗毛上都浮著ＳＯＳ的訊號。

當然，常亦乘不可能永遠拎著它。進了家門，他把小狗扔到地上，還沒來得及說話，就看見腳剛沾到地的小狗一骨碌地爬起來，邁開小短腿跑到了紀洵腳邊。然後紀洵走到哪，它就跟到哪。

最後還是紀洵要進入浴室前，無奈之下，用黑霧替它做了根臨時牽繩，把它套在桌子下面，才避免了被小狗圍觀洗澡的尷尬。

哪怕這樣，小狗也戀戀不捨地扭過腦袋，直直望著浴室的方向，害得常亦乘越發不爽，索性站到它面前，擋住了它的視線。一大一小兩隻靈怒目而視，互看不順眼。

紀洵出來的時候，看見的就是這樣一幅同類相斥的畫面。

換作別人，還能調侃「你跟一條狗爭什麼爭」，可如今屋裡三個全是靈，從根本上來說大家都是同類，沒有誰必須讓著誰的道理。可這樣僵持下去也不是辦法。

紀洵沉默幾秒，建議道：「替它取個名字吧。」

誰知常亦乘垂下睫毛，開口時的語氣莫名暴躁：「撿回來就算了，還要幫它取名字？」

紀洵：「不然呢？」

總不能一直用「狗」來叫人家，聽起來太沒禮貌了。

「……」

常亦乘抿緊唇角，眼尾帶風，冷颼颼地看了紀洵一眼的同時，視線餘光捕捉到小狗正在一個勁地衝著紀洵搖尾巴，心底那股酸勁就湧了上來。

「隨便你。」他冷聲丟下一句話，回房間去了。

紀洵當時並沒有反應過來，只是迷茫地眨了下眼，蹲下身揉了把小狗手感並不好的枯亂短毛，納悶地嘀咕：「他是怎麼了？」

小狗才不管一臉凶相的男人怎麼了。它覺得眼前這個漂亮青年就很不錯，哪怕把它從醫院的天花板捉了出來，也始終對它笑臉相迎，比外面那些見了它就要打要殺的野貓野狗好多了。

雖然被關在屋子裡不夠自由，但要是能留在這人身邊……

小狗狡黠地轉動眼珠，認為這不失為一樁划算的買賣。不過那個黑衣男人始終是個危險，要是能讓他離開就好了。

正所謂初生之犢不畏虎。這時小狗還不知道與自己同處一室的到底是誰，反正在它有限的腦容量裡，有競爭關係的對手一律應當用武力清除。

儘管它不敢保證自己一定能打得過常亦乘，但反正試試又沒關係。大不了到時候跟正在幫他準備狗糧的漂亮青年撒撒嬌，肯定就沒問題了。

紀洵值完夜班也不累，幫小狗收拾出一個簡易的狗窩後，他決定下樓買點東西。

臨走前，他推開臥室房門：「要一起出去嗎？」

常亦乘站在窗邊，給他一個冷漠的背影：「不去。」

紀洵：「……」

可能是叛逆期到了吧，他想。

◎

『我的傻弟弟哦，他都一千多歲了，叛逆期也來得太晚了吧。』從便利商店回來的路上，紀洵坐在街邊的長椅上，聽手機那頭的紀景揚吐槽。是有點晚。或者說紀洵也不清楚，靈到底有沒有叛逆期。反正他自己應該是沒有的，認識的其他靈也沒有。但常亦乘畢竟是武羅和人類結合生下來的孩子，可能會繼承到一點人類的毛病也說不定。

「如果不是叛逆期，」紀洵虛心請教，「那他為什麼生氣？」

因為他說小狗跟常亦乘小時候很像，還是因為他沒有提前商量就帶了一隻狗回來？

『你等我一下。』紀景揚向身旁的人嘀咕了幾句，片刻後繼續說：『李辭問說，你以前有撿過別的人或者靈回來嗎？』

「除了他以外就沒有了。」

『那你還有替誰取過名字嗎？』

「除了他以外就沒有了。」

紀景揚：『這不就對了，小狗的待遇太好，都快跟他是同一個級別了，他肯定會產生一些危機感。』

掛掉電話，紀洵在路邊沉思許久。終於理清其中緣由後，他忍不住笑著揉了揉眉心。所以不是叛逆期，而是吃醋了。

幾分鐘後，留在家中的常亦乘收到了三則訊息。

訊息是紀洵傳來的，先是兩張精美可口的蛋糕照片，再來是一則語音。

紀洵問：『我正在蛋糕店裡，你要不要選一個？』

常亦乘想了想，反問道：『給我的，還是它也有一份？』

紀洵盯著這行訊息哭笑不得，差點想問你有沒有看過《紅樓夢》，知不知道林妹妹有句名臺詞就跟你這句話差不多。

『當然是給我男朋友的。』紀洵的聲音裡帶著笑意，聽得常亦乘心癢難耐，『一口都不讓它吃，行嗎？』

男人眼底的鬱悶頃刻間消散：『兩個都要。』

這家蛋糕店就在社區外面，常亦乘在臥室等了一會兒，估算時間差不多了，就起身出去準備替紀洵開門。

窩在客廳的小狗暗暗摩拳擦掌，等待偷襲的好時機。

就在常亦乘走到玄關，背對它的那一瞬間，它突然從狗窩中一躍而起！哪怕外表再像狗，它到底也是個靈。只見它躍上沙發扶手，身形一閃，扶手應聲崩裂的同時，它張口噴薄出濃稠血霧，獠牙陡然如劍般伸長，眼看就要刺穿常亦乘的後背。

小狗有所不知，他的對手是天生就為戰鬥而生的靈。從常亦乘踏出房門的那一刻起，潛伏的敵意就沒能逃得過他的感官。可他並沒有像往常那樣直接拔刀迎擊，而是轉過身來，面向小狗刺出的獠牙，勾唇笑了一下。

這個笑容並不友好，又十分突兀。小狗本能地意識到不妙，可惜還沒等它反應過來，洶湧的黑霧就先一步溢過門縫，呼嘯而至。

「嗷」的一聲，小狗像一顆球似地被撞回了沙發上。

它懵懵地爬起來，眼睜睜看著收回去的黑霧擰開門鎖，之前對他和顏悅色的青年站在門外，冷冷地看著它：「你在做什麼。」

來自上位者的威嚴如同一座大山，沉沉地壓了下來。小狗恐懼地抖了抖，夾緊尾巴不敢吭聲。

紀洵沒再看它，而是抬眼望向毫髮無損的常亦乘：「沒事吧？」

常亦乘搖頭，他當然沒事。而且紀洵關鍵時刻果斷出手的態度，無形中像替他順了遍毛，讓他嘴角揚起了更為愉快的弧度。

紀洵這才放下心來，將手裡的東西放在玄關櫃邊，走到沙發前，居高臨下地俯視縮成一團的小狗：「我不管你以前做過什麼，從今往後，你想傷誰隨便你，就是不能傷他。」

小狗輕輕地叫了一聲，想說「他明明發現了，他是故意不躲」。可惜它不會說話，只能硬生生地咽下這個啞巴虧，順便不服氣地瞪了常亦乘一眼。

失策了，沒想到這人比它還會演。

紀洵教訓完新來的靈，轉過身，看著靠在門邊置身事外的常亦乘，沒好氣地也訓斥了一句：「還有你，別以為我看不出來。」

就這小狗的三腳貓功夫，正常情況下別說傷到他，恐怕它還沒跳起來，就該被常亦乘一刀劈成兩半了。

對對對，罵他！狠狠地罵他！

小狗在心中嗷嗷亂叫，以為下一秒，就能看見這個裝模作樣的壞人像它這樣，被紀醫生用黑霧打翻在地。

然而接下來的一幕，顛覆了它的狗生觀。

常亦乘關上門，走過來躬身抱住紀洵，在他耳邊說：「嗯，神靈大人說得對，是我錯了。」

紀洵被他攬進懷裡，深吸了一口氣。不知道為什麼，每次常亦乘用一種散漫的語氣叫他「神靈大人」時，他就感受不到絲毫敬仰，反而能感覺到一些說不清、道不明的調戲。

紀洵錯開視線：「少來這套。」

常亦乘低笑一聲，稍微換了個角度擋住小狗的視線，才伸手抬起紀洵的下巴，細細地吻了一遍：「下不為例，別生氣了？」

紀洵怎麼可能真的對他生氣，不過旁邊還有個靈在，他多少還是有幾分顧慮。回吻過常亦乘後，他就從對方的懷中掙脫出來，去拿剛買的兩個蛋糕。

小狗眼巴巴地揚著頭，等了半天，只等到兩人坐在餐桌邊分享蛋糕的溫馨畫面。

它看不懂，但它大為不滿。為什麼只教訓它？為什麼那傢伙還有蛋糕吃？為什麼他都把手搭到紀醫生腰上了，紀醫生都不推開他？

這個神靈大人，好偏心啊。

直到最後，小狗也沒吃到一口蛋糕。

它並不為此感到遺憾，儘管它的眼睛時不時會往那邊瞟，但內心依舊充滿了不屑。

生前還在外面流浪的時候，它也在路邊撿到過這種食物，分量很少，兩、三口就能吃光，不算什麼優質食物。就是不知道這兩人在親熱什麼，不僅你一口我一口地吃了半天，連紀醫生嘴邊沾到的一點奶油，那個穿黑衣服的男人都要湊過去舔掉。

嘖，大概是平時的日子過得很拮据吧，狗看了都要說一句「可憐吶」。

想到這裡，小狗又重新振作了起來。

它抖了抖被黑霧打亂的毛髮，跳下沙發，大口嚼著盆裡的狗糧，沾沾自喜地想，雖然自己打不過他們，但日子過得可比他們好多了。

就在它沉迷於乾糧的時候，吃完蛋糕的兩人默契地交換過眼神，一前一後地走進了臥室。關門前，小狗聽見紀醫生說：「它還是應該有個名字，要不然由你來取？」

小狗理解名字的意思，它趕緊豎起耳朵，想聽黑衣男人會如何回答。可惜門關得太快，交談聲被模糊地隔在了門的另一邊。

小狗的心中隱隱著急，它對自己已經轉化成靈的事實還不清楚，仍然覺得自己是一條狗。在它的記憶裡，那些被主人帶著出來散步的家養犬，都會有個特殊的名字。

名字是個很玄妙的東西，好像一旦有了名字，就能獲得人類的喜愛——當然，小狗並不稀罕這個，它只是稍微有那麼一丁點，羨慕有名字的狗在下著暴雨的日子裡，有可以躲雨的家。

事關重大，小狗不得不上心。於是它跑過去，把耳朵貼到門上，想聽兩人是如何商量它的名字的。

結果讓狗意外的是，裡面傳來時輕時重的呼吸、布料摩擦的聲音，還有一些以它的腦容量無法聽懂的奇怪動靜，聽起來像是嘴裡含著什麼東西在啃咬。

小狗十分震驚，他們該不會躲在裡面偷吃東西吧！

緊接著，他就聽見了紀醫生急促而喑啞的聲音：「常亦乘，你玩夠了沒有？」

這句話說不清是哪裡不對勁，有點哀求的語調在裡面，但從字面上的意義去理解，又像在訓斥對方。

難道，他們終於要打起來了？

小狗頓時顧不上取名大事了，頓時扯開嗓子，激動地叫了起來，打算盡一分綿薄之力，為紀醫生加油打氣。

臥室裡，常亦乘聽著外面的狗叫聲，忍不住罵了句髒話。他俯身親了下紀洵瘦削的脊背：「等我一會兒。」下床開門的動作，都帶著一股被打擾了的怒意。

紀洵低著頭，發軟的膝蓋磨蹭過床單，脖頸與下頷在燈光下拉扯出修長的線條，被散開的髮尾遮擋住少許。他現在沒有餘力去思考常亦乘會對小狗做什麼，只能本能地相信，男朋友應該自有分寸。

常亦乘沒讓他等太久。一分鐘不到，臥室房門被重新打開，很快，床墊跟著往下一沉，讓紀洵知道有人回來了。

背後的重量再次壓了下來。

趕在意亂情迷之前，紀洵輕聲問：「外面沒聲音了，它這麼聽你的話？」

「沒。」常亦乘咬住他的耳垂，「只是弄了個乾坤陣給它。」

「……」

倒也不失為一種教它做靈的好辦法。

從乾坤陣裡被放出來的時候，外面的天已經快黑了。

小狗縮在角落，雙目疑惑中帶著一絲好奇。

自從變成靈以來，它就從來沒有進過乾坤陣，只知道周圍看似尋常的環境都變得古怪了起來，自己在裡面折騰了好幾個小時，始終沒能找到出口。可是裡面那種陰冷詭譎的氣氛，又令它躍躍欲試。

小狗琢磨了半晌後，開始跟在常亦乘的腳邊打轉。每當男人視線從它身上掃過，它就興奮地搖起尾巴，想讓他再來一次。

常亦乘現在整個人都是饜足的狀態，心情很好，連帶著讓小狗看著也順眼了一些。

他走進臥室，把水遞給紀洵潤潤喉嚨的時候，順便問道：「它怎麼突然開始黏我了？」

「不知道。」紀洵有氣無力地回道，「你自己問它。」

常亦乘：「它不會說話。」

紀洵睨他一眼：「是嗎，我還以為你們都是禽獸，多少可以靠腦電波交流。」

被罵了。常亦乘下意識摸了摸喉結。

不得不承認，如今有些時候，他還是容易失控。特別是看到紀洵咬緊嘴唇、眼尾泛紅的模樣，身體深處躁動的占有欲就會源源不絕地湧出來。

沉默幾秒，他伸出手，掌心綻放開一朵紅蓮：「別生氣了。」

溫暖的光線頓時躍入紀洵的眸中，將他眼底的緋紅襯托得更盛。

這種瘋起來做得太過火之後，又小心翼翼地拿花來哄的姿態，就像有隻爪子在他的心口輕輕撓著，讓他心軟得一塌糊塗。

可是偏偏今天還有隻狗，正蹲在床邊瞪大眼睛盯著他們。紀洵臉皮薄，被小狗盯得越發羞恥，總感覺今天再輕易饒恕的話，恐怕今後常亦乘只會變本加厲。

「出去。」神靈大人決定好好整治家風，「別來煩我。」

一大一小兩隻靈，被轟出了房間。

小狗哪懂得這些情侶之間的拉扯，它咬住常亦乘的褲腿，把他拽到之前落乾坤陣的桌邊，追著自己的尾巴繞了幾圈：「汪！」

常亦乘居然看懂了：「……乾坤陣？」

「汪！」

「這樣。」常亦乘蹲下來，指了指臥室房門，「你進去幫我把他哄好，明天我就帶你進入乾坤陣。」

「汪汪！」小狗頭也不回地奔向了臥室。

十幾分鐘後，臥室房門從裡面被打開。紀洵站在門邊，語氣無奈：「你現在還學會找援兵了。」

常亦乘笑了一下，忽然覺得，養隻狗好像也不錯。

第二天，特案局。

布袋翁如願以償地成為了特案局的警衛，每天早早來到警衛室，坐在椅子上笑瞇瞇地看著外面人來人往的街道。

特案局的建築做了特殊處理，普通人從外面經過，會以為這裡不過是一處荒廢的大院，也意識不到每天會有不少靈師和靈從大門進出。

即便如此，布袋翁還是饒有興致地坐在那裡，欣賞紀洵曾對他提過的太平盛世。

常亦乘帶著小狗過來的時候，布袋翁起身寒暄：「常先生早。」

布袋翁始終惦記著是常亦乘把他從湖底救出來的，起初總是叫他「恩公」，後來常亦乘不耐煩了，才被迫換了個沒那麼拘謹的稱呼。

常亦乘朝他點了下頭，當作打招呼。

布袋翁瞥見他腳邊的小狗：「這是……？」

「紀洵撿來的。」常亦乘回道，「是個靈。」

布袋翁心領神會：「帶來做登記的？剛好這幾天李辭來濟川了，辦手續也方便。」

如今特案局分工很明確，不再是像從前那樣，無論靈師擅長什麼，只要遇到任務就必須上，而是依照靈師自身的情況，分出相應的部門讓大家發揮特長。

李辭通曉萬物又過目不忘，自然被分去了檔案科。檔案科的其中一項職責，就是登記大家陸續發現的新靈，並像做物種圖鑒那樣替它們分門別類。

小狗不用說，首先肯定算是犬靈。不過它的特徵跟目前已有的犬靈又都不太像，需要重新立一個類別。

特案局辦公室裡，李辭召出名為「天聽」的靈，手執實為靈器的毛筆，「既然是紀洵發現的，他考慮過該叫它什麼嗎？」

常亦乘：「他說由我來定。」

反正紀洵和常亦乘是一家人，名字交給誰取都是一回事。

就是不知為何，李辭有種微妙的預感，認定常亦乘不會取出多正經的名字。

果然，常亦乘垂眸看了正伸出獠牙、在辦公桌邊打轉的小狗一眼，想起在家裡時，它也喜歡在桌腳邊繞來繞去，便緩聲開口：「叫它桌腳好了。」

李辭深吸一口氣：「你確定？」

現在他的身體比幾個月前好了許多，雖說長時間出行還需要借助輪椅，但說話不再是從前那副病懨懨的狀態，連吐槽的語氣也充沛了不少：「萬一它今後名聲大噪，『桌腳』兩個字大概有損它的形象。」

不料就在此時，小狗突然一愣。它用兩隻前爪扒在常亦乘腿邊，歡快地叫了兩聲。

常亦乘試著喊它：「桌腳？」

「汪！」小狗的尾巴搖得更厲害了。

李辭：「……好吧。」

後來長成威猛大型犬的桌腳，如何在一起又一起的事件中協助常亦乘捉拿惡靈，又是如何在下班後，忠心耿耿地守在寵物醫院門外等紀洵回家，已經屬於許多年後的故事了。

至少在今天，常亦乘帶它登記完剛走出門，桌腳就吸引了不少靈的關注。大家犬靈見得多了，但像這麼小一隻的還是第一次看到。

「哎呀，好可愛的小狗。」有位擅長紡織的靈模仿人類的語氣，「你是新來的吧，姐姐幫你做一身制服好不好呀？」

為了管理方便，特案局確實有一套制服，要求眾人上班時必須統一著裝。

等常亦乘從更衣室裡出來的時候，就看見桌腳換上了跟他相似的制服。更讓他眉頭緊皺的是，小狗的脖子上還多出了一個黑色項圈，和他那個頸環也挺相像的。

見他出來，剛才還在聚眾擼狗的靈們一哄而散。不管在家裡如何黏著紀洵，常亦乘在外面還是那副冷漠陰鬱的模樣，讓許多靈仍舊不敢隨意接近他。只留下剛換上新衣服的桌腳，正喜滋滋地朝著常亦乘晃晃腦袋，像在催促他快點帶它去乾坤陣玩。

恰好路過的紀景揚見到這一幕，愣了片刻，隨手拍了張照片傳給紀洵。

『你還真行啊弟弟，幾天不見，居然連孩子都有了，常亦乘連父子裝都穿上了！』

紀洵收到訊息時，剛做完一臺手術。

他拿起手機欣賞了一會兒，發現特案局的制服其實設計得不錯，穿在常亦乘身上也很好看，襯得男人本就出眾的身材越發俐落。那紀洵熟悉的腰腹，更是往裡收束出讓人心動的窄實線條。

『別亂說了，你嫌自己命太長是不是？下次他再拿刀砍你，我可就不會攔了。』

紀洵回覆完吊兒郎當的哥哥後，想了想，把照片保存進相簿裡，才傳了一則訊息給常亦乘：『今天回來的時候，把制服帶上好不好？』

常亦乘：『？』

紀洵瞪著這個不解風情的問號，內心滿是無言：『不願意就算了。』

下一秒，新的訊息躍上螢幕。

『好，聽你的。』

——〈番外一．養狗日常〉完

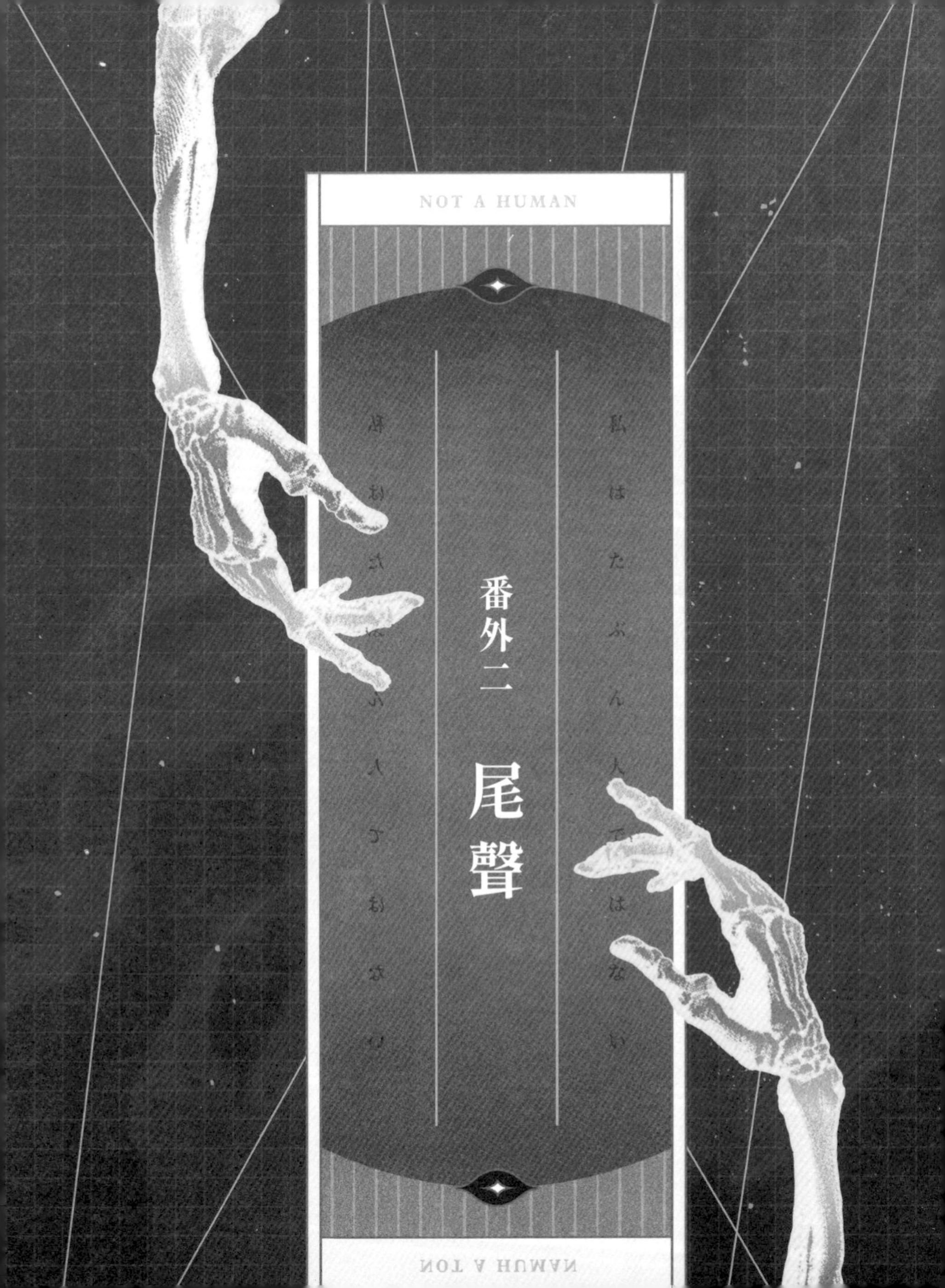

NOT A HUMAN

私はたぶん人ではない

番外二

尾聲

「特案局的生存要領，以下幾點請務必牢記……」

又是一年冬天。

紀洵拉著行李箱，踩著昨晚的新雪來到特案局，向門邊的布袋翁打過招呼，快步走進大樓時，聽見一個學生模樣的年輕人，站在屋簷下拿著手機小聲嘀咕。

他好奇地放慢腳步，聽到「絕對不能招惹一隻叫『桌腳』的犬靈」時，輕聲笑了笑。

年輕人抬起頭，上下打量了他幾眼：「你也是來參加培訓的？」

「我？」紀洵搖頭，「不是。」

年輕人投來狐疑的視線，懷疑眼前這位紮著馬尾的青年在騙他。因為紀洵能出現在特案局，身上又沒穿制服，怎麼看都應該跟他一樣，是來參加今日培訓的新晉靈師。

距離特案局成立已經過去了十年。

十年間，各種科學無法解釋的事件依舊層出不窮。

可能跟這片土地多年未發生戰爭有關，十年來世間靈力越來越充足，不僅萬物衍變成靈的機率變大，就連普通人中也開始出現了新的靈師。

靈師散落在外，既容易遇到危險，也容易形成隱患。於是特案局四處將這他們搜羅起來，對他們進行系統性的培訓。

紀洵面前的年輕人，就是於三週前才被找到的一位新晉靈師。他目前還處於理論學習階段，連實習生都算不上，但已經對特案局的工作產生了極大的興趣。

為了順利在培訓考核中拿到好名次，今天他特意拜託了一位靈師，想再額外接受點課外輔導，誰知對方直接甩來一份標著「機密檔案」的文字檔。看起來雖然很厲害，誰知檔案裡的內容卻非常叫人無言。

年輕人已經把紀洵當作是同類，聳聳肩抱怨道：「我好像被耍了。」

「嗯？」

紀洵知道常亦乘正在回來的路上，索性就在屋簷下等著、打發時間。

年輕人說：「這份檔案裡寫說，『桌腳是由我們特案局的大人物常亦乘撫養長大的，來頭不小，得罪它就等於得罪常亦乘』，這明顯不對嘛。」

紀洵側過臉：「哪裡不對？」

「據我所知，靈和我們人類不一樣。」年輕人分析道，「由於大多數的靈都是自然形成的，導致他們缺乏家人的觀念，更不會像檔案裡寫的這樣護短，所以肯定是騙人的。」

紀洵眨了下眼，暫時沒有說話。自從常亦乘把桌腳帶來特案局以後，桌腳就一直表現得不錯，久而久之便成了常亦乘的固定搭檔，還因此被紀景揚調侃成「上陣父子兵」。

桌腳長大後，一看就很不好惹。加上身邊還有常亦乘在，普通惡靈見到他們都會發抖，特案局的員工更是不敢隨便招惹它，哪裡還需要常亦乘護短呢。

非要說的話，好像也只有紀景揚曾經欠揍地逗過桌腳幾回。

想到這裡，紀洵好奇地問：「還說了什麼？」

年輕人滑動螢幕：「我看看啊。唔，『不可以提起謝星顏喜歡粉紅色的黑歷史』。啊，這個人我知道，是晉州分局的靈師吧，好像是一個很酷的前輩。她以前喜歡粉紅色嗎？」

紀洵：「……還有呢？」

年輕人：「哦，還有這條，『不能在李辭面前說謊』。哦哦，這個我也有聽說過，檔案科的李辭，眼睛特別利。」

紀洵抿抿唇角：「給你文檔的人，是不是叫紀景揚？」

「對，你認識他？」

紀洵停頓半拍，誠懇地回道：「他沒有騙你，文檔要好好留著。」

年輕人：「？」

紀洵：「裡面寫的都是他的血淚教訓。」

「真的假的。」年輕人半信半疑，重新瀏覽起檔案，順便閒聊道：「哎，聽說現在有位神靈還活著，叫長乘，不過已經不怎麼管事了。你說，會不會是因為他年紀大了的關係？」

紀洵深吸一口氣：「年紀大了？」

年輕人四下看了看，見周圍沒人，便湊近了些，用一種新人之間以八卦拉近關係的口吻，小聲說：「你想，門口的布袋翁是個老爺爺，每天都雷打不動地來上班。我才來培訓半個月就先不提了，就連比我早來好幾年的靈師，也從來沒見過長乘。」

「所以呢。」紀洵平靜地問。

年輕人搖頭感嘆：「長乘肯定比布袋翁還要老吧，就算想管事，多半也心有餘而力不足了。」

「心有餘而力不足」的長乘本人，默默反省了一番。

或許是他這些年，過得太低調了。

但說到底這也不能怪他，十年來特案局不是沒遇到過棘手的惡靈，好幾次紀洵都以為需要他出面了，結果事件最終都會被常亦乘漂亮地解決掉。

當初常亦乘承諾會替他分擔責任，就數年如一日地堅守了下來。

換作以往，恐怕連常亦乘自己都想不到，他居然會主動站出來，保護令他曾經避之唯恐不及的人類。

一輛駛入特案局的吉普車打斷了紀洵的思緒，車門才剛打開，桌腳就迫不及待地衝了出來。如今它的個頭比成年老虎還要大上不少，跑起來簡直地動山搖，嚇得讓剛才還在跟紀洵八卦的年輕人絲毫不敢動彈，唯恐稍有差池，就會被桌腳當場消滅。

氣勢洶洶的桌腳在來到紀洵面前時，突然一個急剎車！

然後歪過腦袋，眼巴巴地望著紀洵，臉上寫滿了「求摸頭」的信號。

紀洵笑了一聲，在它腦袋上揉了一把。

年輕人驚詫不已：「原來你真的不是來培訓的啊。」

畢竟沒有哪個還在培訓期的靈師敢直接跟桌腳接觸的。

「本來就不是。」紀洵輕聲回道。

年輕人：「那你是誰？」

紀洵沒聽見這聲提問。他的注意力，全部被坐在車內的常亦乘吸引了過去。

對於靈而言，十年不過是彈指一瞬。常亦乘和他一樣，容貌沒有任何變化，還是那副二十來歲的英俊模樣，只是從前眼神中的戾氣減少了一些，多出來的，是幾分從容的淡定。

兩人隔了一段距離彼此對視，唇邊不約而同地揚起一抹笑意。

年輕人在此時又問了一遍：「我能知道你的名字嗎？」

「紀洵。」紀洵這回聽見了，他停頓幾秒，又補充了一句，「有些時候，人們也稱我為長乘。」

年輕人渾身一僵，趕緊扶牆，差點就跪了下去。

紀洵轉過頭，朝他笑著頷首道別。

◎

桌腳自覺地幫紀洵把行李箱放好，獨自趴在了後排。

紀洵繫好安全帶，按照平時的習慣，先給了常亦乘一顆糖，再跟他交換了一次親吻，才問：「這次去哪？」

當年紀洵答應過常亦乘，等事情解決後，就陪他到處旅遊。十年下來，兩人但凡有假期，就肯定不在濟川待著，去過的景點逐漸變成了新的經歷，每次回憶起來，都讓人對未來生出無限的期待。

常亦乘的手指輕叩方向盤：「去個老地方。」

紀洵一愣，很快就明白了。他們之間的老地方，只可能存在於一處。

沉封在千年風雪之中的雪山。

無論對紀洵還是對常亦乘來說，那裡曾經都是個噩夢的開端。幸好烏雲散去，從前相處的珍貴點滴終於躍出山脈，再也不會有任何人或事能將他們分開。

幾天後，車子停在了山腳下。桌腳還沒見過如此巍峨的大山，興奮地在雪地裡打起了滾，直到常亦乘嫌它浪費時間，不悅地皺了下眉，它才迅速爬起來往山上跑去。

昔年紀家居住的地方早已成了荒蕪的廢墟。兩人沒有在山腰處過多停留，而是默契地朝前走去。

路過曾經等待長乘歸來的松樹下時，常亦乘垂在身側的手指動了動，乾坤陣霎時落下。眼前白茫茫一片的雪景，忽然就變了模樣。

山巔出現的那棟清幽住宅，和紀洵記憶中的一模一樣。就連通往居所的路上，一草一木都沒有出現任何差池，就好像常亦乘早將與他有關的過往，悉數刻進了腦海之中。

乾坤陣中依舊昏暗，卻又陰差陽錯的，像極了那些大雪紛飛的夜晚。

夜晚總是寂靜的。在人跡罕至的雪山上更是如此。

常亦乘垂著眼，看著腳下的路，仍然能回想起當年日復一日地走在這條路上，滿心求而不得的執念充斥他的胸膛，令他痛不欲生。

可那些痛，總會在他推開木門，看見那人的笑臉時迎刃而解。彷彿是一劑良藥，清苦卻又甘之如飴。

後來，他不小心弄丟了藥。

所幸再後來，他把他找了回來。等真正嘗到那人的滋味時，他才明白，原來這是世間最甜的味道，連幼年時第一次吃到的糖，也無法與之相比。

大概是猜到陣中幻象意義非凡，向來活潑的桌腳都不禁放輕了腳步，唯恐驚動並肩前行的兩人，紀洵則驚嘆了很久。

當他站在無比熟悉的木門前時，竟產生了一種近鄉情怯的感覺，遲遲沒有將那扇門推開。最後還是常亦乘低聲開口：「裡面有我想給你看的東西。」

「是什麼？」

「看了就知道。」

紀洵緩緩抬起手，在指尖碰到木門的瞬間，有斑斕光線從門縫中透了過來。

下一秒，燈影交織，鑼鼓震天。

紀洵愣然片刻，清澈雙眸中漸漸湧上了溫暖的笑意。

他分明是站在雪山上，門的另一邊出現的，卻是千年前的一場元宵燈會。

那是常亦乘第一次，隱約意識到什麼叫做紅塵眾生。

也是在那時候，他想，這場燈會雖然熱鬧，卻反倒讓他備感孤獨。如果心中想的那個人能陪他一同駐足欣賞，才不算辜負了天上那輪皎潔的圓月。

雪花紛紛揚揚地落下，停在了紀洵的睫毛上。他輕輕顫了下眼睫，揚起頭，凝視著常亦乘的臉，如同凝視一幕曠日持久的瘋狂，是如何在他心中掀起無限的愛意。

許久過後，紀洵往前半步，吻上了常亦乘的嘴唇。

人間熱鬧的千山萬水，他們總算是一起看過了。

——〈番外二・尾聲〉完

——《我可能不是人》全文完

高寶書版集團
gobooks.com.tw

BL079

我可能不是人03（完）

作　　者　貓尾茶
封面繪圖　響
編　　輯　王念恩
美術編輯　單宇
排　　版　彭立瑋
企　　劃　方慧娟

發 行 人　朱凱蕾
出　　版　三日月書版股份有限公司
　　　　　Printed in Taiwan
地　　址　臺北市內湖區洲子街88號3樓
網　　址　www.gobooks.com.tw
電　　話　(02) 27992788
電　　郵　readers@gobooks.com.tw（讀者服務部）
　　　　　pr@gobooks.com.tw（公關諮詢部）
傳　　真　出版部　(02) 27990909　行銷部 (02) 27993088
郵政劃撥　50404557
戶　　名　英屬維京群島商高寶國際有限公司臺灣分公司
發　　行　英屬維京群島商高寶國際有限公司臺灣分公司
　　　　　Global Group Holdings, Ltd.
初版日期　2023年8月

本著作物《我可能不是人》，作者：貓尾茶，由北京晉江原創網絡科技有限公司授權出版。

國家圖書館出版品預行編目(CIP)資料

我可能不是人 / 貓尾茶著.-- 初版. -- 臺北市：三日月書版股份有限公司出版：英屬維京群島商高寶國際有限公司臺灣分公司發行, 2023.08-
冊；　公分. --

ISBN 978-626-7152-85-0 (第3冊：平裝)

857.7　　112007780

朧月書版